U0105190

长篇小说

情为何物

庞新智　著

河南文艺出版社
·郑州·

目录

第一章 1

自从那天遇到红姐，我就开始觉得"天意"这个东西，或许真的是存在的。

第二章 17

"你姐叫曲红旗，红旗上不得有五角星吗？你就改名叫闪红星吧，好不好？"

第三章 27

女人从老二手中抢过来，分成大、中、小三份，分别递给三个孩子，又从老三手里拿过来掰下一小块递给老大。老大接住了，却强塞到妈妈嘴里。

第四章 36

她说："孙子就是比儿子强，有兜里这个孙子撑着，司机态度好得很，叫拉哪儿就拉哪儿。"

第五章 45

在最危险的时候，他想的不是自己，而是你。就凭这点，我这女婿错不了。

第六章 57

第一种常人活得闲，第二种忙人活得躁，第三种能人活得累。

第七章 66

看得见的伤害不算伤害，它是能用时间愈合的；真正的伤害不在表皮，而在心里。

第八章 84

"咱俩都要有点骨气，仍然像过去一样不要写信联系，只要心里装着还用写信吗？"

第九章 95

讲这些过往的事，感觉真实得就像假的，我一直很平静，就像是在讲别人。

第十章 109

爸妈从小就教育我说，军中无戏言，逃兵最可耻。我既然当众表态要最后一个离开，现在怎么能第一个开溜呢？

第十一章 137

"你回答我一个问题,在红姐与前途两者之间,如果只能选其一,你要哪个?""我要红姐。"我毫不犹豫地回答。

第十二章 164

师傅先是一愣,但她是何等聪明的人,一下子就明白了我俩演的戏,脸腾地就红了。

第十三章 181

家里发面不是需要酵母吗?那些领头的积极分子就是酵母。

第十四章 195

"要说人这一辈子呀,总是需要人帮忙的,不知道啥时候谁会帮了谁。"

第十五章 211

这批人代表着一个时代,又象征着一个时代的开启,起到承前启后的历史作用。不幸的是,在特殊时期,他们的缺陷被放大了,他们的成绩却很少被提及。

第十六章 ………… 229

我们每一个人，都不过是漂在大江大海上的一叶小舟。漂到哪里，不全由你，或者主要不是由你。

第十七章 ………… 244

想干事就不能像炒菜，啥都准备好了再下锅。机会认准了，先迈开步再说。

第十八章 ………… 266

从短暂的人生角度看，当基本生存要件具备之后，虚荣哪有自由实惠呀。

第十九章 ………… 289

其实是老天爷专门安排给咱们的补偿，再给咱一大段时间，住在一起，高高兴兴享受晚年。

尾声 ………… 292

似乎人生就是等待。其实等待就是人生。

后记 ………… 295

明白了从哪里来，才更有利于清醒认识到哪里去。

第一章

　　我要给红姐写信，尽管我已经有了她的更便捷的联系方式，是她丈夫红岩的手机号码，但是对于红姐，我还是要采用这种最古老的沟通方式。我觉得，书信这种方式，不仅能使人"见字如面"，而且比之于打电话、发短信，更让对方觉得你郑重认真；很多时候，文字表达比口头表达似乎更有味道，当着面我可能无话可说或者不知说啥才好，写信我却能洋洋洒洒有说不完的话。

　　其实我这封信的实际内容极其简单。核心是：我已把租房子的事情办妥，和老伴儿一起入住了，感觉很好。还有你们临走时安排的事，也有了眉目。当地的领导和学校都很支持，领着我们两口在山下的小学转了一圈，教学条件再好没有。和一些小孩及家长也有接触，他们都表现出浓厚兴趣，前景应该非常理想。而且，你还记得小时候跟妈上课时，咱们一起记的笔记吗？我一本不少地保存着，全都拿来了。这就是现成的教材，至少可以作为参照，略加修改即可。可以说是万事俱备，只候大驾光临。不知你们那边情况如何，何时过来，望告。

　　接着又不由自主地写了些家长里短的闲话和进山隐居这几天的愉快心境，以及问候之意。

　　写完，叫老伴儿来看。老伴儿很快就看完了，一边笑一边微微地摇头，说："你们俩呀，真是的……挺好，寄出去吧。"

我不知道她说的"挺好"，是说信写得挺好呢，还是说我俩的事挺好，还是我们几个义务教学挺好，不管是什么，反正是批准通过了。

我拿过信封，在收信人处写上"曲红旗姐姐收"。似觉不妥，又拿过一个信封，想了想改成"郝红岩贤弟、曲红旗姐姐收"。看了看仍觉不妥。再拿过一个信封，改成"曲红旗姐姐、郝红岩贤弟收"。想想可以了，才把信封好，贴上邮票。老伴儿在一旁看着只是笑，最后说了句"你呀"，笑着走开了。

第二天八点半，我就拿着信去乡邮所，不远，在村头的公路边，下个坡就到了。我来到柜台前，把信交给里边坐着的穿工作服的姑娘。她看了我一眼，熟练地盖上邮戳，没等她往柜台下边放，我就说："给我吧。"她似乎觉得奇怪，但还是把信给了我。

我站在门口等候，没过几分钟，就听到了县里邮递员的摩托车声。他总在这个时候来的，我观察过。

他走进邮所和姑娘交接了邮件，走出来时，我把盖好邮戳的信交给他。他看了邮戳就塞进车后的绿色邮袋里，跨上车座，一只脚使劲一蹬，车子"突突突"响起来，带着一溜烟尘飞快跑了。

我一直看着他骑车远去，转过了远处的山口。

邮递员带着我的信走了，摩托车的声音早已消失在夏日蓝色的天幕里。我仍然不知所以地站着，望向远方，我喜欢这样。

远方，青山仍在沉思；脚下，小溪仍在奔忙。

一

自从那天遇到红姐，我就开始觉得"天意"这个东西，或许真的是存在的。

那是在半个月前，我和老伴儿在网上看到一篇文章，说的是济源太行山周庄村，有个在外地经商的周老板，回村看到年轻人纷纷进了城，老家几近十室九空，除了少数留守老人和孩子，好多院落已经无人居住，原有的旧房因年久失修早已破败不堪，院里更成蓬蒿乐园，其荒凉景象正应了那句古语："暗牖悬蛛网，空梁落燕泥。"除了沟底的水地尚有人耕种，更多的山上的梯田都撂了荒。周老板觉得可惜，感叹之余便有了主意。他想，此处山清水秀，环境优美，正是个休闲养老的最佳境地。于是召集乡亲们共同商量，利用这些废弃的土地和院落，因地赋形，建起一批农家窑洞小院。同时还弄出个名叫农家乐的酒店，又下功夫组织起一套非常完善的管理服务队伍，果然就吸引来一批想要落叶归根、归隐田园的退休老人入住。这些老人过得舒适，就有人写出文章发在网上。其中有一篇类似"新桃花源记"，全文如下：

周庄公社记

余退休归里，偶遇故友，曰：济源有汝同窗好友周希真者，昔时宦海苦行，小有所成，每见红尘熙熙攘攘，时感有违本心之痛，遂辞官归里，逍遥谋生。未几便略有积蓄。一日，召集同窗故友曰：三千年读史，无外功名利禄；九万里寻道，终归诗酒田园。人之在世，当心静如水，自由自在，岂可因斗米而心为形役、惆怅独悲。迷途未远，来者可追。吾欲归故园修建农庄，与诸君同食同住同作同息，植树种菜，自给自足，抱团养老，返璞归真。诸君以为如何。众人皆曰：善。于是周君归里，尽倾囊中所积，依山就势，因地赋形，建起农家小院。众皆应招而至，闭山锁听，偏处一隅，不知山外四时，今夕何年，实乃古桃花源之今在也，汝可相随前往一观。余欣然应诺。

驱车而行，周庄至矣。俯瞰四方形胜，北依王屋主峰天坛山，古帝祭天之所也，彩云缭绕，连高天之祥瑞；南临小浪底水库腹地，华夏母亲之河也，碧波万顷，接地脉之柔阴；西靠大峪镇狩猎场，蓬蒿茂而鸟兽集，生机勃发，古朴自然；东望乃百余里怀川，物华天宝，人杰地灵。又沟底有清溪如带，名砚瓦河，缠绕农舍而过；山间有飞瀑洒珠，曰天上水，挟青山薄雾轻飘。入农庄访俗，所见多鹤发童颜，仪态温润，平静谦和，君子之风也。

每有雄鸡司晨，霞光下或起舞于场上，晨雾中或徜徉于溪边。听鸟语婉转，空谷清响也；看舟分荷塘，渔家收网矣。出工钟声响起，众荷镐锹南岗植树，沿小路鱼贯而上，笑语阵阵，沟壑同欢。昔时荒坡今已成林矣，常年桃李花开不谢，四时松柏长绿怡颜；山果熟时，喜邀农家采摘，其乐融融，亲如家人。午时收工，集体用餐，山村小吃，健康天然，笑品故乡滋味，乐享口舌之福。餐罢各归午憩，静室酣然梦足。起而自由活动，因趣各取所需。有扶杖随处游览，尽得山水之乐；有展卷各代经典，略知古今异同；有聚而练书描画，全无名人达士骄矫之气，贵在发自内心之稚拙本色；有散而小院打理，皆存草木百姓平和心态，妙在紫藤红花只求有缘。而或皓月当空，清风徐来，或相约于高台之上，或围坐于小院之中。一壶酽茶，洗却俗肠；几杯村酒，畅抒胸臆；娓娓尽肺腑之言，殷殷皆兄弟之情。及至兴起，亦歌亦舞，亦戏亦闹，尽欢而散。及归，正东墙虫吟，西塘蛙喧，极静境界，无梦而眠也。

一路看来，唏嘘不已。友笑问如何，余答曰：真世外桃源，吾所愿也。友叹曰：此境虽佳，然其名不贴也，汝试命之。余沉吟良久，对曰：仰观宇宙之大，俯察品类之盛，大千世界，无奇不有，如周学弟诸君能跳出三界，识破红尘，舍繁华而就简朴，远名利而求本真，排众议而持独行，弃俗欲而亲自然者，实不易且难得也。此处既有个人空间，更重群体享受，各取所乐，各尽其能，人人关爱，关爱人人，和睦相处，堪比至亲，植一片森林于当世，传一段佳话于后人，足见志趣高远矣。其意与儒家之天下公平，与道家之清静无为，与佛家之空灵自在，甚而与今人追求之大公理想，均有相通之处，莫如命名曰周庄公社，敢问可贴否？友大笑曰：善，何不秉笔以记之。余颔首应诺。

既归，展纸疾书，题曰：周庄公社记。

我和老伴儿读完文章，也对这个地方有了兴趣，就决定前去实地看看，权当老两口出去旅了趟游。

那天和老伴儿一起来到周庄，游人还真不少。村里村外转了一圈，感觉确实不错。路过一座小桥时，和一群人擦肩而过。在这群人的前面，有个十来岁的男孩跑得飞快，那群人里就有人高喊："慢点儿，别跑太快，注意安全！"

好熟悉的声音！好熟悉的话语！我不禁停住了脚步，回头寻找那喊话的人。小桥那边喊话的人也正回过头来张望，是个老太太。我俩就这么看着，突然我的心要跳出来了，天哪，这不是红姐吗？老太太顿时也明白过来，颤声问："你……你是红星吧？"

我急答："是，我是红星，你是红姐！你……你让我找得好苦啊！"

事情来得如此突然，犹如做梦一般。

我俩都快步走上小桥，就在拱形小桥的中央，四目相对，对望了很久，还是她先开口，说："我们都老了。"

我说:"是,我们都老了。"

其他人都围过来,红姐拉过一个老汉,给我介绍说:"这是老郝,你姐夫,叫红岩,其实比你小,小两个月,你吃亏了。"又给红岩介绍:"这就是红星,你知道的。"

红岩大方地和我握手,我也很热情地握住他的手,上下打量。第一印象敦实健壮。留个板寸头,虽然头发有些稀疏且夹杂些许白发,但仍然不失干练。特别是那张典型的国字脸,很有大将风度。

他紧紧握着我的手说:"说了你几十年,今天总算见到真人了,哈哈哈,怎么头发全白了?白了就显老,不过白了有风度。我猜你是个文人,靠脑子吃饭,不像我这工人,出力不费脑,自然身板儿好,你说是不是?哈哈哈。"一边说一边用另一只手拍我的肩膀,感觉很有力量,相伴着的又是一阵笑声,瓮声瓮气,爽朗极了。

我也指着老伴儿给他们介绍:"这是我老伴儿,高国庆,初中的同学。"

老伴儿就和红姐很有风度地握手:"老同学,还认识我吗?初中我在四班,姐和红星在二班,姐早就是我们的偶像,忘了你是全县初中会考的女状元?长得又漂亮,还洋气,才貌双全,咱们那一茬女同学谁不崇拜你呀!后来的事我也知道,红星跟我说过的。"

"咋能不认识呢?你比那时候更漂亮。"红姐抿着嘴笑,用一种神秘的眼神盯着老伴儿看,又朝我瞟一眼说:"你俩还一块儿演过戏呢!"

老伴儿就咻咻笑起来,在我肩上使劲拍了一下,脸也红了。

红岩就抢上来和我老伴儿握手:"弟妹很漂亮嘛!想当年一定是朵校花。"说着扭头又看红姐,说:"俺家红旗也很漂亮,年轻时你俩有一比。"

老伴儿也不让他，笑着"批判"他："谢姐夫夸奖。人老嘴不老，说出话来照样甜，可想当年是咋骗红旗姐的。这辈子占了红旗姐的便宜，还不满足呀？"

红岩仰天大笑一阵，回敬道："弟妹你说这话可不对，当年可是她死活要追我的，非我不嫁！不信你问她。"

他们俩说着话，红姐拉过那个小男孩，给我们介绍："这是我孙子，名叫希望，今年十一岁。"又指指我和老伴儿对孩子说："这是闪爷爷，这是高奶奶。"孩子很有礼貌地大声叫着"爷爷好，奶奶好"，给我俩各深深鞠了一躬。

老伴儿高兴得很，说："希望这个名起得好，又通俗又有味儿，大俗大雅。大到国家，小到个人，只要有了希望，就有了精气神，一切也都有了意思。"说着话，就从兜里掏出钱来，两张一百元，亲切地说："真是好孙子，这是爷爷的，这是奶奶的。"一张一张递给孩子。

红旗、红岩急忙阻拦，推来让去。老伴儿有点急了，对他们说："你俩都别管，这也是俺的孙子，头次见面，俺咋能不懂礼数？"

他们两口这才不再阻拦，孩子说声"谢谢爷爷奶奶"，接过钱又递给红姐。我在心里直夸老伴儿脑子快，我还真没想到这老礼数呢！

大家结伴而行，我这才发现红岩腿脚不大利索，走路有点跛。我看了老伴儿一眼，老伴儿向我使了个眼色，我知道不便多问，倒是红岩乐呵呵的，问我老伴儿："弟妹长得这么漂亮，咋起了个男孩名字呢？"

老伴儿说："好多人都问过我，其实我也曾经觉得别扭，我是四九年生，阳历十月份，刚过了开国大典，举国同庆，我家又姓高，爷爷就和父母商量，起了'高国庆'这个名，说是喜上加喜。后来我想改个女性化的名，爷爷说托了共产党、新中国的福，有纪念意义，就没人再提改名的事，也就这么叫过来了。其实名字就是个符号，叫顺了也觉得挺好。全国不知有多少人叫国庆，说明大家都认为这名字好，你说是不是？"

红姐听着瞪大了眼，似乎很吃惊；红岩听了又是一阵哈哈大笑，说："这真是巧了，不瞒弟妹说，我也是开国大典后生的，原本也叫国庆的，加上我家姓郝，你念念，好国庆，比你那高国庆还直接。后来那本很有名的小说《红岩》出来了，我伯父就是渣滓洞牢房里的烈士，为了纪念伯父，也因为我特别喜欢《红岩》这本书，才改成'郝红岩'这个名字了。"

我和老伴儿都"噢"了一声。

我正陷入深思，老伴儿已经找到了新话题，对红岩说："姐夫要是这么说，那咱俩可得排个大小。我是阳历十月五号，你是几号？"

红岩扑哧笑了，只不说话。老伴儿觉得有戏，逼他快说。红岩只好有些泄气地说："算你能，比我早一天，我是阳历六号。"

老伴儿得意起来："想着你就比我小，怎么样？以后不能吃亏，不叫你姐夫了，你改叫我姐，听见了吗？"老伴儿开始摆起谱来。

红岩不同意，反驳她："要这么说，咱这两家不就乱了吗？"

老伴儿寸步不让："咋乱了？咱们各叫各的，红旗姐是红旗姐，你该叫我姐就叫我姐，听起来更亲切。红旗姐你说是不是？"

红姐连答"是是"，抿着嘴笑。

我们就这样一路说笑着，在山里边走边看，两家真的亲如一家。最后老伴儿提议今天住下不走了，两家的故事相互说了几十年，上天安排今日得见，怎么能不好好说说话呢？

红岩随即表态赞成："对对对！我正想说呢，弟妹先替我说了，哈哈哈。"

老伴儿推他一把，瞪眼瞅着他。

红岩不解，也瞪眼瞅着老伴儿："咋了咋了？"

老伴儿笑着问："你刚才叫我啥？"

红岩愣了一下，忽然明白过来："噢噢，不能叫弟妹，该叫国庆姐！我这辈子正缺个姐疼我呢，老了老了，天上掉下个姐姐来，哈哈，大喜大喜。"说着话停下脚步，双手扳过老伴儿的肩膀，一副郑重其事的架势说："咱可得说好，我叫你姐可以，姐也得有姐的样子不是？你可得好好疼我。"

"疼你归疼你，"老伴儿笑起来，"你可得乖一点儿，不然姐打你。"

红岩也笑了："要说我有点亏，你只大我一天，对了，以后我就叫你小姐，对，叫你小姐，哈哈哈！"

老伴儿随即在他背上捶了一拳："胡说，是老姐！"

红岩说："是小姐。"

老伴儿说："是老姐。"

于是他俩小姐、老姐，老姐、小姐地闹起来，结果连他俩自己也说乱了，大家都笑得前仰后合。

红姐瞟了红岩一眼，小声问他："照你说的，我这辈子就没疼你了？"

红岩恍然大悟，用手拍着嘴说："打嘴打嘴，我可没有这个意思，这辈子要不是你疼我，我咋能有这么好的身板？"又面对我们认真地说："你们红姐是真疼我，可是我知道，她心里可是还一直疼着红星哩。"又面向老伴儿说："小姐——老姐你不会吃醋吧？"

老伴儿撇着嘴笑看红岩一眼说："你也太小看你老姐了，有人背地里疼俺家红星，说明啥？说明俺优秀，说明俺有艳福呗。”

红姐仍然只是抿着嘴笑，嘴角的两个酒窝让嘴变成了向上弯曲的弯弯的月牙。

我看着红姐，突然，她的这副神态，一下子把我带回到了六十年前……

二

我和红姐的认识，纯属天意。

那是建国初期的1956年夏天，我七岁。当时国家还很穷，农村和山区更不用说。我家住在豫西的浅山区，应该说家里啥都缺，但最缺的还是零花钱。吃的也不宽余，但你总还能去地里刨，可有些东西是必须要花钱的，你总得吃盐吧，总得点灯吧，诸如这些花销，通常也就靠采点山果、攒点鸡蛋，拿到山下换钱，或者偶尔有货郎担到村里来时拿出来直接交换。

我父亲小时候读过一年半私塾，算是村里的文化人，也确实比别人有些见识。头一年农闲时，父亲去山下的镇上轧花——现在的人已经不知道轧花这个词了，那时候人们穿衣，全是自家织的土布，也叫粗布。要织布就得先种棉花，新摘的棉花里是带着籽的，叫籽花，需要送到轧花作坊“脱籽”，这就叫轧花。然后再送到弹花作坊去弹花，让棉花蓬松。然后回家利用高粱芯搓成尺把长的细条，才能在纺车上纺线。然后再经过几道工序，才能织成土布。最后再买染料染上颜色，才能一针一线做成衣服。所以，那个时代人们穿的衣服很单调，原因就在于此了。

在轧花坊里轧花，是不花钱的，只把棉籽留下就行了。人家把棉籽卖给榨油的油坊，一转手就有了收入。父亲在轧花坊里坐着，进来了一位同样是来轧花的瓜农。两人坐着没事，也就闲聊起来，聊着聊着，就成了朋友。

既然是朋友，人家就给指了一条路：你回去跟社里说说——当时已经从初级社转成高级社，大村一个村算一个社，小村几个村合成一个社，下边分几个小队，土地、牲口、大型农具当然都已经归公。

那位瓜农对父亲说："你跟社里说说，不如少种点西瓜，也没有卖不掉的压力。山上旱地瓜甜，成熟也早，利用这时间差弄到城里，人都爱吃个新鲜，价格也好，不图挣大钱，解决个日常花销是不是？"

父亲觉得很有道理，就跟人家学了种瓜技术，回来跟社里商量，选了一块墒情好的土地试种。收完麦，头茬瓜就熟了。父亲摘了瓜，装在独轮车上，次日赶早推到了县城去卖。我家离县城三十多里，全是最原始的乡间土路。父亲让我跟着去，路上也好帮着拉拉坡，更重要的是想让我开开眼界、长长见识，我可是还从未出过山呢，当然也兴奋得不行。

我们鸡叫头遍就出发了，到了县城，大约才九点多钟。父亲推着独轮车在街上走，要选个热闹的地方。我却两眼忙不过来看新鲜：乖乖！这就是县城呀！房子这么好，卖东西的这么多，人来来往往不断头儿，天天都有庙会呀！

这次进城，给我留下终生难忘的印象。其实那时的县城，也不过是个大农村。后来每每想起，我都会告诉自己，人是很容易满足的，起点不同而已。

父亲选了个街口的地方，将瓜切开，一牙一牙摆好——那时卖西瓜，可不是现在这样整个卖的。

　　生意不错，城里人就爱尝个鲜。过了晌午，来了一个"客人"——只要是买瓜的，父亲都称他们"客人"。这人三十来岁的样子，长得细高，清清瘦瘦，白白净净，留着小分头，大概是个子有点高，背就有点弯。看到我们的瓜摊停下来看，嘴里说："西瓜可下来了，您是哪儿的？"

　　父亲热情地招呼他，告诉他："俺是西山的，旱地瓜熟得早，客人不尝个鲜？"

　　这人连说"尝尝、尝尝"，就让父亲给称了两牙。

　　他拿起一牙咬了一大口，连说："不赖，不赖。"

　　父亲就和他闲聊起来——来县城的路上父亲就教我，做买卖就得嘴甜，会跟客人聊天，三聊两聊就亲近了，买卖就好做了。

　　父亲试着问他："客人一定是国家干部吧？"

　　他边吃瓜边回答："也算吧，在初中教书。"

　　父亲问他："贵姓？"

　　他说："免贵姓高。"

　　父亲笑了，说："这就对了。"

　　那人有点不解，仰起头看着父亲。

　　父亲仍然笑着，说："你姓高，个子也长得高，职位也高，当了国家干部，学问也高，就能来城里教书了。"

　　那人显然觉得意外，"扑哧"一声把嘴里的西瓜喷了出来，哈哈大笑起来，说："我还当你说啥哩，你说的和我姓高没啥关系，老乡你真会说话啊！"说着笑着站起来，从制服口袋里掏出一块叠得很方正的洋布手巾擦嘴。

　　父亲也很高兴，说："不说不笑不热闹，大家高兴就好。"

高老师应着"是是"，又坐下继续把瓜吃完，付了钱笑着走了。

看着客人走远，父亲对我说："看见了吧，这就是买卖人。嘴要甜，会说话，让人家掏了钱，心里还高高兴兴的。"

瓜摊前暂时没人，父亲就让我把地上的瓜皮收拾干净。我弯腰捡瓜皮时，突然发现地上有一块钱，叠了两折，红色的，混在瓜皮里很不显眼。我拿给父亲看，父亲说肯定是高老师掉下的。我说是，高老师掏手巾时，我就觉得有啥掉下来了。父亲离开瓜摊走到街道中间，朝高老师走的方向望了望，知道人已走远了，转回来对我说："你把钱拿好，兴许高老师过一会儿会回来找，一定要还给人家。"

我很认真地点点头，把一块钱紧紧地攥在手里。

高老师一直没有回来。到了下半晌，就只剩下一个瓜了。父亲想了半天说："这个瓜不敢切开了，万一卖不了，咱又得赶着回家，不就可惜了？"

父亲决定再等等看，实在没有机会就推回去。然而等来等去，虽然有人来买，但父亲坚决卖整不卖零。眼看时间不早，我们正准备收拾回家，突然来了一个骑自行车的人，三十多岁，戴着眼镜，车子后面带着一捆书。他看见我们就跳下车，问瓜咋不切开，父亲说卖整不卖零。那人觉得奇怪，父亲就说了原因。那人"哦"了一声，问我们是哪村的，然后就像是自言自语，又像是问我们："三十多里呢，回到家还不半夜了？"说着开始打量我，问我几岁了。

我小声回答七岁。他点点头说："也该上学了。"

父亲打量着他，试探着问："客人高就？"

那人大约觉得父亲文绉绉说话好笑，说："啥高就不高就，在初中教书。"

父亲一听大喜，忙说："这就好了，我向您打听个人，高老师您可认识?"就把刚才拾钱的事讲了一遍,我也伸开手让他看已经被汗浸湿的一块钱。

也许是被我满怀期望的眼神所打动,他看了我半天,很认真地问:"地上拾来的钱,不就是自己的吗?"

我也很认真地回答:"拾的是别人的钱,不是自己的。"

他不住地点着头,微笑着夸奖我:"这孩子不简单。"又转脸对父亲说:"你教育得好啊!"接着说到刚才的高老师,他说这个高老师不仅认识,而且就在一个学校,然后说:"这样吧,这个瓜我买了,只是没法拿,你帮我送到家,就在前面不远,可以吗?"

父亲连说"中、中",赶忙收拾东西。

那人住在一个很深的院子里,我向四周瞅瞅,是好几家合住在一起的。父亲把瓜搬起来,那人却并不去接,只是对屋里叫了一声:"小秋,来客人了。"

随着门上竹帘掀起,一个女人应声而出,也戴着眼镜,身条细细的,下巴尖尖的,说话弱弱的:"屋里坐吧。"

父亲推让再三,还是搬着瓜跟进屋里。

那人开始自我介绍,说他姓曲,叫曲忠义,是县里初中的教师,女的是他的爱人,叫钟望秋,桌子旁坐着看书的是女儿,叫红旗。解放了,红旗插遍全中国,就起了这个名字。

他们大人说话,我就站到红旗旁边,想看看她读的什么书,刚伸出手,她就一把将放在一边没读的书拉到自己面前,微微抬着头,拿眼睛瞪着我。我急忙收回手,只觉得她的一双眼睛好大。

一旁的大人都看到了这一幕。曲老师叫了一声"红旗"制止她,她的妈妈却转身过来,拍拍红旗的肩膀弱弱地说:"人家是客人,你们是小朋友,我们家红旗当然是懂礼貌的。"于是大人的话题,就转到了我们两个孩子身上。

曲老师问我的情况，父亲回答："七岁了，属牛，解放那年七月七生的，是农历，孩子落地时天上的雨刚好停了。"曲老师有点吃惊："这就巧了，我们家红旗也是那年生的，农历七月七，乞巧节嘛，深夜两点半出生，是下着淅淅沥沥的小雨。你们家孩子是几点？"

父亲也觉得巧了，说："农村不论钟点，就是后半夜吧，过一个多时辰天就亮。"

曲老师仰头算了算，说："这么说我们红旗比这个孩子大一个时辰。"

曲老师就拿眼睛打量着我，问："你喜欢读书吗？"

我点了点头。

又问："读过什么书？"

我低下了头。

父亲替我回答："没有读啥书，只是跟我学过《三字经》啥的，会背。"

曲老师就让我背一下听听，我就很流利地背起来。没背多少他又让我停下来，说："那我问你，知道'昔孟母，择邻处'是啥意思？"

我答："就是不要和不好的人在一起，要和好人在一起。"

曲老师高兴起来，大声说："孺子可教。"又回头看了看钟老师，钟老师会心地微笑着点了点头，扭身在红旗肩上轻轻拍了一下，问："怎么样？"

红旗又用大眼翻着我，说："还可以吧。"

气氛已经很热烈了。曲老师就招呼钟老师上饭。父亲不肯，曲老师也不让，说还有几十里路呢，家门都进了，咋能让您空着肚子回。父亲见辞不掉，就一起吃饭。饭后，钟老师从抽屉里拿出一块钱交给曲老师，曲老师塞到父亲手上，说是买瓜钱。父亲哪里肯收，说是饭都吃了，还没付饭钱呢。

推来让去，曲老师说："也罢，过些天还会见面的，今天就算认了一门亲戚。"父亲这才千恩万谢地告了别。

出县城不远，天就黑了。一路上父亲感慨万分，不知说了多少个"好人哪，一家好人"。

第二章

"红星，快过来，吃饭了。"老伴儿国庆清脆的声音，把我从记忆中唤醒。

她和红姐已经去开了两个房间，而且订好了一桌饭菜。

大家围桌坐下，红岩打开酒瓶，说要好好庆祝庆祝，一醉方休。

老伴儿站起来一把夺过酒瓶："倒酒这些事还用得着你们大老爷儿们？有你老姐在这儿，没你当弟弟的事。"

红岩撇撇嘴斜她一眼，故作得意的样子说："这姐没白叫，是个好老姐。"

老伴儿很麻利地倒了四杯酒，每人前面放一杯，又给红姐的孙子倒了一茶杯饮料，很小心地递过去，说："乖孙子，只准喝这一杯好吗？饮料里有防腐剂，喝多了不好。能听奶奶的话吗？"

孩子很有礼貌地回答："我听奶奶的话。"双手接过杯子抿了一口。

安排好了孩子，老伴儿又发话了："今天的庆祝酒是一定要喝的，但是谁也不准喝多。天意安排好不容易见面了，得好好说说话。几十年过去了，两家人不通音信，好多事双方都不清楚，反正我想知道，你们想不想？"

红岩立刻赞同："想！还是老姐想得周到。咱两家的故事是个传奇，从今天碰面的一刻，我心里就突然冒出一个词：天意，天意呀，难道不是冥冥之中故意安排的吗？真可以写一本小说了。"说完这句话，他把身子微微后仰靠在椅子上，两眼痴痴地望向空中。这是我们今天见面后第一次看到他的深沉。

"老弟和我想到一块儿了，"老伴儿正色说，"我早就有这个想法，可惜我只知道前半截，也只是大概，听红星讲的。今天咱们把后半截给续上了，回去让红星主笔，咱仨为副，写一部小说，书名嘛……就暂定《我们两家的故事》，保不准还成畅销书呢。老姐这主意咋样？"

红岩看老伴拿眼看他，才又恢复常态，爽朗地站起来举起酒杯："好好好，一起喝了头三杯就开始。"

大家一起站起来，喝了三杯。红岩咕咚咕咚一饮而尽，又招呼红姐："你不能喝，意思意思就行了。"

红姐就用嘴唇抿了三下。

大家重新坐下。老伴儿发话："那就开始吧，边吃边说，从你们两位认识说起，两位谁主讲？"说完用眼神征求我和红姐的意见。

红姐似笑非笑地抿着嘴，一双大眼对我忽闪了几下。红岩和老伴儿就一起说："红星，红星说吧。"两人又高兴地碰了一杯。

"好，那我就从和红姐认识说起吧。"我夹了一口菜嚼着，似乎在咀嚼逝去的岁月。

我把口里的菜慢慢咽到肚里，不禁感叹："岁月真是最好的作家，想起过往的事情，就像是读过的一本书。当时作为局中人，我意外，惊喜，高兴，苦恼，激动，沮丧……有时会不能自制。现在回望这些事情，似乎我只是一个旁观者，当事人包括我都是别人，是我的一群朋友或者一群曾经很熟悉的人。因此没有了当初那种刻骨铭心的情感触动，有的是另一种世道况味。这大概就是人生，就是阅历，就是历史或者是时间的本质吧。"

红姐仍然是静静地看着我。

红岩仍然是爽朗地大笑："好，说得好，到底是文人！"

老伴儿国庆却摆出不耐烦的样子，笑着说："看看，老毛病又犯了吧，不听你的多愁善感，只听你的开门见山。"说着妩媚地一笑，扫了大家一眼："是不是？"

"好吧。"我说。然后就从"卖瓜奇遇"讲起——

一

卖瓜前后的那段时间，国家开展了全民性的扫除文盲运动，连母亲这样的家庭妇女都参加了识字班，父亲是我们这个小山村的教师。我对识字极有兴趣，天天跟着父母去上夜校，在这里认识了第一批汉字。

从城里卖瓜回来没多少天，村里就传来了消息，说是县上要在山下三里地的庙坡村建一所中心小学，把周围村子里的孩子们都集中到这里来上学，我听了自然是高兴。

有一天，我正在村头的水塘边割草，远远看见有个人骑着自行车进山了。那年代，山里人谁见过自行车？自从上次在县城见到曲老师骑车后，我心里就一直纳闷，不知道自行车为什么就不会倒呢？我正想着，车子就到了面前，原来骑车的不是别人，正是这些天全家都在念叨的曲老师。

曲老师一眼就认出了我，问："你爹呢？"

我说："在家哩。"

"你领我去见见他。"曲老师说着帮我把箩筐背在肩上，推着车子跟我进了村。

我现在还能记得，那天我家特别热闹，原因是去城里卖瓜回来，父亲逢人便讲曲老师一家如何如何好，总共二十几户人家很快就传遍了。大家都要亲眼看看这个"大好人"，何况还有他骑的自行车、他这样年纪不大的人却戴着眼镜，这些对山里人来说都是从未见过的稀罕。有两个年轻人还试着坐上车座，两脚踩着地走了几步，可是怎么也走不稳。大家都说"算了算了，别把人家这金贵东西弄坏了"，心里对曲老师更加佩服得不行。

等看热闹的人都散去，曲老师说要跟父亲谈件正事。

他俩就坐在院子里的树荫下，我则坐在门槛上翻看父亲小时候读过的旧书。其实我并不认识多少字，只是想偷听他们的谈话而已。

我开始仔细打量曲老师。他中等个，肩膀很宽，穿一身半新的灰色制服；头圆圆的，面色红中透白，看人时白色镜片后边的黑眼珠显得很大。他说话慢条斯理，每说几句，就会用下嘴唇紧紧抿向上嘴唇"咂巴"两下，眼镜后的一双眼也就配合着眯缝起来看向空中，宽大的额头上便隐隐横出两条细细的皱纹。那神情，似乎是在品味自己刚才的话，又像是让对方消化一下自己的意思。

他们谈话的内容，主要是关于我上学的事。曲老师说新中国很重视教育，县里决定在这里办学，可是别的老师都嫌远不情愿来。虽说是组织上说了算，叫谁来谁也不敢不来，但他心里有数，既然都不愿来，还不如自告奋勇自己担下来，也算为大伙都卸了包袱。

接下来就说到了要我上学。曲老师说，无论如何都得让孩子去上学。父亲开始有些为难，一是上学要花钱，家里真的不宽余；二是离学校三里山路，孩子小，每天来回跑几趟也不是个事；再者说，孩子生到山里，就是一辈子吃苦的命，平时教他认几个字，过两年长大些再教会他打算盘，种个地也就足使了。

听了父亲的话我心里一沉。曲老师当然也不同意，批评父亲这思想可不行："你没看看啥年代了？新社会了，连几十岁的老娘们儿都得进扫盲班，孩子小小年纪咋能不上学呢？不符合国家的精神嘛！再说了，孩子不光是你的，也是国家的，明白吧？"

两人说了半天，还是曲老师拿出了一个方案："我看这样吧，学费不让你作难，我出，没几个钱，俺两口子都领着国家工资，手头很宽裕；孩子来回跑路的问题呢，也不用你操心了，就吃住在我家里，星期天回来只跑一趟。这总行了吧？"

父亲一听连连摇头："不中不中，咋能这样拖累您呢？"

曲老师也急了，抬高声音严肃起来："你别怨我说话难听！现在是新中国了，这孩子是块料，你要耽误了他，对不起国家！也对不起你八辈祖宗！你要真心过意不去，多少给我对点粮食，多少都行，这总可以了吧？"

父亲看曲老师真的生气了，这才答应下来。曲老师也才平静下来，对父亲说："我跟这孩子有缘分，就是想好好培养他。我们家红旗你也见了，我打算除了正常上课之外，回家给她开小灶，额外再开一门课。一只羊不成群，也得占个人。两个孩子一起学，效果也会更好的。"

父亲显然对"开小灶"没有听懂，就问："啥叫开小灶？"

曲老师略显伤感起来，说："依我看，新中国啥都好，就是这小学语文课本不太好。你想想，孩子在这个年龄，正是适合背书的时候。上学为啥？古人说'师者，传道授业解惑'，一个是教他认字，另一个更重要的就是明理。理在哪里？不都在古代老祖宗的经典里嘛。还有一点就是教学生学会说话、写文章。咋写文章？学会唐诗三百首，不会写来也会偷。再者还有一条很重要，教孩子从小懂礼貌、学做人嘛！可是你看看现在的新课本，主要是看图识字，除了第一条认字，后面几条更重要的都不咋看重。所以啊，我要给这俩孩子'开小灶'，就是除了在学校上课之外，放学后额外再教他们背些古诗，学些古文。我是当老师的，知道国家要兴旺，育人是根本嘛，你说是不是？"

父亲极认真地听着，似懂非懂地连连点着头，嘴里不停地说着："是是。"

曲老师起身要走的时候，父亲突然想到了什么，一把拉住曲老师的衣袖。曲老师吃惊地转过身来，盯着父亲。

父亲吞吞吐吐地说："我有点心思，不知该说不该说？"

曲老师看见父亲犹豫不决的样子，以为父亲反悔了，神情严肃起来，很不高兴地反问："怎么了？刚才说好了的事，怎么说变就变呢！"

父亲赶紧回答："不是不是。"

"那是啥？你说。"曲老师似乎一头雾水。

"是这样，"父亲赶忙解释，"按您刚才说的，你们就是这孩子的再生父母，我想把这孩子认到您名下，害怕您嫌弃……"

曲老师放下心来，嘿嘿笑了。父亲赶紧趁热打铁，叫我过去："快给你干爹磕头，以后就要叫干爹，记住了吗？"

我一边点头说"记住了"，一边就趴在地上磕头。

这举动显然让曲老师感到意外，一边急忙拉我起来，一边很认真地对父亲说："现在新社会了，不兴这个，鞠个躬就行了。"又和蔼地对我说："以后在学校里，还有当着别人的面，一定要叫老师。

只有在家里，或者在没有外人的时候，才能叫干爹。这个一定要记住！记住了吗？"

我连声回答："记住了，记住了。"

干爹推着车子出了门，我和爹妈送到村口，一直看着他骑上车子飞快地下了土坡，拐进沟里。

我仰头看看天空，一片一片的彩霞如万马奔腾，映红了大半个天空。平时青翠欲滴的群山，都被抹上一层或红或黄的颜色。一座座山峰被彩霞连在一起，雾气正从沟底升起，在群峰间漫延。那时候还没见过山水画，只是觉得好看极了。

二

我就这样上学了。登记名字的时候，干爹把我叫过来说："你的名字得改一下，将来成了国家干部，称'闪石蛋同志'多不雅。"我说："那应该叫什么？"干爹想了想说："你姐叫曲红旗，红旗上不得有五角星吗？你就改名叫闪红星吧，好不好？"

我高兴地说："好，好，这名字比我爹起的名字好多了。"

干爹看来很满意，说："你和你姐一个是红旗飘飘，一个是红星闪闪，就这样定了。"从此，我就叫闪红星了。

学校的规模很小，设在一座大庙里。原来在别处上学的学生都集中过来，总共有一、二、三、四四个年级四个班，后来才逐年增加了五、六两个年级。当时国家正开展扫除文盲运动，学生的年龄参差不齐，比我大三四岁的有的是。开始时教师也只有三位，除了干爹和干妈，还有一位五十来岁的瘦老汉，是从山下的庙坡村选来的。校长当然是干爹。

我和干爹一家住在学校旁边的小土坡上。乡里事先在这里打了两孔窑洞，中间有个通道，用来住人和办公，另在旁边打了一孔很浅的窑洞，用来做饭和堆放杂物。窑洞门前是一片推平的空地，用秸秆作院墙。干爹和干妈都很喜欢，说比在城里宽敞多了，空气、风光和环境更比城里好得多，时不时说这是"世外桃源"。

我并不懂得是什么意思，周末回家就给我爹说干爹干妈很喜欢桃园。第二年开春的时候，我爹就带我从山里移来四棵桃树，栽到院子里。干爹干妈喜欢得不行，问我怎么想出的这个主意，我说咱这里不是"桃园"吗？没有桃树怎么行？干爹干妈听了哈哈大笑，干妈把我搂在怀里，夸我是个"有心人"，然后慢声细语地告诉我：不过呢，你说的这个"园"不是那个"源"，于是就详细给我和红姐讲了"桃花源"和陶渊明的故事，后来还教我们背了不少陶渊明的诗和文章。

日子就这样在平静和快乐中度过。每天先上"大庙学校"，下午早早就放了学，我和红姐就又在"窑洞学校"开了课。我和红姐相对而坐，我才注意到她长得和农村女孩有多么不同：一双眼睛既大且长，眼窝深深的，眼睫毛长长的，眉毛微挑而有个眉峰；她总喜欢微微低着头，看人时眼睛忽闪忽闪地眨巴几下，眼神天真中略带点忧郁；高兴时就抿着嘴笑，嘴巴绷成一条线，嘴角上挑；不高兴时嘴唇就噘成了圆圆的扣子；下巴很尖，更显出额头宽大；鼻子也尖，有时皱几下显出几分调皮；面色红润中透出细白；耳朵后边扎着两条很细的辫子，搭在瘦削的肩膀上晃来晃去；她不大爱说话，常常用噘嘴和抿嘴、点头和摇头表示态度。最令我着迷的是那两个酒窝，别人的酒窝长在脸蛋上，红姐的酒窝长在两个嘴角处，当她抿嘴一笑时，嘴角就被酒窝牵着上挑，嘴形就变成了弯弯的月牙，调皮中带给你甜甜的滋味。

她和农村女孩最明显的不同还在于，农村女孩穿的衣服都是自家织的土布，染成黑色或蓝色；她穿的是带着方格的很好看的洋布；农村女孩的衣服似乎总也不合体，鼓鼓囊囊的，而红姐不管穿什么都觉得好看。总之，文静与优雅中透着自信。

窑洞学校通常都是干妈讲课，先从唐诗三百首开始，四句的每天背两首，八句的每天背一首；三百首背完，又背了很多诗词，开始背《论语》、"四书五经"、诸子百家选句选段，再后来还有古代散文选段或整篇。我们并没有书，都是干爹干妈从书中挑选出来，写在小黑板上让我们抄下来，每天一小段，不认识的字就注上拼音。

我和红姐都很喜欢窑洞课，觉得比大庙课有趣，特别是窑洞课有点像玩，背到六七成，我和红姐就开始玩一种互相接上下句的游戏，我背上句，她接下句，一方接不上来，就被对方刮一下鼻子。我俩常因接得慢不慢发生争执，在院子里嘻嘻哈哈地追来追去。干妈看着只是笑，末了才会干涉一句："可以了，回去继续。"我们就对坐重新开背。有时我俩会追出院子，干妈就会在后边吃力地喊："慢点儿，别跑太快，注意安全！"听得多了，每当她喊"慢点儿"时，我俩就齐声喊："别跑太快，注意安全。"

时间就这样飞快地过去。到三年级的时候，我和红姐已经背了很多诗词。干妈又给我们开设了一种新游戏，名字叫"飞花令"：干妈随便说一个字，我们俩轮流背诵一句古诗词，其中必须含有这个字；还有一种形式叫"诗词接龙"，第一个人以这个字开头背一句诗词，第二个人接最后一个字背一句，对方再接最后一个字背一句。干妈说这是让我们学着新的温着旧的，叫"温旧又学新"。我和红姐都特别喜欢这种游戏。

配合"飞花令"和"接龙"的新游戏，干妈又立了一条新规矩，我俩每天要分个胜负。干妈在墙上贴了一张"奖牌榜"，红姐胜了就贴小红旗，我胜了就挂小红星，双方打平各贴一个，是干妈事先用红纸剪好的。胜负由我俩自己定，遇到争执才由干妈裁决。这里面也发生一件有趣的事。我发现论背书，红姐似乎没我背得快，有时输了就发小脾气，嘴唇噘得像一枚扣子，低着头用一双大眼一闪一闪地翻我，说声"不和你玩了"，就径直走开，暗暗使劲去了。我就想出一个办法，故意假装输给她。她以为是真的赢了，就抿着嘴、眨巴着一双大眼对我笑。这时我就觉得她好看极了。后来她发现我故意让她，小脾气就上来了，噘着小嘴不理我，眼眶里居然涌满了泪花，吓得我再也不敢放肆，作假时一定要更加逼真，使"奖牌榜"总能保持平衡，或者让她略占上风。

　　干妈也不时加入我们的游戏，更增添了家庭的温馨氛围，也让我和红姐更来兴致。干妈也有突然接不上的时候，不知道是真的还是故意让的，反正每到这个时候，我和红姐就特别兴奋，又蹦又跳地大声喊着"输了输了"。干妈也就笑着俯下身子，很大方地翘起尖尖的下巴，然后又像孩子似的把嘴噘成扣子，乖乖地等着我们刮鼻子。我和红姐就开始"石头剪子布"，胜者对干妈执行惩罚。于是爆发一片欢声笑语，小院里就闹翻了天。

第三章

　　红姐很认真地听着，大概是重新回到了童年岁月，两眼忽闪忽闪地看着我，深情地抿着嘴笑，两颊也因激动泛出微红——这是今天见面以来，我第一次看到当年的红姐。

　　老伴儿国庆则是一副很感慨的样子，笑着说："哎哟，好让人羡慕呀，我都有点儿嫉妒了！"说着瞄了红岩一眼。

　　红岩哈哈大笑："这就叫青梅竹马！老哥你接着说。"

　　我说："现在回想起来，在干妈家的头两年多，我真的生活在童话般的世界里，但是到三年级即 1959 年末，国家开始进入'三年困难时期'。这时高级社已经合并成人民公社。在此之前的 1958 年，河南发动了'大跃进'，村里以生产队为单位成立了集体食堂。头一年棒极了，随便吃。第二年就每况愈下，惨极了。国家定量人均每天四两，已经很低了，实际上连四两也吃不到。吃饭的方式也变了，原先是所有人都集中到食堂，院子内外，热热闹闹，随便拿随便吃，后来变成了各家各户端个盆子到食堂按人口打饭，大人一瓢，小孩减半。馍是吃不上了，只能喝稀饭。早午两顿尚可称粥，晚饭就稀得能照见星星月亮了。当时一个很流行的口号，叫'低标准，瓜菜代'，意思是粮食不够吃了，就用瓜菜代替。问题是哪来那么多瓜菜呢？上级就号召想办法，提出搞'人造淀粉'，把麦秸、玉米芯之类碾碎磨粉，充当粮食。试试不行，只好作罢。眼看着实在不行了，只好解散食堂，各家各过。

"那时候我还小，小孩子嘛，少年不知愁滋味，只要有口饭吃顾住命，就知道乐呵呵地玩，反正大家都这样，何况在红姐家吃饭还是沾了不少光。"

记得有一年冬春换季时，星期天回家，和两个小伙伴干过一件很有成就感的事，偷偷把队里的三头猪放到麦地里，每人跟一头。只要猪在地里一拱，就把猪赶开，拿小铲子在土里挖，必能挖出一块头年留下的红薯，软软的，有醋酸味，每次都能收获好几块。拿回家洗干净，捏碎掺上糠菜烙饼，差不多够全家填一顿肚子。就因为我最先发现这个猪拱地的秘密，爹还好夸我一顿，说"这就叫处处留心皆学问"。

第二天回到干爹家，我讲了这件事，干爹干妈默默听着。吃过晚饭天还不黑，干爹让我回去把我爹叫来。

我爹来了。干爹对他说："现在缺吃的，孩子们又在长身体，想来想去，我想出了一个办法。"

干爹说："我这院子不小，你帮我收拾出一块地，先种上菜，然后种上红薯，或者种上红、白萝卜，都能存放。咱两家补贴着吃，不就好多了？只是你来干活时别叫人看见。"

爹说："好是好，现在正割资本主义尾巴，就怕连累你。"

干爹说："我没事，没人到我这院子里来。再说了，我这是知识分子同生产劳动相结合，符合上边精神。"

就这样，爹悄悄在院子里开出四畦菜地，只是浇水要从坡下挑上来。爹怕干爹受累，总是晚上跑来挑水浇地。爹又在不显眼的地方挖了一个地窖，把红薯、萝卜存放起来，也总是在晚上过来取一些带回家去。正是靠着这点贴补，我家的日子比别人家强多了。

之所以说起这四畦菜地，是因为它曾记录了我和红姐太多童年的欢乐，给我留下了不可磨灭的深刻记忆。红姐是城里的孩子，对种田有极大的好奇和兴趣。她甚至每天早上起床后的第一件事，就是小心翼翼地扒开覆土，看看刚刚播下的萝卜种子是否发芽。等到小苗出土，她甚至每天都要数数新长出几片叶子，就这样看着它们一天天长大，一天天成熟，直到收获。平时学习之余，我俩一起在地里打理，除草、捉虫、浇水，每当此时，她就会一改平时的矜持，小院里就会飘荡着她开心而爽朗的笑声。她高兴了，我也就特别高兴。

从 1960 到 1962 年，由于缺粮，野菜、树皮、草根、树叶，凡是能够充饥的，都只管弄来往嘴里塞。天热干活时脱掉上衣，人人都是一根根肋条绷老高。到了春夏之交，青黄不接，不时听到有饿死人的消息，有一种"病"开始流行——浮肿病，严重缺乏营养导致浑身浮肿，一按一个坑，再发展皮肤明晃晃的，一按就出水。山下村里一个孤老头，就是这样整天躺在麦秸垛旁晒太阳，一动不动地死了。

一

说起当年的饥饿，我就不由自主地想起一件事，而只要想起这件事，我的心就会打战。

那是 1962 年的春季，山外的镇子上有个传统庙会，正好是星期天，干爹带我和红姐去看看热闹——其实农村人赶庙会，有不少就是去看热闹的，并不一定要买东西，类似现在人的一种娱乐方式。村里人有句俗话：闲赶会，活受罪，黑夜看戏不如睡，就很能说明这个问题。话虽然这样说，但是人们对赶会、看戏这种热闹，永远是乐此不疲。

为什么乐此不疲？直到我成年以后才渐渐明白，因为它是单调枯燥日子的酱油醋啊！

那天的庙会很是萧条，并没有传统的社火和唱戏，也没有卖吃的，庙会上只有一些卖小农具和日用品之类的小摊贩。干爹买了一把菜刀，就领着我俩往回走。突然，有个瘦瘦的老汉轻轻碰了干爹一下，小声说："烧饼，买吗？"

他胳膊上挎着一个篮子，一块粗布巾盖着里面的东西。干爹问："咋卖？"他说："一块。"干爹左右看看见没人注意，嘟囔了一句："这年头，吃的可真贵。"掏出两块钱塞到他手里，他就从篮子里摸出两个烧饼递过来，转身悄然离去。

干爹看看手里的烧饼，又嘟囔了一句："这烧饼忒假。"递给我和红姐一人一个。

红姐仰脸看着干爹，干爹微笑着说："吃吧。"

红姐问："你不是说它假吗？"

干爹笑了："我说假，是指它不够货真价实。你看这烧饼周围一圈还像回事，中间薄得像层纸。吃吧，总比没有强，你俩都正长身体呢！"

说实话，走了几里路，肚子早饿了，我和红姐对望一眼，她抿着嘴笑了一下，咬了一口烧饼。我也咬了一口，低着头欣赏手里的烧饼。

突然听到红姐惨叫一声，大家都没有反应过来，干爹急忙回过头来，只听红姐喊了一声："她抢了我的烧饼。"就跑着追过去。在她前边，有个女人跑得飞快。旁边有人喊："抢馍贼！抢馍贼！"

我们追过去，那女人却站住了，转过身来，朝着手里的烧饼"呸呸呸"吐了几口吐沫，直直地站在那里看着干爹。干爹也一下子愣在那里。

这时我才看清，女人脏兮兮的，头发散乱着粘在脸上。

女人看大家都站着不动，转身走了几步来到路边。路边的麦地里坐着三个孩子，也都脏兮兮的，个个都瘦成了猴子。大的应该和我差不多，他怀里搂着个最小的，大概只有两三岁。女人把手里的烧饼掰成三份，小心翼翼地递给三个孩子，孩子们立即大口吃起来。或许是有馍花掉在手里，女人抬起手，用舌头舔着手心。我看见眼泪从她脸上流到鼻子旁，她用手背使劲擦了一下鼻子，坐在地上看三个孩子吃烧饼，不时用手背擦擦脸上的泪。

很多人都围在她旁边站着看，没有一个人说话，静极了。干爹把手伸进兜里，掏出一块钱，又从另一个兜里摸出一些零钱，弯腰递给女人。她没有伸手接。干爹就把钱放在地上，直起腰回过头来小声说："红星，给她吧。"

我把咬了一口的烧饼递过去，她坐在那里还是一动不动。老二抬头看看我，又看看妈妈，犹豫了一下，接住了。女人从老二手中抢过来，分成大、中、小三份，分别递给三个孩子，又从老三手里拿过来掰下一小块递给老大。老大接住了，却强塞到妈妈嘴里，又从自己的一块上掰下一块塞给妈妈。妈妈捏在手里却不肯吃，一边用手背擦泪，一边看着三个孩子吃。

干爹叹了口气，小声说了句："走吧。"我和红姐跟着干爹往回走，走着回头看了看，女人竟"哇"的一声哭着趴在地上磕头。

干爹一直没有回头，也没有说话，但是我看见，他几次摘下眼镜用手帕揩眼角。

快到家时，干爹说走累了，歇歇吧，我们就坐在路边的石头上。干爹长长叹了口气说："你俩都看到了，解放十来年国家都很好，现在是遇到了暂时困难，相信党和人民政府很快就能解决。但是从长远看，建设国家是需要大量人才的。人才从哪里来？就是从你们中来，从你们发愤读书的人中来。记住今天这件事，你们就能发愤了，好好把本领学到手，将来好好建设咱们的国家。"

我和红姐默默听着，一起点头。

干爹说："咱们走吧。"三个人都站了起来。

二

红岩说："提起'三年困难时期'，我们都是亲身经历过的。不过那时还小，我又是在北京的军区大院，生活情况比外面要好，所以并不了解整个情况。只知道那时一系列的大规模群众运动一个接着一个，反'右'派、社会主义教育、大办水利、大炼钢铁、高产密植、人民公社等等。'大跃进'运动席卷中原，如火如荼，似乎真的就要跨进共产主义。"

我说："和炼钢铁一前一后的还有一个'除四害'，现在说起来都觉得可笑。学校停了课，村里把玩社火用的锣鼓家伙搬出来，还买了很多鞭炮，农民学生一起在村里村外巡游，锣鼓喧天，鞭炮齐鸣，人们摇旗呐喊，土枪火铳声震云霄，到处驱赶消灭麻雀，弄得各种鸟类惊魂失魄、无处落脚。我们小学生还要天天抬着木梯，爬到屋檐底下掏麻雀窝，爬到高高的树上捅喜鹊窝，一定要将它们赶尽杀绝。还真是的，此后两三年农村鲜见各种鸟类。

"再说炼钢铁。因为成立了集体食堂，各家各户都把做饭的铁锅

'啪'的一声摔碎，连同除了必用的农具之外的所有带铁字的东西，包括墙上的铁钉，都拔下来献给国家去回炉炼钢铁。我们学校也垒起三个一米高的'小高炉'，没有铁矿石，就去淘铁砂，提个洗脸用的盆子，拿个做饭用的铲子，老师带着蹲到洛河边的沙滩上，铲去一层沙子，就露出一层黑色的不足一毫米的'铁砂'，小心翼翼地铲进盆里，站在水里淘去沙子，剩下的就是'铁矿'了。回来团成馒头大的小球，从上面放进'高炉'，下面塞进村里提供的木炭，点起火来，几个人轮流不停地使劲拉风箱，就有蓝色火焰从炉子上部熊熊蹿出，几个小时后铁水从下部流出来。于是大家欢呼：'出铁了！出铁了！'其实这哪里是铁，铁渣而已。

"一直干了两个月，铁没炼出来，却把我爹新买的风箱拉杆磨断了。我吓坏了，不敢把风箱扛回家，我知道这个风箱在父亲心中的分量。那时候，风箱可是农民家里的大件用具，何况还是新的啊！父亲为这个风箱没少费心思，两年前就说旧风箱该换了，可又没钱买新的，只好想方设法备料，请邻村的李木匠来家里做，工钱加管饭，就省了不少钱。风箱做好后，父亲觉得完成了一件大事，高兴得很，故意扛到街上给邻居们看，嘴上是夸奖李木匠手艺好，心里肯定是向人家炫耀。父亲心爱的东西就这样被我弄坏了，回去还不是找打吗？想来想去，只好拉着红姐一起去。我爹看着风箱心疼得差点流泪，因为有红姐站在旁边，他就对着红姐勉强一笑，一言不发扛起风箱，去了邻村李木匠家，换了两根拉杆，白白花了一块五毛钱。回来后仍然心里难受，两天都没听他说一句话。

"现在想起这些事觉得可笑，可我就是笑不出来。小学生不让读书，却让跟着大人干荒唐事，到底是可笑呢还是更可悲？"

"忽然想起一件事，"我说，"在最饥饿的时候，我吃过一次肉，牛肉。现在想起来还觉得香呢！"

老伴儿惊讶地看着我："不会吧？"

我说："是真的。当时浮肿病蔓延。一天夜里，生产队队长悄悄来到我家。我假装睡着，就听到队长呼哧呼哧的哭声，对我爹说："叔，我都三十大几了，前边一连生了三个闺女，这次又怀上了，满心想生个小子，谁知会小产了呢？是饿的，饿的呀！再不想办法，就这样饿下去，真把人饿死了，我的罪就大了，我还有啥脸面站在乡亲面前？叔，咱得想办法给大家弄点吃的呀！"

"我并不懂小产的意思，只是第一次听到一个大男人哭得这么伤心，感到十分震惊。

"我爹老半天没有说话，后来就给他出了一个主意，让他假装去山上放牲口，趁天快黑时没人看见，把那头老牛推下山沟摔死。回来就说丢了牛，组织社员进山寻找，杀牛分肉就有了理由。

"之后很多年我都会想起这件事，想起那头冤比海深的可怜的老牛，并会联想到战场上宰杀战马，不是到了万不得已，战士怎么会杀吃心爱的战马呢！

"按人口我家分了一斤六两肉，还有一根肋条骨。上锅煮的时候，加了满满一锅水，爹说肉少就多喝点汤。肉煮好后，爹让从中间切开，留下一半全家吃，另一半拿两个碗扣住，让我送给干爹干妈和红姐尝尝。"

红姐点点头说："这事我记得，那天你说吃过了死活不肯吃，爸妈还夸你'真好'呢。"

我说："爸妈夸我时，你还皱起鼻子给我做鬼脸呢。"说得几个人都笑了。

红岩收起笑脸，正色说："回首这段往事，我就琢磨，一个国家的成长，也像我们每个人一样，这段时间应该是共和国的青春期，上下都亢奋、冲动、幻想。现在回过头去看，也可以理解。"

我点头称是："我们都是从年轻走过来的，那个年龄段谁不青涩呢？我们一天天长大、冷静、成熟，是因为曾经青涩过；我们的国家现在越来越好，也是因为经历过很多事，道理是一样的。"

第四章

"爷爷奶奶，你们快看啊！我抓到了一只螃蟹。"红姐的孙子兴冲冲跑进来——小孩子吃饱了饭，对我们的谈话没有兴趣，早就出去自己玩了。

我们都转过头看他，红姐说："好，你自己玩吧，不要跑远，注意安全。"

红岩笑着说："没事，让他玩吧。我们这么大时，不也是就知道疯玩吗？"

老伴儿国庆说："和我们比起来，现在的孩子真是美到天上了，谁叫人家赶上好时候呢！"

红姐说："美倒是美，好也是真好，毕竟现在的年轻人没吃过苦，养成一些不好的生活习惯，让你看着不舒服。你还没说他们几句呢，他们反倒讲出一大堆破理论，还说是什么科学，好像就他们知道科学似的，所以不想和他们一起住。"

红岩哈哈笑起来："看看，你又来了。啥好不好的，一代人是一代人，不能强求嘛。不就是做了一桌饭菜，吃不完就倒掉；看电视声音开老大，吵得人烦；洗衣服不用盆子，开着龙头让水哗哗流；开电灯啪啪啪按一圈，弄得亮如白昼——离开时又忘了关，老是我半夜起来替他们关灯……鸡毛蒜皮的事，管他们呢！我们老了，犯得着再为他们操心吗？"

"这不是操心不操心的事，"红姐说，"是一种思维方式和人生态度。就说花钱大手大脚吧，要说，是他们自己的钱，挣了钱就是花的，可你总得分个该不该花吧。家里一堆衣服好好的，又买一件回来了，还专要买什么名牌。穿衣服要的是合适，跟名牌不名牌有啥关系，只买贵的，不买对的。我就不信，穿件名牌就成名人了？纯粹是虚荣嘛！"

国庆说："红旗姐这话我赞成，衣服是用来穿的，跟叫啥名字有啥关系？要是名字真那么重要，干脆大家都叫'老板''富翁''领导'好了。我不信就都成老板、富翁、领导了！有一次我穿了一件假名牌，竟然引起身边小女孩的羡慕。我告诉她是假的，她偏不信，说你要是穿假的，我们就没有真的了。好玩的是，过了两天一个小女孩穿了件名牌，正向大家炫耀，几个男孩却说一定是假的，弄得小女孩当即哭起来。你说可笑不可笑？"

红姐说："不仅可笑，而且可悲。"

国庆说："可不就是可笑可悲嘛。我们对面住一对小夫妻，开着车去健身房，花钱在跑步机上跑一个小时，再开着车回来，路上来回正好也是一个小时。我就只能笑他们小时候算术没学好了。可笑的是，你们有钱，花呗，那就别老是抱怨汽油涨价呀！"

我看两位女士说得慷慨激昂，就笑笑说："你俩的话我都不反对……"

"你俩注意了，"红岩抢过话头，"老哥说的是不反对，可不是赞成噢。这叫说话的艺术——顺着别人说话，不和人抬杠，跟我老哥学着点儿。老哥你接着说。"

我向红岩会心一笑："两代人嘛，就是两个不同时代的人。存在决定意识，每个人都会打上时代的烙印，怎么会相同呢？老人们不愿和子女一起住，子女愿意和老人一起住吗？就是因为生活习惯不同。这是没有办法的事，谁能改变谁呢？睁只眼闭只眼算了。想想我们年轻的时候，老人说的话也不是全听嘛。重要的是双方要努力相互理解，努力站在对方角度想想，努力避免让对方感到不舒服。如此而已。"

红岩说："对嘛，这就是代沟嘛。既然是客观存在，就由他去吧。何况你俩说这些事，类似先有鸡还是先有蛋，永远纠缠不清。"

红岩接着说："我再给老哥老姐讲个真实的笑话。——有一天儿子回来了，要开车出去办事。你红姐就想让他给捎到某个地方。儿子不太情愿，说自己真的有急事，妈的事回来再说行不行？你红姐就有点不高兴。我赶紧站出来打圆场，说，儿子有急事赶紧去吧。儿子走了，我问你红姐：'你求儿子干吗？'你红姐说：'我养的儿子，这点小事都央不动！'我说：'你央孙子呀！'说得你红姐一脸茫然。我指指她的衣服说：'兜里装的啥？人家不是说'钱是孙子'吗？你出了大门掏出一张扬扬手，汽车不就开到你跟前了！你舍不得打的，不就是想省俩钱吗？省了钱为啥，还不是留给儿子吗？现在他不捎你，你就用他的钱打的，结果是一样的，却省了跟他说好话。'你俩猜你红姐办完事回来咋说？她说：'孙子就是比儿子强，有兜里这个孙子撑着，司机态度好得很，叫拉哪儿就拉哪儿。'"

我笑了："今天又跟老弟学了一招。"

国庆笑了，对我说："听见了吗？今后有事咱也央孙子。"

红岩也笑了："对待孩子们的态度，我用两句话概括：管吃管住不管闲事，出钱出力不出主意。不是说清官难断家务事吗？既然说不清，索性来个不听不看，不管不问，一了百了。把每天都当最后一天过，人总有最后一天，到时候我们闭眼了，还能管人家？人家还不是照过？"

我说："其实，这里边有个道理，值得提醒年轻人：老人从苦难中挺过来，这份阅历是他们珍贵的人生财富，或者说是无法抹去的人生记忆。人生是什么？就是记忆和忘却两个部分。忘却之后留下的就是记忆。重拾记忆，重温往事，在老人是很重要的，但是却没有得到年轻人应有的理解和尊重，有意无意地无视、蔑视甚至批评、顶撞，这就很伤老人的自尊。更重要的是，老人们的批评其实并非就事论事，而是想让他们懂得俭以养德的道理。如果年轻人都能明白老人的苦心，那就好了。"

红岩感叹："是啊，阅历也是人生的教师啊！不说代沟了，说跑题了。"

老伴儿热烈响应："对对对，管他代沟不代沟的，红星同学继续说咱两家的事。"

我问："刚才说到哪儿了？"

老伴儿说："说到你们仨赶庙会没吃上烧饼了。"

我"噢"了一声。

一

我已经完全融入了干爹这个家庭，总想为它做点什么。我讲两件让干爹干妈特别高兴的事。

第一件是我刚上学那年的深秋。我发现干妈喜欢菊花，从山沟里一枝一枝采回来，用水冲洗干净，插进一个盛水的画着花草的白色陶罐中，放在和干爹合用的办公桌上。于是，我就天天拉着红姐去采新的，晚饭前准时换上，夜晚窑洞里就有一丝淡淡的菊香。不仅如此，我还去剪些当年的嫩枝，和红姐一起插种在窑院前的土坡上。山菊见土即活，第二年就一簇簇地长起来，秋天就开出了一片菊花。如此年年插种，小山坡就成了菊花的海洋，干爹干妈自然夸我。

第二件，是我和红姐同时以优异成绩考上了县里的初中。干爹干妈特别高兴，齐说明天要好好庆祝一下，干爹就提出要干妈买条鱼。干妈抿嘴笑了笑说："这里没有吃鱼的习惯，上哪里买鱼去？"干爹拍拍脑门，有点遗憾地说："罢了罢了，反正明天中午炒几个菜，两家人一块儿聚一聚。"干妈答应："那是自然。"

听着他们的话，我心里就有了主意。午饭后，干爹干妈到里边的窑洞休息了，我悄悄叫来红姐，要她跟我走。她照常忽闪着大眼表示疑惑，我悄悄说："走吧，一会儿你就知道了，保准爹妈高兴。"我俩就一溜烟跑出了院子。

大庙的旁边是生产队的饲养室——喂牲口的地方。我从饲养室拿出一个盛草的空竹篓，带着红姐一起沿着河往上走，不远就是一片洼地，积出一个大水塘。我先折断一根树枝，用它在水边的湿地里挖出几条蚯蚓，扯断了放在地上，然后脱掉上衣交给红姐，想了想不能脱光屁股——那时农村都不穿内裤的，就高高挽起裤腿，一手捏着蚯蚓，一手提着竹篓下了水。我知道这里有不少鱼，往日路过时能清楚地看到。我选择一个合适的地方静静站定，把蚯蚓丢进水里做诱饵，不一会儿就有一条鱼游过来。这里的鱼傻，我用竹篓猛地扣下，果然就扣到了。我把手慢慢伸进篓子里，用拇指和中指紧紧抠住鱼鳃，把鱼提出水面。红姐兴奋地在岸上又跳又叫："抓住了！抓住了！"我提着鱼上岸，用柳条穿住鱼鳃交给红姐。

如法炮制，没多长时间又抓到一条，都有尺把长。红姐高兴地惊叫着："快上来，够了，要注意安全。"

　　我从水里上来，心里就有几分得意。可是麻烦来了，裤子不用说全湿了，身上也满是泥巴，山里的孩子哪有换洗的衣服，我不知该如何是好。

　　红姐说声"等着"，拔腿就跑，不一会儿拿着一条裤子回来了，说："先换上吧。"把裤子递给我。我掂起来左看右看，她似乎明白了我的意思，红着脸说："别看了，是我的。"

　　我也脸红了，又左右看看，没个遮挡的地方。

　　她也左右看看，指着不远处的小树丛说："就去那后边换吧。"

　　我看那个小树丛并不密实，迟疑一下说："那你转过身去。"

　　她脸更红了，低下头翻我一眼，噘起小嘴，皱了皱鼻子，伸出食指在我额头上狠狠地戳了一下，才转过身背对着我。

　　我换好衣服走过去，说："换好了。"她看着我，我看着她，两个人的脸都红了。

　　我俩提着鱼回到院子里，果然给了干爹干妈一个很大的惊喜。第二天中午，干妈做了红烧鱼，又叫来我爹娘一块儿欢聚。当时刚过了三年困难时期，干爹到镇上买酒没有买到，有点遗憾，不过仍然兴致很高，时不时地夸奖我和红姐"很争气""有出息"。

　　我们当地没有吃鱼的习惯，害怕有刺。干妈就用筷子把鱼刺剥离，夹着一块鱼肉往我嘴里喂。红姐看我小心翼翼的样子，不住忽闪着大眼抿嘴笑，嘴巴就像弯弯的月亮，好看极了。我也咧开嘴对她笑，她就噘起扣子般的小嘴，对我皱皱鼻子。双方老人看着都笑起来。

　　没过多久，初中录取通知书发了下来。不用说，人人都是欢天喜地！

二

当然，我也犯过错。记得在二年级的时候，红姐要我去给她逮蝈蝈。回来的路上经过一棵老柿树，青青的柿子如小蒸馍大小，密密麻麻地压弯了枝。红姐问我这是啥树，我说是柿子树。她说她最喜欢吃柿子，特别是软柿子，红灯笼似的，一咬一兜水，甜极了。我说那得等到秋末冬初才行。她有点失望，说现在就想吃。我看她馋馋的样子，就问现在真想吃吗，她翻我两眼反驳我："你别骗我，绿柿子没长熟是不能吃的，我知道。"我也翻她一眼说："那要是我会变呢？"她不高兴地噘起小嘴说："你骗人。"

过了两天，窑洞课堂结束后，我悄悄让红姐跟我走。她问干啥去，我说要给她一个惊喜。她有点疑惑，我已经走到大门口，向她招招手，她就顺从地跑过来。干妈看见我俩神秘兮兮的样子，笑了笑并不干涉。

我俩跑了一里多路，来到沟沿的一个打麦场上。场上有打麦后留下的麦秸垛，不远处有两棵柿子树。我让红姐站在树下，噌噌噌就爬上了树，选了结着四五个柿子的小枝，咔吧一声就折断了，扔下来让红姐接住，又三下两下从树上爬下来。红姐大惑不解，说："绿柿子不能吃的，你要干啥？"我得意地笑着说："能吃的。"她说："不能吃。"我说："能吃。"她急了，小嘴噘老高，跺着脚连着说："不能不能就不能！"

我说："那你敢和我打赌吗？你输了咋办？"她拿眼翻我半天才说："你说咋办就咋办，你输了也一样！"

我说："那好，跟我来。"

她迟疑地跟在我身后，来到麦秸垛前。我扯下一把麦秸，把手伸进去，故意摸了半天，就摸出一个泛黄的软柿子，放在她手上，又伸进去摸，一共摸出了四个。她吃惊地瞪大眼睛看着我。我从她手里取过两个说："平分，吃吧。"

她仍然瞪大眼睛，疑惑地看着我。我拿起一个放到嘴边，咬一个口子，使劲一吸，绵软的果肉就流进了嘴里，咂咂嘴说："真甜。"然后看着她。

她也把柿子放到嘴里，品了品咽了，说："真的很甜哩。"她瞪大眼看着我，紧紧抿起下唇，把嘴弯成了月亮。

我说："你输了，让我刮鼻子。"

她就仰起脸皱着鼻子，闭眼让我使劲刮了三下，然后深情地看着我说："你好厉害，会得这么多！"

吃完柿子，我把新摘的放进麦秸垛的洞里，用麦秸把口塞住，告诉红姐过两天再来吃，便一路欢笑着回家了。

我俩第三次去吃柿子的时候出了意外，不知道干爹什么时候跟来了。干爹尝了一下我的作品，称赞说："怪甜的。"然后说："咱们回去吧。"

路上干爹问："这树是谁家的？"

我说是公家的。

干爹明知故问："不是咱自家的？"

我和红姐都点点头。

干爹又问："不是自家的东西能随便动吗？"

我和红姐迟疑了一下，都说："不能。"

干爹说："我给你俩出道题，看能不能答对。别人种的瓜熟了，你们俩从瓜地里走，鞋子里进个石子，你俩就弯腰收拾鞋子。这样做对不对？"

红姐忽闪着大眼睛，我答："对。"

干爹问："为啥对？"

我说："没法走路。"

干爹又问："要是人家把你俩当成偷瓜贼咋办？"

我和红姐就你看我、我看你答不上来。

干爹说："我再出道题，人家李子树上的李子熟了，你俩在树下经过，觉得帽子戴得不舒服，就抬手去整理一下，请问对不对？"

我和红姐同声回答："不对。"

干爹笑了："为啥呢？"

我俩答："人家把俺当成偷李贼咋办？"

干爹哈哈笑起来，拍着走在他两边的我俩的肩膀夸奖：真聪明，这就是成语"瓜田李下"的由来——"瓜田不纳履，李下不整冠"。

我就是在这个时候学会了"瓜田李下"这个成语。当然，和红姐一块儿吃柿子的快乐也就此打住。

补充说一件事：考学之前，照相馆的人到学校里给我们照相，每人一张，贴毕业证用的。照完之后，干爹把照相的叫到坡上的院子里，给我们照了张全家福。干爹干妈并肩坐在两把椅子上，我和红姐一边一个站在前边。干妈把我拉过去，干爹也把红姐拉过去，一人搂着一个孩子照了一张。直到现在，我仍能感到干妈搂着我的温暖。照完全家福，干妈说："给俩孩子照一张吧。"干爹连说好，让我俩并肩站着，挨得很紧，又照了一张。我觉得既高兴又新奇——这可是有生以来第一次照相啊！

第五章

当我说到这一张照片时，现场的气氛一下子变了，红岩用手拍着大腿，显得特别兴奋："哈哈，今天我才明白这张照片的来历，红旗嫁给我的时候让我看过这张照片，只说是她的初恋，没有多说，我也不好多问，毕竟照片上站着的是两个小孩子。为了安慰她，我还把两个小孩子的照片放大了一张，现在还挂在书房里呢。"

老伴儿国庆也很兴奋："谁说不是呢？我们家和你说的一样，今天算彻底明白了。"

红姐却和他俩相反，低着头一动不动，像一座雕像。大家仔细一看，才发现她在默默地流泪。

"哎哟，怎么哭了？哈哈，多像个孩子，怪可爱的。"红岩一如既往乐观，咧着大嘴笑得很开心，从桌上抽出一张纸巾替红姐揩眼泪。

红姐从他手里接过纸巾，一边揩泪一边抿着嘴唇笑着说："不好意思，一晃几十年过去了，要是一直不长大该多好。"

我说："是啊，人生就是这样，一晃几十年过去了，每天忙忙碌碌，经历过很多很多这样那样的事情，但是，当你回首瞭望之时，其中的绝大多数，都被岁月的风霜雨雪给擦拭得干干净净，没有留下丝毫痕迹，只有极少极少一部分，虽然也会被时间深埋在心底，但是一经触动，就会给你触电一般的感觉。对于别人，或许只是看热闹，而对于自己，却是刻骨铭心的珍惜。这，大概就是所谓的情感，就是人生有意思的地方或者叫人生的意义吧。"

老伴儿国庆是个善解人意的人，大约是为了给红姐圆场，忙站起来给大家一一倒水，一边笑着说："好了，红星讲得不错，这一段就算续上了。红星你先歇歇，现在换个话题，干爹干妈真是太好了，就让红旗姐给咱们讲讲两位老人的事，行吗？红旗姐。"

红姐慢慢抬起头，显然她还没有从刚才的心绪中跳出来。她长叹一声，说："可惜他俩都走了，要是今天他们能在这里该多好啊！"

红姐喝了一口水，平复了一下情绪，缓缓地说："其实红星都知道的，小时候有一次，晚饭后在窑洞前的院子里，爸爸妈妈给我们讲过的，只是你们俩不清楚。"

红姐看着国庆和红岩："我就给你们讲讲吧——"

一

我和红星刚上学不久，一个初秋的晚上，月亮很圆，微风习习，山影朦胧，白云如絮，静谧而祥和。

晚饭后，我们一家四口心情很好，就坐在窑洞外面的院子里乘凉，有一搭没一搭地聊天。不知道怎么就说到我和红星的偶然相识，红星就突然来了兴趣，好奇地问："干爹干妈是怎么认识的？"

爸爸和妈妈都笑起来，笑得很开心，互相补充着回忆起当年。

爸爸的老家在豫南确山县，离那个很著名的竹沟很近，原本是个大户人家。后来兄弟们分了家，爸爸的父亲也就是我爷爷，染上了抽大烟的毛病，硬是把家业给败了。谁知事有凑巧，到解放后划分成分时，土地房屋已经变卖殆尽，就定为"下中农"，而本家的另两个兄弟，一个划成了"富农"，一个划成了"地主"，解放后都成了阶级敌人。

当年爸爸考上了河南大学，快毕业时，开封发生了中国现代史上一个著名的事件。就是在这个事件中，爸爸认识了妈妈。

事情是这样的——

抗战胜利后，国民党当局悍然发动内战，遭到全国人民反对。在共产党的领导下，开封、南京、上海、北平等六十多个大中城市，一起爆发了"反饥饿、反内战、反迫害"爱国民主运动。开封的大中学生和教师纷纷走上街头，游行示威，张贴标语，高呼口号，遭到反动当局的残酷镇压，九十三名学生被捕，多名教授被解聘。

那天，以法学院学生卢治国为首的师生代表团"晋京请愿"，浩浩荡荡的游行队伍前往欢送，却遭到大批反动军警阻拦，随之发生激烈冲突。军警有人开枪，局面大乱，人们开始乱跑。爸爸奋力突破军警防线，突然发现不远处的路中央，有人倒在地上，旁边扔着一辆黄包车，显然拉车人已经逃命去了。爸爸飞快跑过去，看见地上一摊血，那人肚子上的衣服也被鲜血浸透。爸爸眼看慌不择路的人群拥过来，踩也会把他踩死，就不顾一切地将他背起，只听那人艰难地说了声："东京大药房。"

好在路不远，爸爸将他背进"东京大药房"，才知道这是他的家。家人剪开他的衣服，发现是子弹打穿了他的腹部，幸亏不是要害部位。家里人都懂医，很快就处理了伤口，把他抬到床上。爸爸转身要走，那人摆摆手让他过去，拉住爸爸的手不松。爸爸只好坐在床边。

正在这时，一阵急促的脚步声传来，一个女学生跑进来，看到眼前的情景，吃惊地叫了一声："爸，你怎么了？"就"哇"的一声趴在床上哭起来。

床上的人叫钟寒冰，是"东京大药房"的老板，前门开店行医，后边办厂制药，在开封也有些名气。当天他坐着黄包车出去办事，回来正碰上戒严，不幸被流弹击中。女学生是他的女儿，叫钟望秋——望着秋天，冬天就不远了，那就看到老爸"寒冰"了。

钟望秋也是河大的学生，比爸爸低两届，在学校见过，只是没有直接交往。

钟老板已经缓过劲儿了。他拉住爸爸的手不让走，说："外面乱得很，到处抓人，在我家很安全，何况你又是我的救命恩人。"

爸爸想了想说："我只是一般学生，出去也没事。要不我出去叫我的一个同学来躲一阵，他叫曲好义，是学生领袖，恐怕有危险，行不行？"

钟老板连说："行，行，不过你要和他一起来。你是我的救命恩人，住我这里放心些。"

爸爸就去找来曲好义，一起吃住在钟老板家里，日常不免端茶喂药，钟老板甚是喜欢。

钟望秋闲着没事，自然就同两位学长讨论时局，慢慢就对爸爸有了好感。

曲好义看出了门道，就做媒成就了这门姻缘。钟老板欢喜不尽，对曲好义说："你知道我为啥相中这个女婿吗？"

曲好义微笑着摇摇头，钟老板拉住他的手轻轻拍了两下，很郑重地说："在最危险的时候，他想的不是自己，而是你这个学生领袖。就凭这点，我这女婿错不了。"

这个钟老板就是我的姥爷，其他人就不用说了。

红姐讲完爸爸妈妈的故事，意犹未尽，说："年轻的时候我不信命运，现在老了还真不好说了。就说爸爸妈妈吧，完全是因为一个不相干的突发的偶然事件，却意想不到地决定了两个人的终身大事。还有我和红岩、红星，也都起源于偶然事件，只是结果不同而已。这，或许就是人们常说的缘分吧。"

红姐话音刚落，国庆就极表赞同："红旗姐，还真是的，我和红星才叫偶然，简直是传奇，连我自己都觉得意外，甚至有点不敢相信，等会儿我再讲。我知道你和红星后来是因为干爹划了'右'派，干爹这么好的人，怎么会呢？"

"正因为爸爸心太好，才当了'右'派，他是主动替人家当的。不过话说回来，好人终有好报，人家后来也没忘了爸爸，都尽力帮过咱大忙，这是后话。爸爸这个'右'派，是一盒烟换来的。"说着，脸上现出一丝苦笑。

二

当时我和红星正上小学，1957年快要过年时，一天，通知爸妈去县里开会。妈妈因为有病，两天就回来了，爸爸直到一个多月后才回来。爸爸把自行车放在窑门口，坐在院子里的一把椅子上，仰头眯缝着眼看天，只不说话。我和红星正在树下背古文，看着爸爸情绪不好，就停了声。妈妈也觉出不对，疑惑地走到爸爸面前，蹲在对面，双手捧住爸爸的脸，用眼神询问发生了什么。爸爸妈妈就这样脸对脸看着不说话，老半天爸爸才长叹一声："这件事我可能办得不对！"

我和红星还不太懂事，对大人说的话似懂非懂。根据两个大人当天和后来的话，我和红星大体明白了事情的原委。

县里开会，是开展"反右"斗争。开始是动员大家提意见，给党和政府"洗洗澡搓搓背，越激烈越忠心"。谁知刚开了三天，会议突然大转向，提的意见成了反党言论，开始斗争、揭发、批判。妈妈有肺病，冬天就闷气，还咯血，这两天正犯病，很严重，大家都看见了，坚持了两天就让她回来了。爸爸因为惦记着学校的事，也就应付了事，何况也真不知道谁有反党言论要揭发。好在他们这个组有几个积极分子，慷慨激昂，发言很长，时间也就占去了。

表现最积极的，是文教局办公室副主任甄俊杰。这个人我和红星都认识，前不久还掂着一包点心专门跑来看望爸爸妈妈，个子细高，背有点弯，头发稀疏，已经谢顶，额头很亮，说话和蔼亲切，笑声爽朗，仅从气质风度上就能看出很有修养。那天来时，他说是代表个人，同时作为好朋友特来看望的，还说像你们两口子主动请缨进山办学，精神可嘉值得学习，局里应该大力表彰。说他回去就向局长建议，对你们这样的好同志，组织上没有个态度还行？

他临走时，特意拐到我和红星跟前，弯腰拍拍我俩的脸蛋，和蔼地问："做作业哩?"

我俩答："背古文哩。"

他似乎很吃惊，"哦"了一声，直起腰对爸爸妈妈说："了不起，了不起，好好培养，将来一定能成国家栋梁。"

说完，亲切地呵呵笑着，向爸爸妈妈挥挥手，又扭头朝我俩挥挥手，很家常地说："就这吧，走了，不打扰了，不送不送。"推着车子下了坡。

目送他走远，我心里就留下了美好印象。爸爸妈妈也很高兴。我们来这里很长时间了，甄俊杰是第一个主动来看我们的人。爸爸妈妈很为他的真诚而感动，齐夸他是教育系统的大好人，工作能力又强，人才难得。

我和红星从爸爸妈妈的谈话中，对这个人有了初步了解。解放前，他在省城开封的一家小报馆，跟着老记者混日子。日伪时期，这家报馆倒向日伪；国民党时期，又倒向国民党；共产党来了，又积极拥护共产党。后来报界调整，他就被安排到教育口，然后又和我们一起调到了洛东县。

反右大会进入第二阶段，进一步揭发并确定右派人选。甄俊杰先前的发言虽然很长，但并没涉及具体人，主要是大讲这次运动的重要性、必要性，以及我们每个人都要持有一个严肃、认真、忠诚、老实的态度。最后自己表态："我会找工作组和领导直接汇报，请看我的表现。"

现在进入第二阶段，甄俊杰也没在大会上发言，一如既往地表现得沉稳干练。会议气氛越来越激烈，揭发反动言论的大字报铺天盖地，声讨右派分子的口号声一浪高过一浪。在工作组的领导下，"右派分子"被一个一个揪了出来。散会前的一个晚上，会议暂停，局长找爸爸单独谈话。

局长就是曲好义，既是爸爸同乡的本家，又是老河南大学的同班同学，还是爸爸妈妈当初的牵线人，当然是无话不谈的真朋友。

爸爸如约走进局长办公室，局长过来关上门，坐回到自己的椅子上。爸爸就隔着桌子对面坐下，问："啥事？"

局长笑着说："啥事？没事就不能见面了？先不说事，你先尝尝这烟。"说着拉开抽屉，拿出一盒烟撂在桌上。

爸爸一看是"大前门"，吃了一惊，问："你哪来的这烟？"

局长不紧不慢地说："没吸过吧？你尝尝。"抽出一支递过来，又"刺"的一声划着火柴给爸爸点着，自己却从口袋里掏出平常吸的一毛多钱的"百花"烟，抽出一支也点着，吸了一口问："咋样？还是人家'大前门'好吸吧？"

爸爸使劲吸了一口，品了两下，点头回答："好吸，真好吸！"

两人便相对着吸烟，各自品味儿。

吸了半支烟，爸爸抬头看着局长，用眼神询问"正事"。局长却并不提"正事"，开始讲这盒"大前门"的来历：下午大会散了，咱们这组的工作组长老王，把我叫到他屋里，从口袋里掏笔记本时带出了这盒烟，被我看见了。他看我眼馋，就送给我了。他也是从一位领导那里涮来的，装在兜里没舍得吸，就送给我了。当然也不能白送，他要求我必须完成一个政治任务。王组长说，按照上边定的指标，咱这组还差一个没完成。根据揭发材料，认为三个人都够"右派"标准，一个是河口镇的尚有福，一个是山湾学校的滑石头，还有一个就是你。这三个人中必须出一个。

爸爸听了大惑不解："根据揭发材料？我有啥可揭发的！"

局长摇摇手叫爸爸冷静，走出门看看外边没人，复又将门关上，才问爸爸："我问你，你是不是对甄俊杰说过不满新语文课本的话？"

爸爸想了一阵才想起来，说："这个意见，我不是也向你反映过吗？"

局长严肃起来："别说我，只说甄俊杰说得实不实？人家还有旁证！"

爸爸想了想说："我想起来了，有一次在他办公室闲聊，他说毛主席的文章写得好，有深厚的古文功底，而且活学活用，用得巧妙。我很赞成他的话，就说到现在的语文课本忽视古文教育，二十年后就会显出恶果的，应该建议国家重视此事。这能有啥错？"

局长又问："说这话时有没有人在场？"

爸爸又想了想："好像办事员小李在场吧。"

局长又问："你家的红旗，还有别的学生，是不是每天背古文？"

爸爸说："是啊，这能咋了？"

局长制止爸爸说下去："不用说了！你不知道，甄俊杰拿着个小本本来领导小组揭发，谁谁谁、啥时间、啥地方、说过啥、啥旁证、啥性质，旁人不说了，只说你这一条，性质是恶毒攻击党的教育制度，企图复辟封建礼教！你还有啥说？"

爸爸气得直瞪眼，可还真的无话可说，半天说了一句："老甄咋是这号人？自己不好好活着，天天监视别人，累不累！"

局长沉默了半天，才说："我早看透这个人，为了保自己，就去害别人，要在革命年代，必是叛徒！好了，不说他了，先商量这个人咋定吧！"

爸爸说："你说咋定？"

局长叹了口气，摇摇头说："还能咋定？既然上级已经把你们三个列入名单，那就将你们三个人做个比较。尚有福家里穷得叮当响，父亲刚刚去世，老娘又重病在身，一群孩子连饭都吃不上，一个个瘦得只剩一张薄皮儿，你不可怜？再说这个滑石头，是咱县的大功臣，解放军打洛阳时，当过支前队长，重伤不下火线，受到党和政府嘉奖，谁不知道？这人平常说话是随便点儿，也得罪过人，可是他为革命落下了一身病。我看工作组八成盯的就是你！既然躲不过去，与其明天上会让人往脸上吐唾沫，还不如干脆伸过头去挨一刀，也落个堂堂正正不是？"

爸爸默默地低着头吸烟，局长看爸爸不说话，又继续开导："咱就是个教书的，还能不让咱教书？都不教书了国家的下一代还要不要？没听说过天下有这种事！这次定那么多人，几乎全是教育骨干，若是都不让干了，全县的教育还要不要？我就不信了！再说了，有我在这里当局长，还能亏待你？你仔细想想。"

爸爸把手里的烟吸完，一跺脚站起来："啥也不说了，就这样吧！"转身要走。

局长上前一把拉住他，把桌上的"大前门"塞到爸爸衣兜里，说："拿着，不够一盒了，王组长和我各尝了一根，刚才你吸了一根，还剩十七根，也罢，十七根烟换个天下太平，明天上午的会也不用开了，大家也不用撕破脸皮了。王组长一拍屁股走了，可我们都是同事，低头不见抬头见的。"

第二天上午的大会很晚才开，会上宣布了"右派"名单，这个名单上共有三十七人，爸爸是最后一名。

宣布完了，王组长把烟头扔到地上踩灭："现在我宣布，咱们这个组的反右斗争正式结束，散会。"

大家都如释重负地站起来，把眼光一齐投向爸爸，仿佛爸爸是他们的英雄。滑石头走过爸爸身旁时，故意在下边用手碰了一下爸爸的手，小声说："够男人，够朋友！"尚有福却并不隐讳，径直走到爸爸面前，抱住爸爸肩膀哽咽起来："老哥啊，要不是你，我可咋弄啊？"

人们开始散去，局长招手让爸爸等一下，和王组长一起走过来，拉住爸爸的手说："先别回去，我请你上街吃顿饭，也算是给你压惊；不，是感谢；不，是赔罪！"又回头问王组长："允许吧？"

王组长点着头："可以可以，知错就改，还是好同志嘛。全县文教口定了二百七十六人，也不是你一个嘛。"

顺便说一下，散会后进行"后期处理"，二百多个"右派"中，有二十一个被定为"极右"，押送黄泛区农场劳改；其余绝大部分开除教师队伍，回原籍农村交贫下中农监督劳动；只有二十个问题不大的继续留用，但原则上不得从事教学工作。爸爸问题不大，平时人缘又好，加上曲局长和工作组王组长力保，再加上是在山区任教，当然就"留用"了，而且是唯一继续从事教学工作的。

那天局长请爸爸去街上的国营食堂吃饭，刚刚坐下，滑石头和尚有福就跟来了。滑石头长得高高壮壮，浓眉环眼，大嘴上两片厚厚的嘴唇特别显眼，说话干脆利索，一身的英雄侠客气，和他的名字完全不搭。尚有福恰恰相反，长得瘦小蜷曲，似乎那身子就从未伸展过，说话也低声小气，窝窝囊囊的，一点也看不出有啥福气。

两人来到桌前，并不坐下，没等局长问，滑石头就两眼红红的对局长说："今天啥也不说，这顿饭我掏钱！"说着就转身去售票窗口买饭票。

局长急忙站起来，拉住他的胳膊："你说啥哩！我在这儿能轮到你？"

滑石头情绪有些激动："局长你别拦我！"一甩袖子走了。

一看这架势，局长只好坐下来，默默地摇着头。

滑石头买了四盘肉丝炒面、四碗鸡蛋汤，招呼尚有福过去一起端过来，说声"吃吧"，就低头自顾吃起来。

这样的气氛下，四个人也就心照不宣，都没多说话，各自吃面。吃完，滑石头起身用手抹了一把嘴，说："今天当着局长的面，我表个态，曲校长是替俺顶了缸，这份情义我迟早要报。我要不报，我就不是人，将来老了见面就吐我一脸唾沫。就这！"

尚有福仍然低着头，眼角已经滚出泪花，小声说："我也想报答曲校长，可是……可是你看我穷得没有气力。我会永远记着这份情义，这辈子报不了，我就传给我那几个孩子。我就表这个态吧。"

吃完饭，把空盘子送回去，几个人就散了。爸爸骑车回来，一路上越想越觉得不对劲儿，可又想不出自己到底错在哪儿，直到推着车子走进院子，还是没能想明白。

妈妈正在给我俩改作业，好像感到了情况不对，就从窑洞里走出来，看到爸爸的表情，怔了一会儿，回身从暖水瓶里倒了一杯开水端过去，放在爸爸对面的小凳子上，抬头扶了扶眼镜看着爸爸，用表情询问怎么回事。

爸爸把事情一五一十地讲完，妈妈似乎也很吃惊，怔怔地看着爸爸的脸，爸爸也怔怔地看着妈妈，就这样相互怔怔地看着。突然，妈妈伸出双手，探身捧起爸爸的脸，温柔地说："算了，反正都这样了，咱又没做亏心事，不怕半夜鬼叫门。都过去了，一切都会过去，你不是说过时间会解决一切吗?"

妈妈安慰着爸爸，伸手去端水杯，觉得水烫，又换了自己的杯子递过去说："喝口水吧，我晾好的。"

第六章

听着红姐的讲述，红岩陷入沉思。

老伴儿国庆瞅着他，调皮地一笑问："想啥呢？怪深沉的。"

红岩眨巴眨巴眼，说："我在想甄俊杰这个人。"

我们三个都看着他。

他说："我忽然从甄俊杰这个人，想到人的三种活法。"

我被他的话勾起兴趣："人有三种活法？说出来听听。"

他咧嘴一笑："瞎说呗。第一种就像我这种，总体上说就是活着。该吃饭吃饭，该睡觉睡觉，该干啥干啥。不操心，没欲望，不看别人。这叫活在自己中，或者叫为自己活着。可以称为'常人'。

"第二种，不甘心做常人，一定要弄出点惊天动地的事业。该吃饭不吃饭，该睡觉不睡觉。操不完的心，干不完的事。都说老虎厉害，他就不服，偏要去骑。骑上了怪美，可就是下不来了。这叫活在事中，或者叫为事业活着。可以称为'忙人'。

"第三种，想要出人头地，又没真才实学，只好思谋别的办法。该吃饭时吃不香，该睡觉时睡不着。天天眼睛监视别人，心里琢磨咋把别人踩下去；天天看着别人的脸色，心里琢磨咋巴结别人爬上去。甄俊杰就类似这一号人。这叫活在别人中，或者叫为别人活着。可以称为'能人'。

"第一种常人活得闲，第二种忙人活得躁，第三种能人活得累。

"第一种人看似少心没肺，其实已经活在未来；第二种人看似追求未来，其实仅仅活在现在；第三种人看似最精明，既要现在也要未来，其实两个都没有。"

我边听边琢磨，不得不在心里感叹："大智慧啊！"

红姐笑着拿眼翻他："显摆吧。"

国庆眨巴着眼从思考中出来，很认真地说："精辟！老姐服你。"

红姐看大家静下来，就接着原先的话题继续讲："反右派的事就这样过去了。当时我们在山区，别的右派怎么样我和红星并不知道，照样和以前一样快乐地学习生活着。人生就是这样，事情发生了，可是你并不知道是命运已经给你发出了警告，还在傻乎乎地乐颠颠地往前走。我和红星就是这样在不自觉中，从青梅竹马的姐弟关系，逐渐走向了朦胧的情感之旅。这种朦胧的情感是上了初中以后慢慢产生的，而且得到了爸爸妈妈的默认和支持。爸爸妈妈那时也不知道，右派这顶帽子会这么厉害。如果早点知道，也就不会有后来的事了。"红姐低下头，想了一下说，"后来的事，还是让红星说吧。"

红姐侧过脸对我苦笑。我理解她的意思，点点头说："红姐说得对，当时对于右派这件事，全家都没太当回事，似乎没过几天就忘记了，小院很快又恢复了往日的和谐和快乐。后来我每每回首这段往事的时候，就会想人为什么把两只眼睛长在前边，就是叫你往前看别走错路。动物进化真是很有意思，有的视力特别强，有的嗅觉特别强，有的进化出感知电波的本事，唯独我们人类，给你一双眼睛是让你往前看的，可大家都喜欢老是看着脚下这一小片地方，看近不看远，依照感觉和惯性糊里糊涂地往前走。等到某一天发现出错了，再回头去看，才突然明白原来是在某个地方走错了。人要是能进化出感知未来的本事，能瞻前顾后该有多好，或许干爹当右派的事就不会发生，或者既然发生了，就不该让我俩的关系再往情感方面发展……"

红岩听得极其认真，不等我说完，就激动地站起来，双手用力一摊说："所以嘛，人生阅历这个东西很重要。啥是阅历？就是人生经验嘛！就是长了前后眼嘛！就是遇事能瞻前顾后嘛！所以得尊重人生阅历，尊重人生经验，这叫尊重人生！是不是？"这架势，简直像作大会报告。

作完"报告"，红岩坐下来，自己灌了一杯酒，"扑哧"一声笑起来："当然了，人生就是这样，要是人人都长了前后眼，知道了前生后世，也就不会有那么多阴差阳错了。没有阴差阳错，也就没有那么多奇遇巧合。没有奇遇巧合，也就没有了传奇故事，也就没有了咱今天两家在一起说古论今。那样的话，这世界就不丰富多彩，这人生就没意思了。是不是？哈哈哈。"

看到红岩一副超然的样子，国庆也摆出一副置身事外的表情说："刚才，同志们讲得都很不错。不过现在，我就想了解那个叫红星的和一个叫红旗的，后来在情感方面是怎样发展的。"一边说一边调皮地用眼睛瞄着我和红姐。

我回她一个微笑："好吧，那两个人嘛，后来的事情是这样的——"

一

我和红姐如期接到录取通知书，要到县城上初中了。

我们本来应该考更近一些的四中，但干爹干妈一定要我们去县城考一中。当时县里共有五所初中，分布在东西南北中五个位置。一中位于偏东北，离我家三十多里。偏东南是二中，偏西南是三中，五中在最东边，当然更远了。偏西边的四中最近，不到二十里。一中规模最大，每个年级都有四个班。其余四所初中，三中是两个班，另外三所二中、四中和五中都只有一个班。这三所都是以中心小学为基础加上了初中班，所以就叫"戴帽"初中。干爹干妈说一中师资力量强，条件也好，所以一定要去县城考一中。

考卷和考试时间当然是全县统一的。考试那天，我们这一带的学生，都去了四中，唯有我和红姐要去县城，心里还是觉得有点儿特别。那时候学生上哪个学校没有硬性规定，事先干爹也为此请示过文教局。为了不让我俩因赶路影响精力，干爹安排在考试的头天下午出发，他骑车子送我们。因为那时的路坑坑洼洼很不好走，同时带不动两个人，干爹就先带我走一段，然后再回去带红姐。就这样一段一段骑进县城。晚上安排红姐住在曲局长家里，我和干爹则住在文教局的办公室里。

第二天考完试，我和红姐一起走出考场，等在外边的干爹拿着一张空白卷同我俩对了对答案，说："都对，回去等通知吧。"脸上笑得开了花。因为天晚已不能赶回家里，又在县城住了一晚。第二天清晨回家，干爹执意不在局长家吃饭，说："谁家的粮食都紧张。"带我和红姐到街上的国营食堂，每人吃了一碗肉丝面，真香！至今我仍认为，这是我一生中吃过的最香的饭。

开学后，县城以外的学生就要住校了。红姐家吃的是商品粮，国家发给粮票。红姐拿粮票到学校食堂换成饭票，再拿现金换成菜票即可。我们这些农家孩子就不同了，需要从家里背面粉，白面和粗粮分开，到食堂称好，换成粗细粮饭票。距离近的同学每周回家一次，除了背面粉，家里还给备三天的干粮，比全在伙上吃省一些。我家太远，只能一个月回一次。这期间有几次，是干爹骑车帮我送来的。

刚开始很想家，有几次实在控制不住，就在晚自习后跑到厕所哭一阵。好在红姐和我分在一个班，常常看到她，心里就好受些。

当时刚过了"三年困难时期"，吃的仍然很缺。从家里背来的干粮多是玉米面或杂面饼子，到了夏天，背到学校时就有了霉味，只好摊在窗台、墙头上让太阳晒干，朝阳的一面正晒着，背阳的一面就已经长出了一片片的绿毛，赶紧翻过来再晒这边。吃的时候用手掰不开，只好拿砖头使劲砸碎。砖头碰在石头上，会掉下许多碎末子，有人找来两块不大的鹅卵石，用水洗干净专砸干馍。把砸碎的干馍放在碗里，到伙房打一到三分钱的菜汤泡开，勉强吃个五六成饱就算一顿饭。直到现在，我还不时想起当年每到开饭前，大家排队在寝室外面轮流用鹅卵石砸霉饼的壮观情景，"啪啪啪"的声音如同过年放爆竹。

就这样一天天过去，到了二年级开学，情况发生了变化。干爹和干妈调回了县城，而且就调到了我们学校。局长在文教局的院子里给他们安排了一间平房，还在门口搭了个小棚，用作厨房，所以并不像其他单身教师，在学校的集体食堂吃饭。红姐仍然住校，说是来回跑着浪费时间，影响学习。每到星期天，干爹干妈就让红姐来叫我回家吃饭。我这时的饭量已经大了，虽然不敢推辞，但也不敢放开吃，回来再到食堂买个馍补进肚子，有时也借故推托不去。干爹干妈能看出我的心思，也不勉强，当然也不揭穿。

二

三年的初中生活，紧张而平静，没有什么特别的事情发生。唯一不同的，是我的感觉。不知从哪一天起，我觉得和红姐的关系似乎有点异样。我相信，红姐的感觉也一样。

在班里，我和红姐的公开身份是亲戚，姑表姐弟。我就公开叫她红姐，她就直呼其名喊我红星——不带姓。我们那时，同学之间的男女界线是必须的，男女同学之间通常并不接触也不说话，必须说话时，一定要一脸严肃并义正词严地喊全称——姓和名连在一起，就像班里点名的样子，否则，就说明男女之间过分亲密，有点什么什么意思，属于不正常关系了，这可是犯了大忌，同学们的眼神和唾沫就能把你淹死，学校也会立即找你谈话的。但我和红姐就不同，是很近的姑表亲戚，红姐喊我时不带姓，也就是再正常不过的事了，何况，我们说话时总是大大方方的。于是大家不仅理解，而且有点羡慕。

那么，我们之间的不一样的感觉，就只能是通过日常一点一点的小事，日积月累而产生。哪些小事呢？

一中是一所极重视升学率的学校，当然各种考试很多。每一次改完卷子发下来，红姐就会在我身旁没人时跑过来，不叫名字，把自己的卷子背在身后问："你多少分？"我问她："你多少分？"她就说："你先说。"我说出自己的分数后，如果她比我高，就会说"比你多一点"，然后递过卷子给我看；如果分数比我低，就会红着脸低着头，把小嘴噘成扣子，说"没你高"，然后不情愿地把卷子递过来。我看看卷子，其实也就差一分两分。好笑的是，她的样子，完全不像个姐姐，倒像是个使性儿的小妹妹。

还有些小事，也使我感到有些不同，我的饭量大，饭票当然不够吃。有一次拿着饭票去排队打饭，旁边的一个同学恶作剧，于是乱哄哄地闹起来。排到我打饭时，突然发现手里没了饭票，引起周围一阵哄笑。红姐站在旁边女生的队里，正好看见这一幕。当天下午下了自习课，大多数同学都出了教室，红姐突然叫我："红星，代数第三题咋做呀？让我看看你的作业。"我把作业本递给她，不一会儿她就还了回来，说："你做得也不太对，你再看看。"我急忙打开作业本，一下子愣住了：里边夹了两斤饭票。后来，红姐多次送我饭票，不过不再采用秘密方式，因为她告诉过我："我是你姐，给你就接住，推推让让反而让人家觉得不正常了。"我笑着点头说是，可仔细一想，不对了，这意思不就是说，她送我饭票本身就不正常吗？

还有一件事，似乎让红姐不大高兴。事情发生在初三放麦假前夕，学校组建文工团，利用麦假半个月时间下农村演出。所演出的节目，大部分是从各班之前的晚会演出中挑选出来的，都是表演唱、相声、三句半、快板书等，再由文工团复排加工。但这些小节目凑不够一台晚会，再说去农村演出，没有戏剧可不行，正好这时省戏校毕业班来我县演出，带来一出五十分钟的小戏叫《小保管上任》。学校决定把它学过来，这样就凑够了一台晚会。我当时在同学中唱戏有点名气，自然就被选进文工团，在戏中担任一个角色。演"小保管"的是四班的一个女生叫高国庆，长得很好看。在男生的心目中，用现在时兴的话，可以和红姐并称两朵校花。不过两人也有很大不同：高国庆身材小巧玲珑，红姐则条直大气；高国庆皮肤细白，红姐则显得红润；高国庆性格开朗活泼，红姐则更沉稳矜持；高国庆有一双圆圆的会说话的大眼睛，红姐的眼睛既大且长，眼神中透出些许忧郁；高国庆眉毛稍细，弯弯的像个月牙，红姐的则微微上翘且有个眉峰，有几分英气。总之，这个女生属于那种很讨人喜欢的女孩。

在台上我俩有对手戏，合作顺利，在台下排练也相处融洽。我能感觉到，她很喜欢和我在一起。有一次排练结束后，她居然拿出几何课本，让我帮她解一道题。开始我并没有感到什么，等讲完之后，一看别人都走光了，偌大的会议室里静悄悄的就剩下我俩单独在一起，忽然就觉得有点不妥。

下乡演出结束，学校开学，汇报演出大获成功。我急急忙忙地卸了妆，从后台跑出礼堂后门，心想红姐一定会在这里等我，兴奋地向我祝贺的，但是我失望了。这是红姐第一次让我失望，她不在这里。我在周围找了半天，她真的不在这里。那会儿我真的急了，竟然不由自主地找到女生宿舍区，托人传话让我姐出来一下。

她出来了，低着头很不高兴的样子，说："你也不看都啥时候了，快要熄灯了，还找到这里，不怕别人说呀！"

我也急了，说："我要不是着急，会找到这里吗？到底怎么了？发生了什么事？刚才我在台上就看到你不高兴的样子。"

她用眼睛翻着我，双手下意识地揪着衣角，犹豫了一下，说："没事，我去睡了。"她转身就走，走了两步又返回来，吞吞吐吐地问："你喜欢她了？"

"谁？"我大惑不解。

"就是……她呀——'小保管'，我看你俩的眼神不对，你们排练时我就注意到了。"

我似乎明白了："什么呀，你都想哪儿去了？那不是演戏嘛！"

她翻着眼睛盯着我，半天才说："我想着你也不会，回去睡吧。"

说着，转身向宿舍走去。

我一直盯着她走进大门，才转身走回宿舍，心中却荡起莫名的激动：红姐是担心我"喜欢"别的女生啊，那不就是说，除了她，不允许我"喜欢"任何别的女生吗！

或许就是这些小事，也或许是我们都长大了，反正，相互接触时，就觉得有些不自然了。

第七章

我正说着，发现旁边的老伴儿已经趴在桌上笑成了一摊泥，对面的红姐却红了脸。

国庆站起来，仍然笑着说："红星说这事儿还真不假，红旗姐的眼光也没看错，那年在一块儿排戏，我还真是打心眼儿里喜欢上红星了，每天就想看到他。不过喜欢归喜欢，可没敢想别的事，只是在心里幻想幻想，觉着挺美的。那个年龄段，其实谁不是这样？"

红岩也笑得不行："哈哈，老姐说实话了吧？我听着怎么觉得自己变回去了，变年轻了。"他顺手在红姐肩上拍了两下。

红姐瞟了他一眼，抿着嘴也笑了："可不一下子年轻了？那时都才十几岁，一晃都成花甲老人了。"

"好好好，花甲老人干一杯。"红岩站起来，给每人倒上酒，"我先喝为敬。"一仰头把酒倒进肚里。

红岩坐下来，咂咂嘴品味着酒香说："今天有意思，说说话就能倒回去五十年，怪不得老人都喜欢忆旧呢？不过老姐说当时就没想别的，我不信。"

"信不信由你，那时候红星是学霸，身边还有一个学霸表姐，漂亮得像个仙女，大家嘴上不说，心里谁会没数？没有哪个女生敢打红星的主意。再说，学校根本不准谈恋爱。"国庆说着话，抬起手腕看看时间说，"哎呀，快十点了，孙子该睡觉了，再说服务员也该下班了，咱回房间里说吧。"

大家都说"可不是"，只顾说话了，时间就是过得快，就起身回房间。老伴儿拉着红姐孙子的手，边走边问："乖孙子，爷爷奶奶说的话你能听懂吗？"

"当然能听懂，"红姐孙子很自信地回答，想了想又说，"有的地方不太懂。"

我们几个都笑了。红岩撇撇嘴说："他懂个屁。"

大家开了房门，老伴说："今晚我和红姐、孙子住这间，你们兄弟俩住那间。你俩先过去说着，我俩安排孙子洗澡睡觉，过一会儿也过去。"

我和红岩都说好好好，就一起进了另一个房间。

两人刚坐下，国庆就进来了。说："红姐让我过来给你们烧水，她给孙子洗澡，一会儿就过来。"她一边忙活着冲洗杯子烧水，一边说："红星你接着说吧，我听着呢。"

我说："好吧，后来就初中毕业了——"

一

初中毕业时，我们可以在六个志愿里选择。干爹干妈让我俩首选了郑州的一所全省重点高中——河南省第一高中。干爹说省一高教学质量奇高，只要上了省一高，就意味着一只脚已经跨进了大学的门，以我俩的能力，将来考个名牌大学有相当把握。

当时我们全校除了我俩之外，没有一个同学敢选这个志愿，连第二志愿都没人敢报。考试回来，对了对答案，除了语文的作文不好判断，数学、俄语、政治我俩都没啥大错，对于作文，我们还是有点自信的。干爹干妈高兴得不得了，专门从街上买了肉，又不知从哪里弄回一条鱼，四口人做了四个菜，那个高兴劲儿真没法说。

吃饭的时候，干爹深情地对我和红姐说："你们俩都是好孩子，很争气，现在一块儿去省里上高中，将来一块儿考大学，爹想给你们两个选择，一个是一块儿考医学院，学门技术，治病救人积德行善；一个是一块儿考师范大学，教书育人国家之本。医生治人身上的病，教师塑造人的灵魂，都是高尚的职业。等你们大学毕业了，就一块儿分配到一个单位，相互照应着，我和你妈就不用操心了。"说完看着干妈。干妈还给他一个微笑。

我和红姐当然听懂了这话的意思。红姐红着脸，装作低头吃饭，翻着大眼瞅我。

我认真地说："我听爹妈的！"

吃罢午饭，干妈收拾饭桌，干爹不让我回去，说几十里路，赶回去太紧了，辛苦这么多天，也该放松放松，你俩好好玩半天，明天赶早回去也轻松些。干妈也是笑着挽留。我连答"是是"，其实心里也确实一下子放松了，这么多年从来没有过的彻底放松，这会儿还真不想离开红姐，或者说就只想和红姐黏在一起。

下午干爹干妈都出去了，我和红姐对坐在屋子里，一人手里拿一把扇子，有一搭没一搭地闲聊。这是我们不知从哪一天长大后，第一次如此轻松地单独相处，我们似乎忘记了周围的一切，而在这个世界上只有我们两个存在，那种感觉，无与伦比的奇妙和美好。

红姐站起来，拿着扇子扭了两步，做了个舞台造型，转身面向我说："我出个谜语你来猜。"

我说："你出吧。"

红姐说："你很快就要走了，此情此景，像传说中的什么？"然后俏皮地眯起眼，抿着嘴笑。

我看着她的脸，两只眼睛像向下的弯月，小嘴又像向上的弯月。

我脱口就答："是月亮。"

她伸出食指在我鼻子上狠狠地刮了一下："胡说，月亮只有一个，看眼前几个人？"我憨笑着随意回答："那就是两个月亮？"

她扑哧笑了，又伸出指头在我鼻子上刮了一下说："再胡猜把你的鼻子刮掉。"

我很认真地说出几个答案，她就不住地刮我的鼻子。末了，她用手指狠狠戳一下我的额头："你笨呀？十八相送啊！"说着挥起扇子，模仿着戏剧中梁山伯与祝英台的动作。

我恍然大悟地"哦"了一声，两人就对望着笑起来。我忽然觉得脸上发烧，她也双颊通红。

晚饭后，一家人坐在院子里乘凉，干爹说："院里太热，你俩出去转转吧，外边凉快些。等你们转回来，红星跟我去办公室住，你娘儿俩住家里。"

我答应一声，就和红姐走出了院子。

那时的县城巴掌大一块地方，我们不想去人多的地方，漫无目的地顺着路走，没多大会儿就到了城边。前面是陇海铁路，高高的路基。红姐说："咱上去吧，上面凉快。"我答应一声，就往上走。坡太陡不好上，两人就你拉一把我拉一把，一阵笑声后就上去了。立即有习习凉风吹来，很舒服。抬头看看，湛蓝的天幕上，月亮很好，圆圆的，旁边有一片一片的薄云。月亮时而钻进去，时而钻出来，好像和我们捉迷藏。

大地被月光蒙上一层轻纱，朦胧而神奇。四周静悄悄的，忙碌一天的县城似乎进入了甜蜜的梦乡。我和红姐在如此的氛围中单独面对面站在一起，有一种说不出的奇特感觉：激动，甜蜜，害羞，尴尬……不知道该说什么好。

过了好一会儿，红姐说："咱就坐这里看月亮吧。"

我跟着她坐下来。两人都仰着头看月亮，找不出话说。

还是红姐先开口，问我："你看这月亮像啥？"

我说："像盘子。"

红姐说："我看像人的脸，两只眼睛，中间是鼻子，下边弯弯的是嘴巴，正看着咱俩笑呢，你说像不像？"

我说："还真像。"又找不出话了。于是，我们仰着脸默默地看月亮。

或许是无话找话，红姐问："你看天上的云和月在捉迷藏，是云跑得快还是月跑得快？"

"当然是云跑得快呀。"我不假思索地回答。

她仍然出神地望着天空，片刻又问："这就是人们说的云追月吧？"

话刚出口，突然不好意思地低下了头。

一个"追"字提醒了我，就大着胆子说："那……那我就是天上的云。"第一次当着她的面说出有点暧昧的话，突然就感到了脸红心跳。

红姐似乎觉察到了我的紧张，用肩头轻轻碰我一下："说什么呢，还说月亮吧。"

话音中带着笑，甜甜的。我情不自禁地伸出一只胳膊放在她肩上，示意她再靠近些。她身子颤了一下，轻轻地把我的胳膊推开，害羞地笑着说："怪不好意思。"然后向我挪了一点儿，又轻轻碰一下我的胳膊说，"咱背古诗吧?"

我说："好啊，背哪首?"

红姐说："背《春江花月夜》，多合适。"

我朗声背诵："……人生代代无穷已，江月年年望相似。不知江月待何人，但见长江送流水。"

红姐接着背："……斜月沉沉藏海雾，碣石潇湘无限路。不知乘月几人归，落月摇情满江树。"

我俩又背了一些诗，都与月亮有关……

突然，夜空一亮，接着一束强大的光柱射过来，眼前亮得炫目，轰轰隆隆的声音迅速地由远而近，没等反应过来，"呜"的一声刺耳的汽笛声伴随着一列火车，从我们身后呼啸而过，路基被震得一阵颤动。这突然的一幕，犹如夏夜的一颗流星，转瞬即逝。

我从刚才突然而来的情景中醒来，对红姐说："咱回去吧，爹妈还在家等着呢，时间太长多不好意思。"说着就站了起来。

红姐"嗯"了一声，探探身想站起来，却伸出双手要我拉她。

我伸出双手拉她起来，相互保护着下了路基，走上路面，并肩走着。

我悄悄伸手去拉她的手，她触电似的缩了回去，迟疑了一下又伸手拉住了我的手。我感觉到了她手心的汗，或许我的手心也是汗吧。

我使劲握住她的手，她也用力握住我的手。

天上圆圆的月亮仍然在云片里捉迷藏，不时看着我俩笑。大地静谧而安详，朦朦胧胧的感觉如诗如画，如幻如梦，飘飘欲仙，甜甜如蜜，我俩紧紧地靠在一起，一起深深地陶醉了。

二

次日吃过早饭，我从县城回到家里，每天都沉浸在无比的兴奋和幸福的等待之中，度过了我认为此生中最为轻松愉悦休闲的一段短暂时光。我先把小学的课本从一年级到六年级按顺序整整齐齐地摆好，然后用母亲做鞋的线绳捆起来，在上面贴上一张封纸，在封纸上写上"一九五六年到一九六二年的我"，然后把初中的课本也同样捆好，在封纸上写上"一九六三年到一九六五年的我"。还有一大摞各种各样的本子，是干妈教我和红姐背书时抄写的。我一本一本翻着看，红姐和干爹干妈的样子就出现在眼前，仿佛又回到愉快的儿时岁月，每翻一页就会出现一幅生动的画面，心中就会荡起一波甜蜜的涟漪，于是就会情不自禁地暗自发笑。我沉浸其中很久很久，才很小心地把它们摞齐捆好，在封纸上写上"儿时记忆"，觉得不能尽意，换了一张纸，想了想写上"终生记忆"。看着三捆整整齐齐的书本，我就看到了我的整个少年时期，不，应该说是在欣赏一个农家苦孩子的成功之路。然后，我找来几张旧报纸分别包好，先是放在桌子下面的一块木板上，想想害怕受潮，又转而放到墙壁上的橱柜里，仔细地欣赏了一阵，才满意地关上柜门。

与其说我是在欣赏自己，倒不如说我是在为自己举行隆重的告别仪式。我已经长大了，我就要飞出这沉重的大山，飞到更高更远的地方去。看到那满天彩霞了吗？我就要飞进那绚丽的彩霞里。绚丽的彩霞里，该有多美呀！

我很满意自己为自己举行的这个仪式，接着就快乐地融入了家庭生活，这些年我在外读书，和家人离多聚少，我要好好给他们补偿！每天我和爹一起下地干活，收工后仍不觉得累，一定要去割一筐青草背回来喂羊，回到家又要找一些劈柴、挑水之类的活儿，母亲做饭时我就帮着烧火，实在找不到活儿了，就辅导妹妹弟弟读书认字。总之这么说吧，只要不是睡觉，我就不会让自己闲着，而且总是乐呵呵的。爹娘当然是高兴得不行，笑容也总是挂在脸上。我知道他们是因我而高兴和骄傲，一种幸福感就从心底油然而生。幸福，对，当时我就觉得，我们是世界上最幸福的一家。

我问自己，家是什么？家是不管你走到哪里都会想着，只要回到这里就会忘掉苦涩，感到踏实和甜蜜，把心安放起来的地方。家就是父母，父母就是家。

我的录取通知书终于来了，是一中的老师骑车送来的。当时我正在水塘边割草，听人说后赶紧跑回家里。老师已经走了，说是还要给别的同学送，不能耽搁，我也不知道来的是哪位老师。

我从爹手里接过通知书，双手竟然有些颤抖，心里念着：我等你已经很久了，我这些年的奋斗就是为了你啊！这些年爹娘吃了那么多苦，干爹干妈操了那么多心，一切，一切的一切都是为了你啊！今天你终于来了，仿佛从天而降，一切，一切的一切全都值了！

第二天天还没亮，我就起床了，拿好通知书，立即赶往县城，去见干爹干妈，还有红姐。红姐一定比我先拿到通知书，我能够想象到她该有多高兴，我知道她的心。

路上我想出一个主意：今天我要提议到照相馆照张相，对，叫"全家福"，我和红姐都拿着通知书，并肩坐在前面，干爹干妈并肩坐在后面，用手抱住我俩的肩，一个老人抱一个孩子——不对，应该叫老人坐在前面，我俩站在后面，一个孩子抱一个老人——也不对，通知书就照不上了！我想来想去想不出个理想的画面——不管它，到时候就交给照相馆的师傅吧，或者就听干爹干妈的！不管怎么说，我还是为自己能想出这个主意而十分得意。我相信，干爹干妈还有红姐，听了我的这个主意，保准会大夸特夸呢。

我一路飞奔，三十多里路一点不觉得累，恨不得插翅飞过去。

兴冲冲急匆匆地跑进文教局的院子，静悄悄的。我几步跑到干爹家门口，也是静悄悄的。我大声叫着"干爹干妈"，掀开竹帘走进去。

突然，我惊呆了，像一根木桩。

三

干爹坐在当屋的椅子上，腰深深地弯着，胳膊支在大腿上，两只手严严实实地捧着脸。干妈坐在旁边，没戴眼镜，一只手放在干爹背上，一只手拿着手帕揾脸上的泪。

红姐坐在床前的小凳上，头趴在床沿上哭，肩和背不住地抖动。

我不知道发生了什么，张着嘴说不出话，手里的录取通知书不知道该如何处置。

还是干妈开口说："红星你坐吧。"

我犹疑地坐在红姐旁边的小凳上，仰头看着干妈。

"红旗没考上。"干妈用极微弱的声音说。

"什么？"我大吃一惊，几乎是跳了起来，"不可能！不可能！到底咋回事？"我来回看着干爹干妈。

见干爹仍不说话，干妈轻声回答说："因为你爹的'右派'。"大概是怕伤了干爹，干妈在他背上轻轻地拍着。

干爹突然爆发了，"腾"地站起，"啪啪"地拍着桌子，怒吼起来："那时说好的，啥都不影响，咋能说了不算数？这是不是骗子？骗子呀！"

干妈急忙按一下他的肩膀，示意冷静，两步走到门口，推开竹帘朝两边看看，回身关上门说："冷静点，叫人听到又是麻烦。"按住干爹的双肩让他坐下。

刚才干爹的拍案而起，把我吓坏了。我从来没有见过，也没想过，温文尔雅的干爹会这样。

红姐也吓坏了，直直地站着不知如何是好。我这才看清她的两只大眼已哭得肿成了桃子。

干妈像是向我解释，又像是为当时的场面解围："都哭两天了，老哭也不是办法。"过去拿手帕在红姐脸上揾着，又长叹一声坐回去说："老曲，光这样也不是办法，总得过日子吧？当着俩孩子的面，说说下一步吧。"

干妈告诉我，前天局长突然来到家里，很痛苦地说红旗的录取通知书没来，只有红星的来了。据判断，红旗是受了"右派"的影响，当年咋知道会有这事哩！今年招生上面有精神，要特别绷紧阶级斗争这根弦，对地、富、反、坏、右"五类分子"的子女，要从严控制。你们两口一个"右派"，一个出身资本家，占了两条，一定就是受了这个牵连。干爹干妈一听就傻了。干爹说我这个"右派"咋来的？你又不是不知道；望秋出身资本家不假，可当年不是也参加了进步学生运动吗？望秋的老爸不是还掩护过你这个进步学生头头吗？再说爹妈的问题与孩子啥关系？不是说"可教育好的子女"吗？不包括咱家孩子吗？局长愤愤地说："哪舅子不是这样想的？我说瞎话我是鳖孙！可我能当家吗？能说上话吗？"说着说着搂住干爹的肩膀哭起来，"是我对不起兄弟，是我害了孩子啊！"

临出门时，局长留下一句话："现在说啥都晚了，没有用，回头再好好商量一下，赶紧给孩子找个出路，想法先安排个工作，回头再说吧。"

一切都明白了，可是我又能说什么呢？沉默了半天，我咬咬牙站起来，上前一步，很郑重地说："既然这样，我也不去上了！"

干爹吃惊地看着我，从我口袋里掏出通知书看，认真地说："不去上你干啥？"

"红姐干啥我干啥！我跟着红姐！"

干妈赶忙拉了拉我身后的凳子，按着我的肩让我坐下，脸上露出一丝苦笑说："傻孩子，你还不懂世事啊！哪能你说啥就是啥哩？听爹的话，该上还去上，而且还要好好上，你出身贫农，谁能咋着你？你要是认俺这爹妈，去了以后就加倍努力，将来考上名牌大学，为咱两个家庭争口气回来，也算这么多年俺当爹妈的没白疼你。"

我低头默默地听着，心口憋得难受。

见我低头不说话，干妈很和蔼地说："这个道理红星能明白，俺红星是个听话的孩子，是吗？红星。"

我抬起头，感激地望着干妈，干妈接着说："老曲，说那件事吧。"

干爹"嗯"了一声说："红旗，你也听着。"

然后却停下来，用眼睛找烟。干妈拿过桌子上的烟，抽出一支递过来，又拿火柴帮干爹点着。干爹吸着烟，却不说话。我和红姐都抬起头认真地等着。

干爹却低下了头，长叹一声后说："你俩都还小，有些事还不懂，俺当父母的不能不给你们说清楚。你俩的事，就到此为止吧。"

我和红姐都大吃一惊，相互看了一眼，不知道他到底要说什么。

干爹接着说："是这样，现在最讲的就是阶级斗争，这次红旗的事就是一个教训，是我害的，我原来也不懂，如今懂了，我已经害了一个孩子，不能再害一个孩子。红星前途无量，千万不能让我给拖累了。"

不等干爹把话说完，我就急了："怎么会拖累我呢？通知书都发了，到了学校我只要不说，谁会知道咱的关系？等我考上大学，分配了工作，我就把红姐带出去，难道还有谁能不让我们谈恋爱？自由恋爱，自由结婚，新中国是有法律的！"

我也不明白当时怎么就突然想起这些话，而且说得慷慨激昂。

干爹干妈瞪大眼睛看着我，红姐也瞪大眼睛看着爸爸，干爹扭头看了干妈一眼，干妈微微摇了摇头。

干爹又叹口气说："究竟还是孩子啊，你想得太幼稚。爹妈知道，凭你的天分、你的努力，将来前途无量，成为国家栋梁也未可知。将来考大学、分配工作、提拔晋升，都要查你祖宗几辈、直系亲属、社会关系的。你要结婚，组织是要调查的，谁能躲得过去？红旗已经这样了，现在只能保你，不要误了你的前程。只要你将来能有出息，也算俺没有白疼你一场。老人都是为你好，要听话，好不好？"

我只不说话，红姐已经低下头无声地流泪。

"红星，爹的话听到了吗？"干妈尽量平静地问。

我只不说话。

"你说话呀，红星！"干爹近乎哀求了。

我仍不说话。

突然，惊天动地的情景发生了：干爹竟然"扑通"一声跪下了！抬高声音说："孩子，爹求你了！你还不答应！"

我被吓坏了，情急中也"扑通"一声跪在对面，不知如何是好。干妈没想到会这样，过来拉干爹。干爹却十分坚决地说："红星不答应，我就不起来！"

　　干妈急了："红星，还不快答应！"

　　我没有办法，只好嘴不应心地答一句："我答应，爹。"

　　干爹这才被干妈拉着坐回到凳子上，平静了一下对我说："孩子，事就这样定了。不是爹妈狠心拆散你们，是真没办法，俺心里也难受啊！听爹妈的话，只要你心里有俺，就行了。今儿就不留你了，赶早回去。你爹妈那边我会去说清楚。你走吧，以后也不要再来，都是为你俩好。"

　　我仍然坐着，一动不动。

　　干爹把头低得很低，双手捂着脸。四个人都不说话，静得压抑、难受。

　　干爹终于说话了，但听到这句话的我心都碎了："红星你走吧。"

　　我不知道该怎么办，用祈求的眼光看着干爹，他还是刚才的样子一动不动。我转而很无助地看向干妈，干妈双眼微闭，泪水从眼角流下来，微微抬了抬下巴，示意我走。见我不动，才过来把我从小凳上拉起来，轻轻拍我两下推我出门。我回头看红姐，她直挺挺站着看我。我就这样被干妈轻轻推出了门，而干爹，始终是捂着脸坐着一动不动。

　　从干爹家里出来，心里一片茫然。一路上想哭都哭不出来，我明白了"伤害"这个词的意思：看得见的伤害不算伤害，它是能用时间愈合的；真正的伤害不在表皮，而在心里。红姐，还有干爹干妈，是伤到心里了，这一辈子都难愈合了！

四

开学的时间到了，我得去县城搭火车，爹背着行李送我。到了县城，我不由自主地走向文教局院儿，到了门口却不敢进去，痴痴地站了一会儿，无可奈何地转身离去。

虽然有爹陪着，我仍然深深感到了孤独，就明白了孤独这个词的含义，不是因为现在只有你一个人，而是你知道再也不会有别的人了。

走进火车站，爹帮我把行李安置好就下了车，在站台上看着火车把我拉走了。

这是我第一次独自出远门。车窗外，是我熟悉的小县城，一转眼就闪过去了。我想起了干爹干妈，他们在干什么呢？红姐还在哭吗？我也哭了。

突然想起去年这个时候，干爹要利用暑假带我和红姐去郑州开开眼界。事后我才明白，干爹是在为我俩报考高中做铺垫，因为干爹专门安排我们，到现在我就要去的这所高中转了一圈。

那次是我头一次坐火车，兴奋异常。上了火车，干爹让我和红姐坐在一边，自己坐在我俩对面，给我俩讲车窗外曾经发生过的历史故事——西亳城、杜甫墓、瓦岗军、北宋陵、虎牢关……我俩瞪大眼睛听着，平时背书时知道的许多历史事件，原来就发生于窗外的这片土地。红姐紧紧地挨着我，一路欢声笑语，犹如昨天。

而今，我孤身一人，坐在完全陌生的人群中，满脑子都是干爹干妈忧愁而痛苦的表情，还有红姐哭得肿成桃子的一双眼睛。我平生第一次知道了什么叫孤独、无奈和无助。

开学典礼之前，各班新生要先认识一下。我们整齐地坐在教室里，老师拿着花名册走上讲台，先自我介绍："我姓吴，名笑天，是你们的班主任。"然后拿起粉笔，转身在黑板上写下"吴笑天"三个字，转过身很亲切地对大家说："今后叫我吴老师就行了。我将陪伴你们度过你们一生中最重要的三年。"然后就拿起花名册一个一个地点名字，点到谁的名就答声"有"，站起来让大家认识一下。点到我时，吴老师似乎很刻意地看着我，停顿了一下。点完名，吴老师又说了些欢迎和鼓励的话，就解散了。

"闪红星同学，你留一下。"吴老师走过来亲切地拍了一下我的肩膀，我就跟着他走到操场上。

吴老师很兴奋又有点神秘地看着我说："你就是闪红星？今年的大明星哩，全校老师都知道你，你不知道吧！"

我莫名其妙地摇摇头。

他就告诉我："今年招生，你是全省报考咱校的状元，除了语文是九十三分，其他三门都接近满分。分班时各班老师都要抢。校长没法，就想了个主意，把前八名拿出来，按分数顺序分两组，分两次轮流抓阄，四个班每班两个。结果我手气好，就把你抓到了。"

从吴老师的谈话里，我证实了一件事情。其实我并不是第一名，状元是一个叫红旗的女生，总分比我高一分，但因为家庭出身问题，录取时发生了很大争议。校长力主录取，说："这样优秀的孩子，还不算'可教育好的子女'？国家政策也没说出身不好的绝对不能录嘛！"书记不同意，说她父亲是右派，母亲是资本家，和地主是一样的，"地富反坏右'五类分子'，她就占了两条。如果录了，还讲不讲阶级斗争？这是阶级立场问题嘛。"校长和书记争执不下，只好请示上级。上级答复"这是你们招办的事，你们自己掌握吧，当然阶级斗争永远都要讲的"。推来拖去，没了结果，真是可惜!

吴老师又问我:"听说她和你同校，认不认识这个女生?"

我点点头，吴老师却摇摇头，叹了口气，又鼓励了我几句。

开学已经几天了，我心里总也平静不下来。一闭眼就会想起红姐，想起她那哭得肿成桃子的眼睛!渐渐地，我想明白了，干爹的话是对的，摆在我眼前的路只有一条:学习、学习、再学习，考上名牌大学，但不只是为了争口气，而是要救红姐!只要大学毕业分配了工作，我就悄悄把红姐接出来，然后登记结婚，谁也挡不住我们!至于以后提级、晋升受啥影响，我不在乎，大不了都不要了，我只要红姐!

心里想明白了，就知道该怎么做了。我先给红姐写了封信——这是我第一次给红姐写信，告诉她我的计划，要她放心，并要保密，别让干爹干妈知道。我把信封好，外面再套上一个信封，寄给家住县城的一位关系很好的向东方同学，托他务必帮我悄悄地亲手把信转交红姐。

信发出十天后，收到了红姐的回信。

我欣喜若狂，打开信封，心怦怦地跳。匆匆溜了一遍，再仔仔细细地读了几遍，我的心就要跳出来了。

红姐似乎平静多了。信上说，她相信我，也相信苍天!信最后特别对我提出要求:既然有了计划，就得想想如何实现计划;道路只有一条，就是要把学习学习再学习的想法，真真正正地落实到行动上，"舍此别无他途"!为了让我专注学习，要求我别再给她写信，她也不再给我回信:只要心里有，还需要形式吗?千万别分心!千万!!千万!!!

最让我激动到难以自抑的是:红姐在信中寄来了我俩当年的合

影。照片上的她，微微向我偏着头，两只眼睛瞪得很大，两根漂亮的小辫搭在瘦削的肩膀上，美丽得像个天使。信上说，她是背着爸妈偷偷找到了照片底版，跑到照相馆为我加洗的。她知道，只要我看到这张照片，就一定能够增添力量。

如果说，我拿到信的那一刻激动得浑身热血沸腾，掏出照片时已经是双手颤抖了。我把照片贴在胸口，一遍又一遍地读着来信，恨不得要把信纸读透。

我小心地把信叠好，装在贴身的衣兜里，仿佛红姐就在身边看着我；我把照片垫上硬纸包好，藏在枕头套里，希望红姐每晚都能走进我的梦里。

五

我要听红姐的话，而且立即付诸行动：我要对自己发狠，我要把自己变成一台学习机器！除了吃饭睡觉之外，只准自己干一件事：学习学习再学习。其他任何事情都不准干，否则就是对不起红姐。我甚至有了一个雄心勃勃的计划，要用两年时间学完三年的课程，争取提前一年考上大学。为了落实这个计划，我要向越王勾践学习，每天都在左手心里写个"红"字，时刻提醒红姐就在身边看我的表现；每晚就寝前和次日早操后，就一个人躲到没人的地方，拿出红姐的信贴在胸口，对着黑夜和晨曦发狠地低声喊着自己的名字："闪红星，你忘了红姐吗？没有！你害怕吃苦吗？不怕！"

就这样，我不敢浪费任何点滴时间。每晚熄灯后，我都会在被窝里过过电影，把当天所学温习一遍，在一幕幕电影中进入梦乡。除了跟着正常教学学习，我开始自学还没讲的内容，半学期后，我竟然真的学完了全学期的课程。有一次我发烧睡了一天，晚自习来到教室，问了问同学今天布置的作业，三下五除二就做完了。同桌的同学感到奇怪，从此我便被大家称作"奇才"——他们哪里知道，课程我早就学过了。

红姐信中特意提醒我别忘了锻炼身体，我当然要听红姐的话。为了红姐，我安排每天下午第二节课外活动到操场跑圈。一边慢跑，一边在心里默背俄语单词，锻炼学习两不误。我因为找到了这种跑圈不枯燥、学习不辛苦的方法，心里很是得意了一阵。

这中间发生过一个小小的插曲，觉得很好笑。我手心那个"红"字被人发现了，传着传着就传到学校，老师把我叫去问是什么意思。我竟然反应极快，坚定地回答："时刻提醒自己，誓做红色革命接班人。"汇报到学校书记那里，书记居然感叹不已："没想到这个整天不说话的闷葫芦，心里装的是这样远大的革命理想啊！"于是号召大家向我学习，我又成了全校学习的榜样。

我雄心勃勃的计划进展顺利，给了我极大鼓励和信心。我已经开始想象未来的美好：大学毕业分配到某工厂，我悄悄写信通知红姐，约她瞒着爸妈偷偷跑来，然后我们悄悄地去登记——我甚至想到了红姐的介绍信怎么开，如果到时候她还没有单位，就设法到居委会找熟人帮忙，反正是双方自愿，符合国家婚姻法，应该能开出介绍信，接着就不声不响地悄悄结婚。我甚至设计出独特的拜堂形式：找个车间的同事做主持，我和红姐先给毛主席像三鞠躬，然后给双方父母的照片三鞠躬，然后，然后我就紧紧抱住红姐。唯一还拿不准的是，当我紧紧抱住她的时候，她是会哭呢，还是会笑，或许是又哭又笑或者是又笑又哭吧？我真的猜不出来，猜着猜着就在心里笑了。

但是，让我万万没有想到的是，计划赶不上变化！

第八章

"咚咚"，两声轻轻的敲门声。

老伴儿国庆说："红旗姐过来了。"就开了门。

"孙子睡了？"老伴儿轻声问。

"睡了，这孩子往常这会儿早就睡了，今天不知咋就来了兴致，问这问那，问着问着就睡着了。"红姐笑着回答，又转身对红岩说："就是今天的功课没复习，算是例外吧。"

"功课？啥功课？不是放假了吗？"国庆不解，其实我心里也在疑问。

红姐看看红岩，红岩回看她一眼，意思是还是你说吧。

红姐抿嘴一笑，说："不是学校的功课，是我给他安排的家庭功课，就是我和红星小时候在家学古文的那种。这是父母留下的遗产，我就继承下来了。孙子也怪听话，每晚睡前把白天学的复习一遍。今天太晚了，就算了吧。"

红岩解释："不光是孙子，还有一帮小孩呢，十几个，都是院里的邻居，放学后你红姐免费教他们学古文。这些小孩，一个个看着喜欢人，俺老两口不仅成了大院的明星，而且有了一大群孙子，谁都没有俺俩孙子多！"

红姐笑着翻他一眼："开始你可是不支持的，这会儿说起来又高兴了。"

红岩说："开始不是心疼你吗？怕你累着。想着都这把年纪了，还不相互陪着过几天清静日子。"又转向我俩说："后来我也想通了，既然时间有限了，更该让她干点想干的事，由她去吧。没想到不知从哪一天起，我也跟着干出兴趣了。你俩是不知道，带着一大群乖孙子，充实得很，也快乐得很。"

我和老伴儿同时"噢"了一声。

红姐笑着问："你们刚才说到哪儿了？"

"正说我在郑州上高中呢。"我也笑着回答。

"你接着说吧。"红姐挨着老伴儿在床沿坐下，老伴儿递给她一杯晾好的水。

我就接着讲当年发生的事情——

真真是世事难料，人生难测！

一

就在我们一年级将要结束的时候，1966 年夏天，史无前例的"无产阶级文化大革命"爆发了！

距离高考仅剩一个月，三年级已经按照文、理科分开复习。就在这时候，学校接到上级通知：高考推迟一个月，全体停课闹革命。一个月后，又通知高考继续推迟，时间未定。再过一个月，就再也没有通知发下来。

伴随着《通知》的下达，市里派的工作组进了校，每班派进一个工作组员领导运动。

我那时还是一个十六七岁的孩子，并不懂"文化革命"的意思，最初的印象是两件事：一件是在工作组带领下上街游行，跟着大家高呼口号，路过一个什么庙时，前面的人进去把一座塑像从神坛上拉了下来，又把庙里的一个什么人押到大街上，在他脸上涂了墨汁，另一件是当天吃晚饭时，听说女生都要剪掉辫子，说是要"剪掉资产阶级低级情趣，展现无产阶级革命风貌"。第二天走出寝室，原来的满眼大辫子，全都变成了齐耳短发。

接着工作组就组织学生"大鸣、大放、大字报、大辩论"——简称"四大"。一沓一沓的纸张发到教室里——白的、粉的、黄的、绿的，还有整瓶整瓶的墨汁、整盒整盒的毛笔。学生在工作组的组织下，先是排队在校园里游行，不停高呼"毛主席万岁""坚决拥护无产阶级文化大革命"等口号。各班级的队伍你来我往，摩肩接踵，群情昂奋，热闹非凡。

游行结束，在工作组员的领导下，大家连夜写大字报。可是怎么写、写什么，谁也不清楚。

我们把前后两排课桌并在一起，围坐一圈，把纸铺开，讨论大字报的内容，可是谁也想不出揭发点儿啥，你看看我，我看看你，大眼瞪小眼，把组长晾在那里。

组长放下手中的笔，很不满意地对大家说："现在是考验我们每个人阶级立场的时候，人家别的组都在揭发，你们几个怎么回事？"

我们几个又互相看看，有人嘟囔说："真是想不出来，要不组长你先开个头，启发启发？"

组长愤愤地瞪了那个同学一眼说："我说我就说，我揭发班主任吴笑天！大家是不是还记得，前几天下了晚自习，他不及时离开教室，却坐到咱们几个中间讲故事。你们都想想，他是什么意思？"

组长这么一说我就想起来了。晚上的自习课，吴老师坐在讲台上改作业，他总是这样的，目的是保证课堂安静。下课铃响后，他走下讲台，问我们作业做完没有，我们回答做完了。不知哪个同学忽然要求吴老师讲个故事。吴老师心情不错，说讲啥故事暂时想不起来，就给你们讲点外面有趣的事吧，然后很随便地坐在我们中间。他讲得并不有趣，我也就只能留下点印象，大概是说，他大学毕业分配了工作，领到第一份工资以后，几个同学都说应该庆祝一下，就相约出城去游虎丘山。山上有一个剑池，传说池里藏着一把古代国王的宝剑什么的。虎丘山这个地方和这个故事，我从小就知道，是和红姐一起背古诗时，干妈给我们讲过的，所以对吴老师讲的并没多少兴趣。

听组长提起这事，几个人都说"记得，有这回事"。

组长就给大家分析：他吴笑天大学毕业第一次领到工资，不感谢共产党，不帮助贫下中农，却拿着国家发的钱游山玩水，是不是追求资产阶级生活方式？还有一点值得注意，就是他的名字，叫吴笑天，就是"我笑天"嘛。什么是天，他要笑什么！大家想想有多么反动？

听了组长的分析，几个人都说"对对对，还是组长阶级觉悟高"。

组长就有几分得意："当然了，大是大非上不能含糊。"就提起笔来龙飞凤舞，一挥而就。这就是我们的第一张大字报。

一夜之间，铺天盖地。校园的墙壁上，全是粉、白、黄、绿各色的大字报。老师同学都乱纷纷地在校园里转着看。我也夹杂其中，并不太留意上面的内容，老想着这些纸和墨多可惜啊！这会给造纸厂和墨汁厂的工人阶级增加多少辛苦啊！

整个校园都沉浸在这种乱哄哄的大字报、大批判之中，似乎每一个同学精神都极度亢奋。只有我心里有点着急，因为我无法、也不敢再偷偷地学习了，我意识到，我无法兑现给红姐的承诺，我对不起红姐。

大约一个多月后，风头转了。中央有了新精神，《人民日报》上写得清清楚楚："这次运动的重点，是整党内那些走资本主义道路的当权派。"前段整的那些教师，大多既不"党内"，也不"当权"，所以，工作组"犯了方向路线错误"。

不管怎样，工作组是撤走了。我心里暗自高兴，或许，运动就要结束了，学校要迎来复课了。

二

我高兴得太早了。

工作组的撤走，不仅没有迎来复课，反而，运动开始扩大到整个社会。

在前段工作组还在时，就有部分同学认为，既然是"大揭发"，就不能只局限在教师范围，校领导的问题也可以揭发，就写了矛头直指校党委的大字报。中央文件不是说得清清楚楚吗？"这次运动的重点，是整党内那些走资本主义道路的当权派"，现在整的这些老师们，哪个是"党内"？哪个是"当权"？那么，符合这两个要件的只能是校党委呀！一批炮轰校党委的大字报就上了墙。

这下问题闹大了。据说，工作组早就有了部署，正等着这帮"反党分子"跳出来呢，暗地里有计划地整了这批同学的"材料"，等到运动后期"秋后算账"。因为是悄悄进行的，所以叫"黑材料"——这当然是记取了五七年"反右"经验，叫作"引蛇出洞"，一网打尽。

谁知这一次不是那个意思，工作组是"老革命遇到了新问题"，完全弄反了，结果自己犯了错误，灰溜溜地撤走了。被整了"材料"的同学们不干了，知道自己已经被确定为"反党分子"，将来要"秋后算账"的，当然个个都急了，开始把斗争矛头转向上级党委，把"炮轰""造反"的大字报贴到了市委门口。

对于少数学生能不能把矛头直指上级党委，同学之间的严重分歧正式明朗化了。学校里正式分成两派，俗称"造反派"和"保皇派"——后称"保守派"。

这时，发生了一件大事：中央号召大、中学生，开展全国大串联，坐火车不掏钱，吃住有接待站，可以随便到任何一个大城市去"串联"。学生们的首选，当然都是北京。

到北京串联我也去了，不过另有目的：我要亲眼看看北大、清华这些名校。第一次站在这些名校的校园里，可真是"刘姥姥进了大观园"，震撼啊！大学竟然有这么大！这么漂亮！胸中就升起了万丈豪情。我在心里大喊："红姐，你等着，等我将来在这里毕业，你的苦难就熬到头了！"

从北京返回的火车上，我翻来覆去地想，不能再这样跟着乱下去了，为了红姐！我得作出新规划，拿出新行动。

三

从北京回来，我借口母亲病了，需要回家看看，带着书本回家了。开始不敢在家待得太久，二十来天后赶回学校看了看，形势依旧，就给同学们说母亲得的是慢性病，卧床不起，需要我照顾，住了两夜就又走了。本来打算第二天就走的，之所以晚了一天，是我想法弄到了二、三年级的两套课本，像宝贝似的带了回去。

现在回想起来，其实这段时间我过得很逍遥。我的安排是，每天上午和爹娘一起出工，帮助家里多挣些工分；早晨、下午和晚上，就把自己关在家里自学功课。在家待个把月，再跑回学校看看形势，我害怕被人抓住把柄，弄个自动退学就坏了。形势更乱了，运动已经突破校园，扩及到了整个社会，机关、工厂、街道都卷了进去，我就回家继续我的半耕半读。反正同学们都知道我家在农村，生活困难，又是唯一的外地学生，也都理解或者同情，没有人会太计较。

这期间，唯一让我感到些许安慰的是，我硬着头皮去看望了干爹干妈，也见到了红姐。

干爹干妈在运动初期也被揪出来，进了"黑帮"队。工作组撤走后，"黑帮"们就没人再管了。虽然如此，他们每天仍自觉地扛把扫帚或铁锨准时上班，在操场上集合后，低头在校园里打扫卫生，接受改造。开始时当然很认真，慢慢地也就变成了形式，有些胆大的年轻教师甚至自动脱离"黑帮"队伍，又同师生们打成一片，参加了各种群众自发组织的"战斗队"，完全恢复了正常生活。干爹胆小，不敢擅自行动，不过也只是每天装装样子，扛着工具在学校瞎转一圈就回来了。干妈身体一直不太好，偶尔跟干爹去转转。有一次遇上了"造反派"的头头，很郑重地告诉他俩："揪'黑帮'是工作组搞的，是资产阶级反动路线的产物，今后不用再来了。"干妈也就不再去，闲着在家学剪裁、织毛衣。干爹每天还去学校露个面，不过肩上不再扛工具。

我去看他们那天，一路上心里都忐忑不安。我清楚地记得，上次干爹赶我走时严肃的表情，还有那句"以后也不要再来"的话。

他是个极其认真的人，我不能预测进了门会是啥场面。

我战战兢兢地推开门，轻声走进去，干爹不在家，干妈坐在火炉边织毛衣。我轻轻叫了一声"妈"，她抬起头来先是吃了一惊，立即站起身来："是红星啊，你咋来了？坐吧。"然后拿出一个杯子到院里的水管那儿去洗，洗完进来放在桌上，返身从火炉上提起烧水壶给我倒水。水壶里的水正咕噜咕噜冒着热气。

我一时找不出话，就问："我爸呢？"干妈说："他去学校转一圈，算是点个卯，也该回来了。"

话音未落，棉布门帘就被掀开了。干爹走进屋，看见是我，也有点吃惊和意外，怔怔地站着。

干妈似乎是为我们解围，柔声说："红星来了，你俩都坐下吧，说说话。"又给干爹倒上开水。

我简要地汇报着我的情况，当然不敢说和红姐通信的事。他们听得很认真。干爹一直低着头，干妈却一直看着我，把手里的毛线活撂到了床上。听到我已经自学完二年级的课程，他们大吃一惊。

干爹抬起头问："真的学完了？"

我说："真的学完了。"为表示郑重，我站起来，像一名解放军战士，坚定地说："明天回去就开始学习三年级的课。"

干爹干妈也站起来，相互对望着，又一起望着我。干爹使劲儿拍拍我的肩膀，和我一起坐下，掩饰着内心的激动，说："不简单！不容易！有志气！我就知道不会看错你！"干妈也会心地笑了。

我刚才的紧张一扫而空，浑身上下觉得轻松。我更关心的是红姐，不好意思问，只能拿眼神询问。干妈明白我的意思，柔声说："你红姐也不错，上班了，挺好的。"

我笑了，心里一块石头落了地。

四

于是，话题转到了红姐身上，我才知道了分手两年多来红姐的情况。

那天我被干爹赶出门后，红姐真的哭成了泪人，痛不欲生，大病了一场。干爹干妈吓坏了，好说歹说，总算平静下来，可是每天只关在屋里，不肯出门。

几天后，文教局曲局长来到家里，说："老这样下去能是个法儿？还是想想咋办吧！"

干爹早已失了方寸，说："我俩这情况，能有啥办法？除了教书，一无所长。"

曲局长说："我想来想去，先得给红旗找个事干，老闷在家里，不得病才怪哩！"

干爹说："我俩也是这样想，可是想想容易，就是不知道该咋办。"

曲局长说："按上头精神，要动员城里吃商品粮的闲着没事的孩子们到农村去，接受贫下中农的再教育，不过还只是提倡，不是硬性规定。我看不如在县里的几个厂矿做做工作，安排红旗先去上班再说。总得有点事干、有个吃饭门路是不是？"

干爹听了连声赞成，为难的是跟这些厂矿都不熟，咋做工作？

曲局长听了长叹一声，说："这点我能不明白？你俩只会教书，搁这事上不中。工作我已经做过了，不用你俩作难。"

接着把情况摆了摆。他先把县里的厂矿排了队：机械厂最好，一来是个老厂，二来有些技术工种。接着是人缘关系：机械厂的厂长和书记，虽然和干爹干妈没有直接关系，但心里对干爹干妈很敬重，因为他们的孩子都是干爹干妈的学生；还有一条，这俩领导和曲局长关系不错，开会什么的常常见面，文教局局长也是县里很有头脸的人物——那时候，县里的局、委远不像现在这么多。曲局长已经专门跑到厂里，登门拜访过两位，人家当场就爽快地答应了，而且还给安排了技术含量最高的工种——车工。

就这样，红姐到机械厂上班了。因为有文化，又肯学习钻研，红姐现在已经成为厂里数一数二的车工尖子。

那天去红姐家里，气氛还不错，收获也不小，我总算知道了红姐的情况。中午干爹留我吃饭，红姐也回来了。吃饭的时候，红姐悄悄给我碗里夹菜，两位老人当然看见了，并不吭声。

饭后告辞，我却不肯离开县城，找那位给我转信的向东方同学耗了几个小时，然后溜到机械厂门口等工人下班。冬天黑得早，稀稀落落的路灯已经亮了。红姐走出厂门，一路左顾右盼，大约她已猜到我会在这里。

我轻轻叫了一声"红姐"。她示意我安静，弯腰假装系鞋带，看着旁边的人走远才走过来，小声说："我就知道你不会回去，咱一块儿走走吧。"

我们并肩走着，并不说话，碰到对面有人过来，就变为一前一后，并且保持一定距离。不知不觉就到了铁路旁边。红姐站住了，我也站住了，这正是我俩上次来过的地方，但是她并没有上去的意思，或许觉得上面风大，太冷。

我仰头看看天空，没有了上次圆圆的温暖的满月，而是一钩惨白的新月挂在远远的天边，幽幽地向大地散发着冰冷的寒光。

我俩站在路边的暗处说话，红姐似乎更加沉稳了。她很郑重地说："红星，你得听我一句话！"

我很郑重地回答："红姐，你说吧，我听你的话！"

红姐仿佛宣誓一样："咱俩都要有点骨气，仍然像过去一样不要写信联系，只要心里装着还用写信吗？"见我不作声，又补充了一句，"为的是不让你分心，明白了吗？"

我也如宣誓般回答："明白，我有骨气！"

红姐默默地望着我，说了声"咱走吧，别太晚了，爸妈还等着我呢"，转身先走。

我说"送你到院门口"，跟着她走。大概是我们都没从刚才严肃的气氛中走出来，竟然一路上都没说话。

快到院门口，她站住了，转过身痴痴地望着我，半天才说："我进去了，你也回去吧。"声音已经发抖。

我"嗯"了一声，仍然站着。

她突然跨前一步贴近了我，伸出两只手想抱我，但在空中停了一下却捂住了脸，像是擦泪，转身快步走了。

我一直看着她走进院门，又站了一会儿，才走向老同学向东方家，住了一晚。

直到现在，我仍然能想起那个晚上，想起挂在远远天边的一钩惨白而凄凉的弯月。想起临分手时红姐抬起双手，捂住脸擦泪……

第九章

讲这些过往的事，感觉真实得就像假的，我一直很平静，就像是在讲别人。红姐一直低着头，一动不动。倒是红岩和老伴儿国庆很有兴致，一直瞪大眼睛看着我，很认真地听。

老伴儿站起来给大家添水，发现水壶里已经空了，抬手看了看表，有点儿吃惊："哎呀，都快1点了！"扫了红姐一眼，又看着我说："红旗姐累了吧，跑了一天。要不先睡吧，明天再说？"

红姐抬抬眼皮看看国庆，又看看我，慢慢站起来。国庆上前挽住她的手臂，调皮地笑着说声"晚安"，一起出了门。

我对红岩说："咱也睡吧。"

红岩说声"睡吧"，但是显然意犹未尽："你说到当年那情况，我每次回想起来，就觉得一言难尽，五味杂陈。那个形势下，你还能一门心思学习，全国也难找出几个！可以说人人都是热血沸腾，豪情万丈，粪土当年万户侯，好像世界真的就是我们的一样。父母好心好意提个醒，还批判他们是保守派，只有我们这些小将最'革命'。后来才明白真是荒唐！啥叫少不更事，啥叫年少轻狂，啥叫年轻气盛，不知道天高地厚，自以为是、目空一切，说的不就是当年我们这批人吗？"

我说："你说的是，不过当年大家的一腔热血，可都是真心，真心认为我们是关心国家大事，关心国家未来的。"

"这倒真是。"红岩说，"我是后悔那时没有认真听听爸妈的意见，要是听听，也许就不会蹉跎了那么多大好时光。还是老话说得好啊——不听老人言，吃亏在眼前。"

"是啊，人就是这样，都是从年轻走过来的。"我说，"年轻就是青涩，像树上刚结的果子。慢慢一步一步往前走，摔些跤，经些事，交些学费，才能慢慢成熟起来。其实人的一辈子，就是在不断交学费。"

"不管再怎么说，你还是比我们强。大家都在瞎闹，你在埋头读书，光说这一点就很了不起嘛！所以呀，人生几十年最重要的是啥？遇到事，特别是遇到大事，冷静最重要，要有自己的老主意，要有定力。最可悲的是啥？不问青红皂白就人云亦云，跟着盲目瞎起哄。几十年过后回头看看，道理就这么简单，可是事到其间，很少有人能做到。你老哥做到了，当然是了不起！"

"了不起有啥用？原本是为了赶快恢复高考，谁会想到高考压根儿被取消了。"

"取消了又怎样？书装到了自己肚子里，以后总会有用的。"

"你说这倒是真的，高考没用上，接下来真就用上了，用了一辈子。"

"当然是了，本事学到身上，平常看不到，用时就显出来了。人一辈子靠什么吃饭？靠本事，本事，是不是？"红岩从床上坐起来，越说越有劲儿。

我笑着说："你倒来劲了。"

"我还真是不困，你接着说，接着说。"

"那咱俩就躺下说吧，说困了就睡。"我说。

两人就展开被子，一起躺下——

一

那晚和红姐分别之后，我回到家里，生活重回半耕半读的旧道，天天盼着运动结束，赶快复课，恢复高考。又回学校看了几次，毫无希望。

不仅如此，更糟糕的事情发生了。

在我入校三年零三个月之后——1968 年初冬，学校彻底解散了！

又一个席卷全国的运动汹涌而来。毛主席发出了最新指示："知识青年到农村去，接受贫下中农再教育，很有必要。"于是，亿万知识青年上山下乡开始了。学校召开了动员大会，会后，一批批同学背起背包，排着整齐的队伍，高举着红旗，高呼着口号，阔步迈向偏远的农村"插队"。我本来就是农村孩子，自然是重新回到原点，叫作"回乡知青"。

我背起行李，独自回家。出了校门，回头再看看校园，这就是曾经寄托我全部希望和无限憧憬的校园啊！我曾在这里无数次喊着自己的名字要不负红姐的，可是现在……别了，河南省第一高中，再见吧——不，我此去将再也回不来了，眼泪哗地就流了出来……

我不知道是怎样走到火车站的，也不知道是怎样坐火车到县城的，更不知道是怎样走到家里的，只觉得冬日的满天乌云一齐压过来，前面昏沉沉茫茫无边！我万念俱灰，不敢想还有什么前途，特别是……我将怎样面对红姐呢！

回到家，情绪低落到极点。我把自己关进屋子独自垂泪。我无法抑制我的情绪，抱出所有的曾经那么喜爱、每天陪伴我的课本，站在院子当中仰天大喊一声，划根火柴点着了，又返身回屋从墙上的橱柜中，搬出存放四年的那两捆书和本，把两捆书放一把火都烧了。本想连同一摞本子都要烧掉的，可是我怎么也不忍心——这里面有我太多的记忆和情感啊！我抱着它，看着它，就看到干爹干妈亲和的面容，看到和红姐一起学古文，情不自禁泪如泉涌。全家人都吃惊地看着我，不敢说话。好像母亲说了句"别烧，废纸留着也有用"，父亲瞪了她一眼，厉声喝道："你懂个屁，别说话！"

我抱着剩下的一捆笔记痴痴地站着，像一根木头，看着全部课本都在熊熊烈火中烧尽了！我的全部希望也在熊熊烈火中烧尽了！我的全部人生、我的生命，也都在熊熊烈火中烧尽了！我已经死了！！

原来的我死了！现在的我，几乎变成了哑巴，变成了傻子。每天我跟着爹娘去生产队上工，拼命干活，什么也不说，什么也不想了，爹娘养我一场，帮二老多挣点工分吧。

家庭的空气凝重起来，只要我在，弟妹们就变得小心翼翼，躲到一边去了。全家人似乎都在迁就我，并不主动同我说话。天哪！这就是我，这就是我的前途，这就是我的一生吗？

就这样，我醉生梦死般地熬着。我又一次体验了什么是无助和无奈，什么是叫天不应呼地不灵。这是我此生中情绪最为低落、几乎就要崩溃的一段时间。有个词叫心如死灰，说的就是那时的我。

但是，也就是在这时，我得到了同样是此生中最温暖——虽然有点苍凉的抚慰。

红岩直起身子看着我。

我眼睛看着天花板，无法从回忆中走出来——

二

那天上午，和往常一样，我跟爹娘一起到生产队上工。从收秋之后，队里能干活的男女社员，全都开到西沟，每天的任务都是一样——修"大寨田"。队长先选定有缓坡的山丘，从下边开始，先筑一条结实的石坝，再将土坡上的黄土挖过来填平，一块平整的"大寨田"就修成了。

那天我正在西沟修大寨田，快到中午收工时，六岁的妹妹跑到工地来叫我，说有个女的来找我。一个女的来找我？问她长啥样，小妹也说不清楚，我赶紧跟队长打个招呼，跟着小妹回了家。

匆匆忙忙走进院子，不禁吃了一惊，原来是红姐。我紧跑两步，伸出两手想和她握手。她抬了抬手，脸一红又放下了。我也把手放下来，惊喜地望着她。她却羞涩地低下头，和我对面站在院里。

我急切地问："你咋来了？"

她腼腆地说："来看看伯父伯母，也看看你。"

我朝院里瞟了一眼，她骑的自行车放在石桌旁，石桌上面放着两包用黄麻纸包着的点心，估计里面包的是最高档的鸡蛋糕，鸡蛋糕上的油已经洇透了厚厚的麻纸。

红姐低下头，使劲睁大眼看着我，小声说："我知道你回来了，猜也猜得出你的心情，现在是你最痛苦的时候。早想来，只是厂里老加班，挤不出空。今天好不容易让我轮休，就背着爸妈来了。"说着话，眼泪就滚到了脸上。

我不知道应该怎样回答她，想了半天说："我也想去看你和爸妈，可是我现在这样子……恐怕要在这山里待一辈子，当一辈子农民了。我对不起你，红姐。"

我的声音开始颤抖："红姐，你就把我忘了吧……你现在找到了工作，我知道配不上你。我……我，怎么能拖累你一辈子呢？"

听我这么说，她突然抬起头来，盯了我半天，似乎发怒了："胡说！当一辈子农民怎么了？山里怎么了？我就是要来陪着你，我愿意！"说完径直向厨房走去，头也不回地说："伯父伯母一会儿就回来了，我来做饭，面罐在哪儿？"

爹妈走进院子的时候，红姐已经把面条切好，听见动静笑着从厨房出来相迎。爹妈一看是红姐，感到又突然又惊喜。我娘赶紧走进厨房，嘴里说："红旗你是稀客，咋能让你做饭哩"？急忙打开院里的菜窖，取出一颗白菜、一根萝卜，到里屋取出粉条和一大碗鸡蛋，又让爹快去村边的地里拔几棵蒜苗。妈不让红姐做饭，红姐说啥也要做这顿饭，只好娘儿俩一起做饭。不过是红姐掌勺，我娘帮忙，亲热得没法用语言表达。

中午的饭是鸡蛋粉条臊子面，很香。红姐坚持要把饭一碗一碗打好，亲手端到爹娘手里，又端起一碗给我，接着是弟弟妹妹，最后才自己端起碗。

这顿饭吃得很热闹，可是爹娘似乎有点尴尬，问问干爹干妈可好，又问问红姐在工厂里累不累，似乎就找不到话题了。红姐显然注意到了这特别的气氛，一边不断站起来给大家打饭，一边尽量找些家常话说，末了又一个一个问弟弟妹妹："我做的饭好吃不好吃？"弟妹一个个都说"好吃、好吃"。吃完饭红姐又忙着去刷碗。

忙完午饭，爹站起身来，向我娘使个眼色，对红姐说声"你俩说话吧"，就要往外走。红姐突然叫了一声"伯父伯母"，脸早已红到了耳根："我还有话对二老说。"

爹娘都站住了。

红姐问："二老看我做的饭行不行？"

爹娘赶忙说："可行，可行，真比俺做得好，真的！"

红姐接着说："那就是能过关了？"

爹娘又赶忙说："能过关，能过关。"

红姐的神情严肃起来："不瞒二老说，我今天来就是要给二老表个态，只要您不嫌弃，我就是您未来的媳妇，二老答应吗？"

爹娘你看看我、我看看你，一起回答："答应答应，你家条件恁好，俺还有啥说的？"我娘喜得合不拢嘴，过来一把拉住我说："红星呀，你可真有好命！"笑脸上竟然滚下两行泪水。

我也突然严肃起来："爹，娘，咱不能答应！我怎能拖累红姐一辈子呢？"

爹娘一下子怔住了，不知该说什么好。

红姐显然有点急了："红星，你咋了！不就是回家当农民吗？有啥了不起的？怎么就拖累我了？我还怕拖累你呢！我都不怕，你怕啥？"

红姐接着解释："这件事虽然我还没和爸妈商量，但我相信爸妈会支持我。再说了，过日子是咱自己的事，谁也管不着！"

"可是，红姐，"我说，"只有男的在外工作女的在家务农，谁见过女的在外工作男的在家种地的？"

"没见过就让人家见识见识呗！"红姐非常坚定。

我一时想不出该怎样回答，犹豫了半天说："红姐，你的好心我领了，你是我的好姐姐，我一辈子都忘不了你！"我几乎是向她哀求了，"可是，红姐，你一定要冷静冷静，终身大事咋能赌气呢？"

"谁赌气了？我是冷静思考过的，难道我们过去的努力说完就完了吗？我就不信你一辈子会默默无闻度过。天无绝人之路！天无绝人之路！！天无绝人之路！！！记住，只要你争气！"

"可是……"

"可是什么？咱俩的事没有可是！"红姐坚定地站在那里，把头扭到一边，她真的不高兴了。我还从未见过她如此倔强。

我和爹娘都说不出话。红姐说："伯父伯母，今天当着弟弟妹妹的面，这事就定了。等到了法定年龄，我俩就去登记，咱堂堂正正把事办了。您二老都同意吧？"

爹娘连声回答："同意同意。"

红姐温和地说："那咱就这样定了？"

爹娘又连声回答："定了定了。"

红姐说："那我就先走了，二老多保重。"说着走向自行车，推着车子出了门。我们一家赶忙跟出去送别。

临上车时，红姐突然转过身来。我知道她有话说，赶前几步站到她身边。她神态凝重地低声说："红星，你要是真男人，就为我争口气，还是那句话：天无绝人之路。我会等着你，你也要等着我！"语气中充满悲壮。

红姐上车走了，我们一直目送她的身影消失。我想仰天大喊一声，可是一抬头，看见天上彤云密布，朔风正急，压得人喘不过气来。

送走红姐，下午我和爹一起继续下地干活。路上我问娘咋没来，爹说你娘在家有事。收工回来，发现娘已经蒸好一笼白馍。我心里就觉得奇怪，要知道，在我们这一带，通常只有走亲戚才会蒸这样的圆馒头。更奇怪的是，还炸了一些丸子，扣在一个大碗里，另一个碗里扣的是凉拌的白菜豆腐。小妹问碗里盖的是啥，娘一脸严肃地说"不兴问"。大家也就不说话，每人分了一个白蒸馍美滋滋地吃起来。吃完饭，娘就催着弟妹们去睡觉。我也跟着站起来，爹却说"你等会儿"——这气氛，真的让我好奇怪。

等到弟妹们都安静下来，爹去把大门插好，回来对娘说："咱敬吧。"

娘就开始忙活，拿出四个碗放在院里的石板上，把丸子和凉菜一分为二放进碗里，算是凑齐四个菜，每个菜上放一个馒头——馒头上面都点了红点，每个碗上放一双筷子；爹则点上三炷香，小心翼翼地插进香炉。然后，两人就恭恭敬敬地跪在地上。这整个过程，一句话都不说。娘轻轻拉了一下我的裤子，我虽然已经不相信这些封建迷信，但眼前的气氛，让人觉得庄严肃穆而且神秘，再看看爹娘虔诚的态度，也就无声地跪在他们身后。

"老天爷，还有各路神明，"爹说，"家里穷，没啥东西，是俺的一片心意。承蒙您关照，今天媳妇来家了。这俩孩子都是好孩子，求您保佑他俩顺顺利利，白头到老。"爹还说了很多话，娘也说了很多话，直到香炉里的香燃完，我的膝盖都跪疼了，爹才说"起来吧"。

回屋睡觉，我的心久久难以平静，满脑子都是我和红姐的事。就这么想着进入了梦乡。

三

红姐说对了：天无绝人之路。

我在村里熬了几个月。突然，黑暗的夜空中闪出一道亮光——冬季征兵开始了。我看到接兵的军人进了村，刹那间，心里的一片死灰复燃起来。

我知道这很可能是我唯一的机会。我要走出这贫困偏僻的小山村，就必须抓住这唯一的机会。于是，立即跑到大队部报了名。

当然，我也知道我的这一决定意味着什么。1968 年的冬季，中国和苏联的矛盾已经绷到了极点，国际形势黑云压城，一场大战一触即发。紧张的战备气氛，赫然书写在全国每一处显眼的墙壁上，天天刊登在各级的报纸上，时刻回响在各种收音机和遍布城乡的大喇叭中。超级大国苏联在我国北部边境陈兵百万，全世界都认为战争不可避免。此时当兵，无疑就是奔赴战场！

尽管如此，我仍然没有丝毫犹豫——这是我走出农村的唯一机会和对未来的全部希望。我已经抱定了必死的决心，与其默默无闻地老死林泉，何如落一个马革裹尸、为国尽忠？生不能作人杰，死也要为鬼雄！

父亲是个有见识的人，天天听院里小喇叭的广播，当然明白眼前的形势，但他更知道我的心思。我清楚他并不真心愿意让我当兵，可是并不表现出来，我能感觉到他的无奈。他对母亲说："他娘啊，小鸟翅膀硬了总要出窝的。孩子大了，是该飞出去扑棱扑棱。咱孩儿是想干大事的人，哪能让他跟着咱一辈子刨土疙瘩呢？"

明天我就要走了。晚饭后，父母让弟、妹早早睡了，和我坐在堂屋里单独说话。昏暗的油灯下，二老和我对面而坐，母亲一直低着头，父亲似乎有说不完的话。灯光虽然昏暗，但是我能看到，或者是感觉到了，老人那种千般不舍万般担心的复杂表情。

父亲说："你长大了，就像小鸟总是要飞出窝的，这回要独自出远门了，打这以后你就是个大人了，可是在爹娘眼里，你还是个孩子啊！爹娘想操心也操不上了，遇事都要自己拿主意，一定要学会照顾好自己。"

我说："记住了，爹。"

父亲说："到了部队，一定要听领导的话，要和大伙搞好团结。要多听人家的，要顺着大伙，啥时候跟着大伙都不会错的，千万不要老觉着自己能，非要和人家打别。你顺着人家，人家才会觉着你这人好，都愿意和你在一块儿，你也就顺了。"

我说："记住了，爹。"

父亲说："在外边干事，要勤快，不要害怕出力，常言说'力气是奴才，歇歇还回来'。你这年纪正有一把力气，留着它干啥，力气只会越用越多，越不用越少。咱不惜力，又勤快，再加上有点眼色，领导同事会看不见？人眼是秤嘛！"

我说："记住了，爹。"

父亲说："你从小就是个好孩子，没让俺费心，这，俺知道。可你这个年纪，没经历啥世事，正是天不怕地不怕的时候。别的俺老两口都不操心，就怕一条，你可要记住，你这是去当兵……要紧的时候别逞能，随着大伙……服役期满了，回来找个工作，我和你娘还有这个家就靠你呢……你可千万记住了。"

我心里一动，仍然说："记住了，爹。"

父亲似乎有说不完的话，母亲始终低着头听着。她扭头看看桌上的时钟说："十点了，不早了，让孩子睡吧，明天……还有事哩。"父亲也看看时钟说："是不早了，睡吧。"父亲站起来，我临出门父亲又说了一句，"爹的话你可要记住。"

我回转身说："记住了，爹。"低着头，不敢看爹的脸。

回到屋里睡下，心里翻江倒海，刚才的情景让我产生一种从未有过的莫名的压抑感。是啊，明天我就要走了，就要离开这个养育了我二十年的"窝"了！在我离开这个窝之前，我该为父母做点什么——或许是最后了！

虽然这一夜没有睡好，第二天早上我还是早早起床了——以往总是父亲第一个起床的，先挑着水桶到村头的水井上挑两担水，够一天用，然后拿起扫帚把院子打扫干净。我悄悄挑起水桶，尽量不弄出一点响声，挑了两担，水缸还没满，就又挑了一担。倒了半桶水缸就满了，剩余的就留在水桶里，明天父亲可以少挑一担，然后拿起扫帚打扫院子。我打扫得很认真，尽量不弄出响声惊动父母。

把这两件事替父亲做完，我站在院子里仔细打量每一个角落，又走出大门仔细打量生我养我的这个家，在我熟悉的街道上走走看看，无数的往事就杂乱地涌上心头。这里是我再熟悉不过的地方啊，但此时，似乎又变得有些陌生。

当我走回院子的时候，父亲起床了。他系着扣子走出堂屋，看了盛着水的水桶和打扫干净的院子，对我说了句"天冷，咋不多睡会儿"，就迅疾转过身去。他是不想让我看到他的表情，但我还是从侧面看到了他眼角滚出的泪珠，也急忙转身回了屋子，一边默默流泪，一边在心里感叹可怜天下父母心，直到母亲喊我吃饭才走出来。

当兵是件光荣的事情，早饭后不久，村里专门组织的锣鼓队就前来送行，在我家大门上方挂上一块"光荣军属"的红灿灿的牌匾，还将红绸制作的大红花披挂在我的胸前。分别的时刻到了，我突然意识到这或许就是最后的告别，不由自主"扑通"一声跪在父母面前，喊了一声"爹，娘"，我本来要说"我走了"，但话到嘴边却说不出来，眼泪已经盈满了眼眶。我尽力忍住不让它流下来，我不想让爹娘看见，也不敢抬头看爹娘的表情，就低着头站起来，转过身去，努力迈着坚定的步伐离开了。

乡亲们簇拥着我们四个新兵逶迤而行，一直送到三里外的公社门口。尽管场面十分热烈，我的心头却满满的全是悲壮。

全县的新兵集中在县里的高中。高中已经解散，校园空荡荡的，正好让我们新兵驻扎。在县里总共停留了三天，这期间送行的亲友络绎不绝，整个校园可谓人头攒动、摩肩接踵。我去当兵这件事没有告诉红姐，因为我真的不知道前景会如何，也许此去不再回来——自己尚且生死未卜，怎敢再以身相许，拖累她呢？我把自己交给了命运，走一步说一步吧。

就在我们开拔的头一天晚上，也就是集中第三天的晚饭后，听到有人大声喊着我的名字。我应声跑出宿舍，有人指着不远处的大树下告诉我："你的家人来看你了。"冬天黑得早，我急忙朝大树走过去，心里还有些诧异：我爹白天来看过我了，他在县里已经住了两天。我们明天一大早就要开拔，下午就让他回去了，难道他舍不得走又回来了？

我走过去，一下子愣住了，是红姐！她旁边站着县城的那位同学向东方。

"红姐，你怎么来了？"我吃惊地问。

"你怎么不告诉我？"红姐责备我，"是向东方到家里讲了，我和爸妈才知道的。"

我看着她，无话可说。向东方很知趣地转身离开，在十几步外站住等着。

"红姐，你别怪我，"我吞吞吐吐地说，"我是去当兵，实在是没有别的路可走，你看目前这国际形势，谁知道这一去会发生什么事……"

"胡说！"红姐有点不高兴，"能发生什么事！你无论如何也该跟我说一声，我不阻拦你！我是什么人？你不知道吗？"

"……"我低下了头。

"你去吧，照顾好自己，记住了吗？"

我忍住眼泪说："记住了，红姐。"

红姐盯着我的脸，又问："记住什么了？再给我说一遍！"她真的像一位大姐姐正面对一个不谙事理的小弟弟。

我要流泪了，我努力控制着自己。幸亏天黑，她或许没看见。我极力真诚地说："照顾好自己，我会的，相信我，红姐。"

"那我走了。"她小声说，却站着没动，直直地、直直地看着我的脸。

突然，她上前一步，一把抱住了我，抱得很紧——这是她头一次抱我，头趴在我的肩上，脸使劲贴着我的脸，在这冰冷的冬夜，她的脸热得发烫。我还清楚地听到了她粗重的呼吸声，清楚地感觉到她的胸脯激烈的起伏。那一刻，两颗心都在"怦怦"地跳。

她的声音开始哽咽，在我耳边一遍一遍地、极其微弱地重复着"照顾好自己"。

她迟疑地放开手，说声"我走了"，朝向东方走去，向东方也向她走过来。她回头看看我，又朝我跑过来："红星，再让我抱抱你！"不等我说话，也不顾向东方就在旁边，一把就抱住我，好紧，好紧，嘴里喃喃地重复着"我等你"。

那声音在颤抖，她的整个身体都在颤抖。

第十章

　　我说到这里，突然觉得触动了内心的哪根神经，一句话也说不出来了，或许是刚才太投入，整个身体都回到了当时的情景里，心"咚咚"跳个不停——我明白，这就是演员们常说的"入戏"。

　　我坐起来，想平复一下情绪。

　　红岩听我不说话，也翻身坐起来，发起感慨："你红姐对你，可真是没说的。我就佩服她这一点。你是不知道，当年我跟你红姐能成一家，也是在我要死要活的最难的时候。"

　　我有点儿吃惊，望着他。

　　他说："当时我的腿受了伤，落下个残疾，年轻轻的，这辈子可咋活？想想死了算了，死了干净！要不是你红姐，我早就寻短见了！可以说，我这条命都是你红姐拉回来的。"

　　我没说话，只是看着他。

　　"你不信？"

　　我摇摇头。

　　"所以说呀，人到了难处，需要人拉一把。有人拉了你，你一辈子都不会忘的。"

　　"你说的是。退休之后，我常常想到的，就是以前谁曾经帮过我，在自己有生之年，尽量想法回报一下，至少也要当面表达个谢意。"

"你老哥这个想法对，我特别赞成。我有一个感觉，不知道你老哥有没有？"

"啥感觉？"

"回望此生，经历了那么多事，现在能想起来的，大都是那些不顺利的事，特别是那些当时感觉最难过的事。反而是那些顺利的事吧，倒是不大会想起来。当年一些很苦的事，现在想着不但不苦，相反还有点甜甜的味道，觉得很有点意思。"

我笑了："你讲得对极了。我小时候就常听父亲讲：'没有吃不了的苦，只有享不了的福'，就是这个意思。你不仅讲出了人生的道理，而且讲了一个哲学问题。"

"啥？哲学问题？"红岩来了精神，"说给我听听。"

我也来了精神，说："咱们都见过糖精吧？"

"见过啊，甜的。"

"那是糖精水，你把一粒糖精放嘴里试试。"

"那可不行，很苦！"他把头摇成了拨浪鼓。

我说："对呀，这就是苦和甜的辩证关系：什么是甜，甜是苦的稀释；什么是苦，苦是甜的积累。"

他大笑起来："哈哈，我明白了，就是人们常说的'身在福中不知福'。真正命苦的人，你听过有几个喊苦的？反倒是那些生活条件很优裕的人，喜欢喊苦叫累。你说的就是这个意思吧。"

我还他一个笑容，说"老弟聪明"。

"不过，"他收住笑容，"你刚才说埋头读的书接着就用上了，咋用上了？"

我说："其实刚才已经说到了，不能光是我说吧。我很想知道你和红姐是咋认识的。"并示意他还躺下。

"俺俩咋认识的?"他哈哈大笑起来,"那才叫蹊跷、才叫天意哩!"

他把被子卷起来放在背后,靠着床头坐下。

我也把被子卷起来放在背后,靠着床头坐下来。

一

红岩说:"我是第一批下乡知青。当时毛主席发出了号召,全国上下热烈响应,我们这些中学生,开始主要是高中生,争先恐后排着队到居委会报名,人人都觉得如果行动慢了,就不是真正的革命者。我是先去报了名,才回家告诉父母的。

"我是北京人,从小在部队大院里长大。父亲是团职干部,母亲是部队医院医生。父亲很早就参加了革命,是受了伯父的影响。伯父后来是重庆地下党领导人之一,不幸被叛徒出卖关进渣滓洞,在解放的前夜牺牲了,真可惜,奋斗了多少年,吃了多少苦,就差那么一点点时间,没能看见新中国的诞生。"

红岩很伤感,默默地摇头。

我也没说话,等着他把心绪平静下来。

他接着说:"当时我很激动地跑回家里,把报名下乡插队的事告诉家人,发现爸妈并不是很支持我。沉默了一会儿,爸爸很严肃地说:'你是军人家庭出身,爸爸认为你应该选择当兵。国家正在加强战备,到部队真枪实弹地干,那多痛快!是不是?'

"我不同意,说:'毛主席号召的是知识青年上山下乡,我听毛主席的还是听您的?'

"爸爸平静地说:'毛主席不是也号召要准备打仗吗?'

"我根本听不进去,反驳爸爸:'这是毛主席的最新指示,而且是专门对我们中学生说的,我当然应该热烈响应。'

"妈妈在一旁看我很执拗,就很和蔼地和我商量:'红岩啊,我看是不是这样,你近来身体好像有问题,一直咳嗽,明天跟我去医院检查一下,我担心你肺部有感染。如果没事,不管下乡还是当兵,都是响应毛主席号召,我们都会支持的,好不好?'

"'不好!'我一眼就识破这是用的缓兵之计,就很不高兴地回答,'你是医生,有病没病还不是你说了算!再说我就是着了点凉,现在已经不咳嗽了。说穿了你们就是不支持我下乡。我不管,我就听毛主席的!'

"总之是谁也拦不住我。第一拨报名的绝大多数是高中生,但和我一起报名的,还有一个大院旁边胡同里的小女生,长得娇小伶俐,活泼可爱,上学放学常常一路,比我小两岁,上初二,才十五岁,不能说名字了,就叫她小敏吧。

"就这样,一批批中学生登上卡车,在欢送的人群和震耳欲聋的锣鼓鞭炮声中,高举红旗,高唱毛主席语录歌:'下定决心,不怕牺牲,排除万难,去争取胜利。'满怀着革命的豪情壮志,被拉出了北京城,拉向一个不知道的地方去插队当农民。

"我们这一拨被安排在晋南运城地区,属于中条山区。我们小组被分到一个叫沟头的村子,共十二人,八男四女,其中就有小敏。一个农家小院,村里在院中加了一道墙,旁边再开一个门,男女分住。刚开始大家都感觉很新鲜,没过几天就知道滋味了。这儿有多穷、多苦?一个劳动日才几分钱。后来知道我们这里还算好的,分到晋北的可就惨了,环境恶劣的程度、老百姓穷的程度、每个人遭受磨难的程度，唉，没法说了！

　　"在沟头村，我们开始了真正的农民生活。我们都是城里长大的，在这千里之外也没有亲友，那个苦啊！首先，光是农村的高粱面就咽不下去，而且还吃不饱；再者，我们谁也没有干过农活，手上磨出了泡，渗着血，磨了破，破了磨，最后就结成厚厚的茧子。晚上收工回来，身子像散了架。还有，我们还都是个孩子，谁做过饭？洗过衣？生活都不会自理，现在都要自己干了，难为得哭。还有两件生活小事，很难适应，在城市里哪有这事？老哥你猜猜是啥。"

　　我说："这咋猜？你说吧。"

　　红岩笑了："就是虱子和跳蚤。我们不仅要战天斗地，还要大战虱子跳蚤，哎呀，那叫一个难受啊！"

　　我也笑了："哦，这我知道，农村就这样，习惯就好了。"

　　红岩说："可不是嘛，刚发现时人人大惊小怪，后来学着农民，捏点生产队的六六粉撒在头发上，虽不能根治，也能临时见效，但你得过一会儿就洗掉，不然干活一出汗，头皮疼得钻心。最难弄的是跳蚤，有一次打农药，小腿和脚上自然有农药，回来顾不着洗就睡了。第二天起床才发现，脚头的被窝里，一片跳蚤尸体。有了这个经验，隔一段就往床单、被子上喷喷农药，那时候也没人说对身体有啥危害。

　　"总之，人到了这个地步有啥办法，只好咬咬牙强撑住，也就是老哥说的，习惯了就好。"

　　"刚才说到了那个小敏，我就想起一件事。"红岩接着说，"她年龄最小，身体又单薄。我们用水要自己到坡下沟里的水井挑。在城里用惯自来水的我们，就是在那个时候才弄懂'节约用水'四个字的。

"我们排了个表，轮流值日，小敏不在其中，因为她真的不行。谁知她看了表坚决不答应，坚决要求一视同仁。轮到她值日那天我不放心，就远远跟过去。看见她把水桶挂在辘轳绳扣上，慢慢放下去，又双手抓紧辘轳把吃力地往上摇。这里的井好深，摇到一半就摇不动了，一不留神就放了手，辘轳摇把转得飞快，真险呀！我飞奔过去，还好，没有打伤她。我帮她把两桶水打好，想替她挑，她坚决不肯，说可以帮助不能代替。她抢过钩担放在肩上，但是实在力不从心，双手紧握钩担，身子摇摇晃晃，像喝醉了酒。两个水桶也跟着摇晃起来，桶里的水就不停溅出来，她的身子也摇晃得更加厉害。等到上坡时，一个趔趄就摔倒了。我吓坏了，扶她起来，问伤着没有，她憋得满脸通红，呜呜哭起来，收拾好两个空桶，挑起来又向水井走去。我帮她把水打上来，给她示范如果中间摇不动了，可以坐在辘轳摇把上休息一下，千万不敢松手，很危险的。她仍要自己挑，我让她先看看我怎么挑，她才把钩担交给我，但是到了大门口，她坚持要自己挑进去，我想了想就把担子还给她。这之后，别人值日时她都会跟去，一个月后，她居然能够单独值日了。"

"哎，那段岁月啊，真是一言难尽！"红岩仰天感叹。

我问："你们在沟头村待了多久？"

"大概两年吧。"他说，"老哥你肯定想不到，我居然还在当地成了名人——那时叫'典型'，事迹上了地区的《运城报》，《山西日报》上也登过名字。"

我感到好奇，笑着看他："是吗？"

他哈哈大笑："什么'是吗'，是'是的'。挺好玩儿的。起因是沟头村附近来了部队——一个工兵连，要修一条战备公路。营房离我们有四五里路，其实直线距离只隔着一个小山头，他们在山上，我们在山下。有些年轻人不怕危险，也能直接从山上爬过去。

"部队的营房里有个简易篮球场，听说这里有北京知青，部队就邀请我们去打比赛。我是球队主力，连长是他们的主力——并且还和我爸爸同属工程兵部队。这样一来二去就熟了，打完比赛还留我们吃饭，我们也能趁机解解馋。

"有一次吃着饭，就说起我们村正在修大寨田的事，连长说可以帮助我们，饭后就和我们一块儿去看地形，还特意带上了爆破班班长。

"营房旁边是一条小河，河这边的山下就是我们村的地。连长指着山凹处说：'你们看，从这里炸开一个口子，把河水引过去，利用水的落差就能直接把坡上的土冲下去，不比你们一锹一锹挖快多了？'

"大家都连声叫好，可又感到工程不小，靠农民手里的铁锹怕是不行。连长看出我们的心思，笑着说：'我是干啥的？爆破的事我们负责，这里是土石山，才几百米，小菜一碟嘛。清理土石的事可得你们干，一道小沟没有多大工作量。'我们听了都高兴得又跳又叫。

"回村之后，我们就立即跑去向支书汇报，支书大喜，当即就在大喇叭里吆喝，通知各生产队队长来大队部开会。

"工程立刻就上马了。部队有人家的任务，对我们只是兼顾一下，每天放上三四炮，我们负责清理炸开的土石。因为工作面不大，所以用不了太多人，就以我们知青组为主，再加几个村民即可。就这样，花了一个多月，事情就办成了。全村人都高兴异常，敲锣打鼓给部队送去了一面锦旗，上面写着：军民团结如一人，试看天下谁能敌。

"引水成功，不仅修大寨田省了大劲，更重要的是把不少旱地变成了水地。由于河水流量不大，部队又帮我们在渠首修了座闸门，不用水时就关闭，对河的下游无大影响。

"这件事很快就火了，报社的记者跑来采访。我们按照连长的嘱咐，都不提部队的支持，只讲我们改天换地。因为这件事主要是我们知青组干的，我是组长，又是我领头联系的，头功就记在了我头上。后来我才想明白，部队肯帮我们，是因为他们是工程兵，而我爸又在总部工作，当兵的讲义气，或者还有别的想法，但肯定是看了我爸的面子。不管怎样，我成了运城地区的'知青典型'。

"主要是因为这件事，我们十几个知青和村里的关系一直不错。后来知青运动延续好多年，听说过不少知青偷鸡摸狗、打架斗殴这些事，甚至成为老乡的祸害。一个后来插队、比咱小五六岁的朋友，亲口对我说过，他到农村后，过不了生活关，就想出个钓鸡的坏主意。'钓鸡'——不是钓鱼，老哥你听说过吗？"

我连连摇头："没有，钓鱼都知道，就是没听说过钓鸡。"

红岩解释："他先找一根几尺长的细线，再拿一分钱买根妇女纳鞋底用的大号针，用钳子把下头捏成鱼钩形状，上边一头系在细线上。细线的另一头捏在手里，钩上挂点儿吃的，瞅准没人的时候，往鸡群里一扔，鸡子就抢着上钩。不出两分钟，一只鸡子就手到擒来。然后抓住鸡脖一拧，鸡立即毙命，无声无息装进布袋，提到镇上换半只烧鸡。卖烧鸡的明知咋回事，倒也乐意交换。群众老是丢鸡，还以为来了黄鼠狼，吵嚷着要抓黄鼠狼，可就是找不到哪里有留下的鸡毛，没有线索，只好自认倒霉。这小子插队两年多，没少吃烧鸡。"

我笑着感叹："这小子可真孬啊！"

红岩说："细想想，那年头嘛，也能理解。不过这都发生在后期，第一批知青，至少在我们那里，还真没……噢，也不对。"红岩突然笑起来。

"你们也发生过这事？"我好奇地问。

"发生过，不过不是偷鸡，是打架，我打的，仅有一次！"红岩笑着，起身坐在床边，"我和一名村干部打了一架，在周围几个村子被传得很神。"

我不大相信，仰头看着他。

他仍然在笑："现在想起来还很解气呢。我给老哥说说——"

二

事情发生在 1970 年年底，我们来到沟头村两年，不时听说有的知青已经回城了。

我也收到一封家里的来信，说是托人在一个工厂给我安排了工作，并且也给我们县里打了招呼，让我和村领导做好沟通，不要阻拦就可以了。

看完信，我心情很复杂，高兴当然是高兴，可是怎么跟同学们说呢？我是这一拨人的头儿，实际上也是大伙的主心骨。当初大伙一块儿来，有苦同吃，有难同当，成了铁哥们儿，现在大家还都在这儿待着，我居然一个人悄悄溜了，大伙会怎么看我？也就在几天之前，议论有人回城的消息时，我还笑着向大伙表态：哥们儿谁有办法谁就走，反正我要等到你们都走了最后一个走，真没想到现在我要第一个走了，心里觉着对不住大伙。

我这边正在纠结，小敏来找我了。小敏白天没出工，说是身体不舒服，大家也没在意。晚饭后，她过来找我，站在院子里喊："郝红岩，你出来一下。"

我们几个正在屋里打扑克，听到她喊，就有人应了一声："进来吧，没事。"

她走到门口，就站住了，靠着门框说："其实也没啥，就是身体不太舒服，想让郝红岩陪我到村卫生室看看。"

我说"行啊"，把手里的牌交给旁边的同学，起身走出来，问她："咋不舒服了？"

她说："出去再说吧。"

我就觉得有点异样，但还是陪她出了院子。没走多远，她却站住了，说她并没有病，是想和我单独说说话，这里没人，就站这里说吧。说着说着，就抽噎起来。

我一惊，赶紧问："怎么了？别哭，有啥难事跟我说。"

她迟疑着不说话，低着头只是抽噎。

我有点儿急了："有啥你说啊！"

她这才抬起头，看着我，虽然天黑，但我能感觉到，她已经泪流满面了，大概是听出我急了，才怯怯地说："我能叫你一声哥吗？"

我还当是什么事，就这呀，忙答："当然了，我本来就比你大，是你哥嘛！"

她颤声叫了一声："红岩哥。"

我一下子没有反应过来，意识到后赶紧"唉"了一声。

没想到这却激发了她的感情，叫着"红岩哥"就扑过来抱住了我。

因为太意外，真吓到我了，赶忙用手推她，嘴里一个劲儿说："别、别，别这样。"

她并不松手，说："红岩哥，你就让我抱一会儿吧。"

我不知所措地站着，一边用手轻轻推一下示意她松开，一边安慰她说："有啥慢慢说，好吗？"

她这才松了手，说："红岩哥，我一直在注意着你，觉得你就像一个大哥哥，老想着将来能跟你在一起。来这里前每天上学时，要是我出门早，就会在路边等着你，天天都想看到你。我来这里插队，也是跟着你来的。看你好像没感觉，我也不敢说。今天当着面说了，是因为我知道以后再也不会这样想了，我配不上你了。"

我这才意识到，几年来她确实对我不一样，特别是她的眼神，会让我感到一种莫名的温暖。

我一时不知道该对她说些什么，只好用安慰的语气说："谢谢你，小妹。现在怎么了？看你痛苦成这样子。"

她支支吾吾地说："红岩哥，我丢人了……我不知道该怎么办，只能找你给拿个主意了。"

我说："你说吧。"

她说了。

我震惊了。

三

事情是这样的——

就在昨天晚饭后，小敏出去倒垃圾——别看她年龄最小，却是我们中最勤快的一个。每次饭后，都是她带头打扫厨房——也许是生长在比较困难的工人家庭，从小养成的习惯吧。小敏正在低头倒垃圾，就听见有人小声叫她，抬头看见大队民兵连长王四虎从墙角处走过来。

王四虎小四十年纪，长相很威风，身高将近一米九，大嘴巴，厚嘴唇，一双圆圆的大眼睛像两盏灯笼。当时正强调全民皆兵，他这个民兵连长可是个重要职务。不仅如此，他还是村里的治安主任，权力很大，而且大队支书又是他的近门本家，所以就进了大队的领导班子。再加上他这个人性格暴躁，说一不二，支书有时也要让他三分。久而久之，也就成了实际上的二把手。

他向小敏走过来，亲切地招呼声"忙着啊"，并没有停下脚步。走了几步突然站住了，回头说："妮子呀，看见你忽然想起一个事。忙完了你到大队部来一下，我给你说说，是你的一件好事。我先走了，在大队部等着你。"

小敏赶忙来到大队部，只有民兵连部的窗口透出微弱的灯光——那时虽然通了电，但停电的时候多，农村主要还是靠煤油灯。小敏掀开棉布门帘，发现门并没关死，留着一个缝。小敏轻轻敲了两下，就听到王四虎的声音："妮子来了，快进来吧，外面冷。"

屋子里只有王四虎一个人，坐在桌子旁边的一张小床床沿上吸烟。看见小敏进来，急忙站起来热情地说："快坐下，暖和暖和身子。"一边说一边推着小敏往床边让。

小敏说："我坐这儿吧。"拉了拉桌旁的椅子坐下。王四虎仍然坐回床上，和小敏对面。

一反平日的霸气，王四虎态度特别和蔼，仿佛是一位亲近的长辈，关切地说："今年冬天可是真冷，你刚从外面进来，冷不冷？"

"有点儿吧，"小敏说，"其实每年冬天都这样。"

"今年分外冷，这是甚天气嘛！"王四虎看着小敏的脸说，"看把小脸冻的，都冻红了，我摸摸冰不冰。"说着就把手伸过来。

小敏连说"不冷不冷"，赶忙抬手挡住。王四虎却顺手抓住了小敏的手："还说不冷哩，看这小手多冰，让我给妮子暖暖。"

小敏感到了不对劲，把手挣脱出来，又把椅子往后移了移，说："我是来听你说事的，啥事？你快说吧。"

"呃、呃，说事、说事。"王四虎在床边坐好，然后一本正经地说，"昨天你来大队请假，说家里遇到了困难，想回去看看。我让你先去干活，等收了工再答复你，你知道为甚？"

小敏答："不知道。"

王四虎神秘兮兮地说："现在就咱两个人，这话我只能给你说，你不要说出去，是因为支书不同意你请假。支书说甚的困难，困难谁家没有，现在知青们思想很不稳定，这回要是放你走了，以后其他知青都来请假怎么办，所以我才让你先离开。"

小敏"哦"了一声。

王四虎接着说："为的是我好跟支书私下研究嘛！我跟你说吧，我可是替你说了不少好话，支书他也很听我的，就批准你请假了。高兴不高兴？"

小敏有点儿不以为然："我家可不是一般困难，我爸在工地上遭车祸没了，我妈本来就身体不好，受到这么大打击，病一下子就重了，我下边可还有四个弟弟妹妹呢！你想想，这是一般的困难吗！"说着就哭了起来。

王四虎赶紧劝说："哭甚哩，别哭，我不是帮你解决了吗？"

看看小敏不说话，他又说："我叫你来，不光是给你说这件好事，还要给你说一件大事、一件大大的好事。你听了保准会高兴，保准会好好感谢我。"

小敏止住了哭，瞪大眼睛望着他。他却故意不说，两眼盯着小敏看，脸上露出诡异的笑容。

小敏有点急了："啥事？你说啊。"

王四虎"嘿嘿"笑了两声，盯着小敏的脸伸出食指在空中晃了晃说："我要帮你办一件大事，保准连你都没有想到。不过嘛，还得咱俩商量，你同意了才能办。"

小敏隐约感到一丝不祥，犹豫中没有说话。王四虎等不及，只好先开口。

他说："前天公社领导私下打招呼，北京有一个招工名额，点名要郝红岩。我知道你家困难，就想把这个名额转给你。我问你愿意不愿意，你要愿意，我就去找支书说，郝红岩是知青典型，哪能说走就走，社会影响多坏呀！我们作为基层党组织，就是坚决推荐你，上级也得尊重基层意见，没有基层推荐，谁也走不了，是不是？咱把这事弄成了，不就把你的困难彻底解决了？也不用请假回去了，你说是不是？"

小敏一直默默听着。王四虎接着说："这可是关系你一辈子的大事，妮子你要是同意，我保准帮你办成这件大事，不过也要你帮我一件小事。"

小敏说："我咋能帮得上你呢。"

王四虎说："能、可是能，又不是甚难事。"

小敏说："你说吧。"

王四虎就"哧哧"笑起来，说："很简单，就在这儿让我睡一回，就一回。"说着话就站起来拉小敏。

小敏也已经站起来，连说"不行、不行"，就往门口跑。王四虎哪肯放过，扑上来就把小敏紧紧抱住了，说："我话都说出来了，不行也得行。"老鹰抓小鸡似的把小敏按到床上。

小敏苦苦挣扎，威胁说："你再不放手我就喊人了。"谁知这个老色鬼毫无惧色，理直气壮地说："你喊，喊啊，黑更半夜的是你跑到我屋里，再说了，这种事要是传出去，你一个小妮子还要不要名声了？"一句话击中了小敏的要害，再说小敏身小力薄，哪能抗得了王四虎这样的禽兽，只能被人宰割，泪往心里流、苦往肚里咽了。

听完小敏的讲述，我气得不知道说什么好。

她已经哭成了泪人，又一次靠住我，把脸贴在我的胸膛上，翻来覆去地说着几句话：红岩哥，我不争气；我对不起你；我的身子脏了；我配不上你了；你打我吧，打我一顿吧。

我只好轻轻地把她抱住，轻轻地拍着她的后背，明显感觉到了她身体的娇小瘦弱，不禁在内心深处发出一声长叹："好可怜的小妹妹啊！"

沉默了好久，我才想出一句安慰她的话："小妹你别这样想，这事能怪你吗？他这是强……是犯法！咱去县上告他，哥明天就带着大家去告他，叫他蹲监狱，挨枪子儿！听说中央有精神，敢祸害知青的，可以判枪毙！"

我的话刚出口，就惊到她了。她突然松开手，连连摇头说："别……别啊，我把你当亲哥，才跟你说这些实话，多丢人现眼的事，传出去我还咋活呀？千万别说出去，好吗，红岩哥。"她在哀求我了。

想想也是，她已经够可怜了，我还要怎么样？心里翻江倒海般思来想去，一时也理不出个头绪，只好说一些劝慰的话。我知道这些话用处不大，只是想尽量让她平静下来。说着说着，心里先明确了一点：无论如何也要帮帮这个可怜的小妹！

于是就对她说："小敏，你听我说，我现在给你表个态。"说着用双手捧起她的脸，"你既然把我当成亲哥哥，我就会把你当成亲妹妹。哥一定会为你做主，保证会帮你帮到底。你相信哥，好吗？"

她使劲点点头，向前挪了半步，用前额靠着我的胸脯。

我说："不早了，咱回去吧。让我回去好好想想，一定能想出办法的，好吗？"

她又点点头，不大情愿地跟着我往回走。我心里闷得慌，恶狠狠地说："绝不能便宜了这个畜生，这口恶气我非出不可！"

她一听又害怕了，站住说："别，别，哥千万千万别为我惹出事，我害怕。"

"你放心，"我说，"哥不是那种鲁莽人。"

我让她擦擦脸上的泪，别让大家看出来。她用袖子在脸上擦了几下，才跟着我慢慢走回知青院。

我躺在床上，翻来覆去地想，终于想出了一个主意。

四

红岩说："正好第二天上午是民兵训练时间，一大早起床后，我就召集知青们过来开会。我先拿出家里的信，告诉大家我要回城了。这个消息太具爆炸性，引起大家一片骚动。片刻后，我要大家少安毋躁，听我把话说完。

"我说对于这件事，我要讲清楚两点：第一，我说过要最后一个走，没想到现在变成了第一个，大丈夫言必信，行必果，我过去说的话仍然算数，我不走！第二，这个名额让给谁，我认为应该让给最需要走的那个人。小敏年龄最小，是我们共同的小妹妹，更何况家里又出了事，日子都要过不去了。我们十二个哥们儿患难一场，是一辈子的铁哥们儿，谁要是不相互关照，他还是人吗？我就说这两点，你们都说说吧。

　　"听说小敏家里出了事，大家都很吃惊，纷纷问出了什么事。我就让小敏把信拿出来给大家看。小敏已经吃惊到张口结舌，说：'我怎么能占你的名额呢？再说我家出事是私事，怎么能影响插队这样的国家大事呢？'

　　"一听这话我就不高兴了，很严肃地对她说：'我这个人说话，唾沫星子落地砸个坑，你别跟我别扭！'又转向大家说：'都听着，你们谁要再说别的，我就跟你急！到了基层推荐的时候，大家都要推小敏。就这样，散会。'

　　"大家又围着小敏问了她家里的情况，接着开饭。

　　"早饭后，我们知青民兵班一起来到大队部参加训练。人还没到齐，院子里乱哄哄的。我让一个同学去连部屋里看看王四虎在不在，回来说在，好几个人呢。我说好，就站在院子里吆喝：'王四虎，你出来，你给我滚出来！'一连喊了几遍，弄得众人莫名其妙，纷纷围过来看热闹。

　　"王四虎和屋里的人都出来了。他也弄不清咋回事，一脸怒气来到我对面：'闹甚？闹甚？你娃子做甚怪？'

　　"我盯着他冷笑：'今天不是训练吗？我想单挑你，你敢不敢？'

　　"他显然还不懂'单挑'的意思，瞪着眼说：'你娃子说甚？甚的敢不敢？'

　　"我也向前迈步逼近他，故意漫不经心地说：'就是咱两人单独练，一对一，我想和你打一架，你敢不敢？'

　　"他显然脑子还没转过弯，片刻才明白了，哈哈大笑起来：'打架？就你娃子？皮痒了不是？'

"我仍然一副漫不经心的样子，高声说：'大家都听着，我听说这个家伙是村里一霸，仗着人高马大，专门欺负弱小，谁都怕他。他不是力气大吗？我不服他，今天就要当着众人的面陪他练练，大家都是裁判。他要能打过我，我服他，我跪地上给他磕头。大家说好不好？'

"有几个人就笑着叫了声好，忽然发现别人都不吭声，也就赶紧闭上了嘴。刚才还乱哄哄的现场突然静下来，所有人都屏住呼吸看事态发展。

"王四虎两眼已经红了，指着我说：'这可是你娃子找事！反了你了！我怕打坏了你，打坏了你谁负责？'

"'打坏我不让你负责，'我向大家宣布，'你们都可以作证，好不好？'

"没有一个人吭气。这时，我们知青班的几个同学走过来，站在我和王四虎之间，领头的连大胜发话了：'先别开始，把规矩说清楚。'

"王四虎已经气得七窍生烟，用手使劲推一把大胜，恶狠狠说：'甚规矩？甚规矩？你说，你说！'

"大胜也不让他，不慌不忙地说：'刚才红岩说他输了给你磕头，你要是输了咋办？'

"'我也给他磕头，响头！'王四虎近乎号叫了。

"'三个，响头。'大胜伸出三个指头，'大家都听到了吗？'

"众人仍不作声，大胜宣布：'比赛开始。'

"'这可是你们说的！大家都听到了吧！'王四虎说着就向我扑过来。

"我假装没在意地转身背对着他，感觉他两手抓住了我的肩膀，就把身子绷紧，突然一弯腰挣脱他，双手从叉开的两腿之间抱住了他的腿弯，屁股往后一顶，身子往上一挺，只听'扑通'一声，他已经仰面朝天倒在地上，人群里发出一声惊呼。

"我回头看看他，装出很意外的样子问：'哎，你怎么了?'

"大概他也没弄清怎么回事，从地上爬起来又扑过来。我仍然不慌不忙，下边左脚上前半步，上边右手顺势抓住他的领口，用力一带，右胯已经靠住他的腰部，飞起右腿在他两腿间一挑，腰胯配合一拧，他已侧翻在地，收不住一滚，又一个四脚朝天。我这一招，在北京跤里叫'勾子'。人群里又是一声惊呼。"

"那你刚才用的一招叫什么?"我惊奇地问。

"那一招是山西跤里的'抱腿'，是山西跤的看家本事，分很多种抱法。王四虎是门外汉，和他摔根本不需要用劲。"红岩笑着回答。

"那，你俩接下来呢?"我的好奇心被他勾起来。

"这小子大概感觉到了我的厉害，可是当着这么多人的面又不甘心，爬起来后有点儿犹豫，站在那里紧握拳头，呼哧呼哧喘粗气，摆出一副不怕我的架势。我还没有解气，想给他来点儿狠的，就伸出食指勾他——过来呀，害怕了? 害怕了就趴地上磕头。大胜几个也在旁边鼓噪——磕头! 磕响头! 三个响头!"

"这小子哪里受过这样的气?"红岩接着说，"他被我们这么一激，就下不了台了，嘴里喊着：'怕你? 我能怕你?'握紧双拳逼过来，不过这一回，也许是心里害怕，也许是学聪明了，只是拉着架势，不靠上来。我心里就有了数，练过的人都知道眼疾手快，一个箭步靠上去，双手拿住他的右臂，一个上步转身，右肩就插进他的腋下，右手松开抓腕，顺势按住他的膝盖，躬身、拱臀、绷腿，猛地用力，这一招叫'拿臂揣'，不容他反应，已被我背翻摔倒在地。我赶前一步，用脚踩住他的脸一拧，鲜血就从他鼻子里冒出来。我蹲下问他：'还敢欺负人吗？还敢欺负我们知青吗？'他当然明白我话里的意思。"

"其实，当时我很想照他脸上踢一脚，抬起脚来又收住了，只在他脸上踩了一脚。"红岩说，"我只想教训教训他，让他当众出丑，不能伤了他，惹出事来就麻烦了。

"众人一看出了血，就开始慌了，有几个人赶忙跑过来，把王四虎从地上拉起来簇拥着往卫生室送，其他人也开始慢慢散去。我朝他们望过去，发现支书也在里面，正要转身离去，就紧跑几步追过去，对支书说，北京下来个招工名额，我们知青班这个'基层'一致推荐小敏，希望支书尊重我们的意见。他明显还没有完全从刚才的情境中出来，又感觉我的态度强硬，上下打量着我说：'行，行，尊重你们的意见，尊重，很快就办。'

"他没有食言，第二天就写好了推荐信，通知我们去取。打架的事也很快就传开了，我和大胜陪小敏去公社办手续时，开始院子里很冷清。等我们从屋里出来时，发现门口围了不少人，都用异样的眼光看我们。走出公社，大胜问：'你俩知道刚才怎么回事吗？'我和小敏都摇摇头。大胜说：'我告诉你们，我刚才上厕所，听到他们说话，说那个打虎的知青来了，快去看看。可不就围了门吗？红岩啊，你可是又一次出名了，你成了打虎英雄了，厉害呀！'

"为了帮助小敏顺利招工，我特意给爸妈写了封信，特别强调：爸妈从小就教育我说，军中无戏言，逃兵最可耻。我既然当众表态要最后一个离开，现在怎么能第一个开溜呢？相信爸妈会理解并支持我，而且会为我骄傲的。再者，远亲不如近邻，小敏和我一起长大，家里又遇到不幸，很可怜，她没啥门路，务必麻烦爸妈帮她一下。

"我把信交给小敏，当然没有告诉她这个内容。嘱咐她要当面交给我爸妈。就这样，小敏才顺利上班了。爸妈来信说我做得对。"

红岩讲完，如释重负地长叹一声。

我问："这事老弟干得漂亮，叹什么气呀？"

他还我一个苦笑："这个小妹命不好，前些年我去看过她一次。"

我看着他。

他接着说："前些年我回北京看爸妈，打电话给大庆——后来我们三线厂下马，绝大多数人员被安排到北京的一家钢铁公司了——让他约几个当年一块儿下乡的同学坐坐。我问小敏怎么没来？这才说起了小敏的情况。

"总体说，小敏这几年过得很难。当年小敏进了一个区办小厂，和一个工友结了婚，生了一个男孩叫京生，生活倒也平静。后来京生到了该就业的年龄，小敏没啥门路，只好申请病退，让京生接了班，这是一难。再后来厂子也不行了，京生父子俩都下了岗，这是二难。京生的爸爸没啥本事，只会借酒浇愁，喝成了酒迷瞪，小敏是个要强的人，两口子就离了婚，这是三难。京生找了个对象原本就没有正式工作，京生又下了岗，两人只好去打工挣点钱，这是四难。更难的是，小敏又得了病，癌症，乳腺癌，做手术要花不少钱，现在还在医院躺着化疗，前景不容乐观。

"大庆说，几个同学也都想法帮过她，只能是救救急，无法解决根本问题。

"'对了，前些天我去看她，她专门提到你，说要是能见你一面就好了，这辈子就没啥遗憾了。'大庆对我说。

"我哀叹一声：'这小妹真可怜！我一定去看看，明天就去。'

"按照大庆的指点，我去了医院，天哪！我虽然有思想准备，但还是不敢相信自己的眼睛，多好的一个妹子，怎么会变成这样？瘦得没了人形，头发也掉了，活脱一具僵尸！

"'小敏，我是你红岩哥。'我凑近她的耳朵，小声呼唤她。

"她睁开眼，仔细看着我，嘴角动了动，算是笑了，眼睛也有了光亮，随之，泪水就顺着眼角流下来：'哥……你怎么来了？'

"我安慰她几句，一个小伙儿走进来。小敏说这是儿子京生，又对儿子说：'这就是你红岩伯伯，妈的恩人。'

"京生向我深深鞠了一躬，低声但很真诚地说：'谢谢伯伯，也替我妈妈谢谢您。'眼眶里含着泪。

"小敏说：'哥，我就这样了，欠你的情下辈子还吧。只是，只是放不下京生两口，两个孩子都是好孩子，可是我帮不上了……'

"我心凄然，鼓励她要坚持，说：'咱当年不是有句话吗？坚持就是胜利。再说两个孩子都已成年，又懂事，要相信他们。哥会尽量想办法帮他们，你相信哥！'

"告别小敏，京生送我出来。我问他：'如果不给别人打工，你两口能不能自己想个事干？'

"京生迟迟疑疑说：'咋没想过，可干的事肯定有……'

"我说：'说出来听听。'

"'最简单的就在小区办个菜店，只要不怕累，肯定可以。只是……'

"'只是什么？说。'

"'我家这情况伯伯都看见了，没有本金。'

"'需要多少？'

"'大概两三万吧，我算过。'

"我当即大包大揽：'我出！你回去告诉你妈，说我知道她是个要强的人，一定要坚强，要坚持住，别让我失望！你要原原本本告诉她，她信我的。'

"走出医院，我就给北京的老同学们打电话借钱，两天后就把凑起来的三万块钱送到了医院，告诉他娘儿俩：不准还，否则我翻脸不认人。

"当然，三万不算小数字，不过当时我已经拿得出；就是拿不出，我也会想办法。这是救命，救她一家的命，这钱花得值。"红岩不无得意地说。

"你还别说，上天真的有眼，小敏真的挺过来了，现在还活得好好的。京生菜店的生意也不错，每年过年都来看我，小敏也跟着来过一次。"红岩又说。

"所以有时候我就想，钱这东西是真好啊！"红岩再追加一句。

五

在红岩讲述的过程中，我一直听得很专注。

红岩笑着问："怎么样？老哥听着好玩吧？"

我说："小时候的许多事，现在回忆起来都觉得好玩。听你刚才说的，就像是听小说。不过有一点不明白。"

"哪一点不明白？"

"你要和人家打架，旁人看来你明显处于劣势，大胜怎么敢站出来撺掇呢？"

"这你就不知道了。"红岩就讲了他和连大胜的关系，"连大胜从小学到高中，一直和我同上一个学校，两家又同住一个大院，当然了解我的底细。我六岁开始就和大胜一起练武术，老师是北京军区体工队的武术教练，也住在我们大院里，姓武。也许因为部队是个尚武的地方，也许受了武老师的影响，也许出于小男孩的天性，一拨小孩就喜欢上武术了。武老师很高兴，就在院子里办了个课余班。其他学生包括大胜都出出进进不固定，但我一直规规矩矩地练到考上初中。之后武术没再练，却练起了摔跤，起因是学校旁边有个开放的公园，里面有一拨摔跤爱好者，其中不乏名家。放学后路过那里，就站旁边看看，看着看着有了兴趣，就试着去跟一位教练模样的老者说，我想学摔跤，想拜他为师。当时摔跤不是运动会的正式项目，所以在这里练的都是中年以上的人，还没有像我这样的小孩。师父看我真诚，又知道我有武术底子，打心里就喜欢我，一来二去就收了我这个徒弟，一直练到'文革'开始，整整四年。"

我"噢"了一声，又问："那只老虎被你痛打了一顿，难道会甘心就此作罢，不会回过头来报复你吗?"

红岩笑了："你还真别说，他还真的鳖气没吭。一来是打不过我，惹不起咱;二来是自知理短，不敢惹咱。"

"后来呢?"

"后来，不久我就招工离开了村子，不过听人说，这家伙被我打掉了威风，后来也变好了，换了个人似的，也算吃一堑长一智吧。"

我看着他，没有说话。

他看着我："想什么呢?"

"听你一说，我想起两句俗话。"

"哪两句?"

"一句是，艺多不压身;一句是，山外有山，天外有天。这些俗话可以说人人会讲，可是，轮到自己身上，真能做到的人就不多了。"

他听出点意思，要我接着讲下去。

我说："第一句，你要不是有武艺在身，哪能成就你'打虎英雄'？别人只看到你英雄的一面，哪里会知道英雄的武艺哪里来的！那是你十二年苦练出来的。可是你要跟他说，也给他十二年，恐怕百分之九十以上的人不会去练。老听人说'少壮不努力，老大徒伤悲'，好像只有小孩子才需要学习，成人不是同样的道理吗？谁都想出人头地，谁都不想花工夫学习，总是羡慕别人的成功，却不肯去想别人背后花的工夫。我常想，人活一辈子几十年，要是把'时不我待'当作座右铭，抓紧更多的时间用于学习，那么我们的本事会有多大啊！可惜，一个'惰'字免不了。

"再说第二句，山外有山，天外有天，谁不会说？可是轮到自己身上就忘了。看看周围有多少'能不够'，看看某些官员的霸气，看看某些权威的盛气，看看某些专家的酸气，看看某些明星的轻佻，看看某些富人的排场，你就会明白人世间的可笑、悲哀！那个'王老虎'和你打架前，要是知道你练过功夫，还会送上门挨一顿好打吗？所以，人一定要知道天高地厚，不管自己混到哪个位置，总有不如别人的地方，总还是个平常人。这样，尾巴就不会翘了，做人就低调了，对人宽容平常心，对己落个好人缘，岂非双赢？现在抓出那么多贪官，当初是何等的威风，他要是能把自己当平常人看，知道他上面还有能管他的人、能管他的东西，他还会是这下场吗？"

红岩听了，哈哈大笑起来："你老哥啊，不愧是个文化人，啥话到了你嘴里，就是一套一套哩。你刚才不是问我怎么和你红姐认识的吗？我就接着给你说，那才真叫奇遇哩。"

"是吗？"我笑着说，"这得好好听你说说。"

六

红岩说："也就在小敏走后不久，刚开春吧，忽然来了招工机会。那时因为要准备打仗，国家大搞三线建设，这个你应该知道吧？"

我说："知道一点儿，这属于国家机密，谁敢打听呀！"

"我也是后来才知道的。"他说，"因为我是三线人，所以很关心这个事。其实三线建设从1964年就开始了，到1980年共十六年时间，70年代是高潮。当时国际形势很严峻，先是美国在东南沿海作乱，后来苏联在北部边境陈兵百万，要对中国重点部位进行先发制人打击，而咱们的工业特别是国防工业，绝大多数分布在沿边沿海的东北华北，不得已才来了个生产力布局由东向西的战略大迁移。"

我说："这个我知道，也理解，但是听说这些厂子后来的情况不大好，有的在中途就下马了。"

他说："是的。有两个原因，一是所谓的三线都是山区，社会经济都比较落后，又要强调分散隐蔽，给生产经营造成很多困难；二是国际形势好转，战争渐渐远去，当初的紧迫感不复存在了。但是，我们不能因此就一口否定三线建设。这叫站着说话不腰疼！啥叫以战止战，是不是？再说了，至少有一点可以肯定，正是当年的三线建设，为现在中西部的工业化打下了基础。"

"三线建设和红姐有关系吗？"我问。

"当然有啊，要不我说它干啥？"红岩说，"国家在我们插队的县新建了一个军工企业——5001厂，隶属于三线建设的一个重大工程。

这个工程大得很，共有十八个分厂，分散在临汾、运城两个地区的四个县，方圆好几百里。5001只是一个分厂，要在周围的插队知青中招一批工人。小敏走了，剩下我们十一个人都去县里参加了笔试。

"过了一个星期还没有消息，大家就有点儿着急，让我和大胜去摸摸情况，反正这个厂离我们村也不太远，二十来里路吧。我俩吃过早饭就出发了，谁知这是保密厂，到了门口不让进，我们说了不少好话，磨蹭着不走。

"这时，从厂里出来一个骑自行车的人。门卫说：'正好，他是政工组的，你们问他吧。'那人听完我们的话，回了句'已经定了，马上会通知你们，回吧'，转身就走。走了两步又回头问：'你们是哪村的？'我俩赶紧跑过去回答：'沟头村的。'那人想了一下说：'噢，沟头的，你们村最多了，回吧。'还想再问，他已经蹬车走了。

"时已过午，该吃饭了，我俩就走进旁边的国营食堂。食堂里空荡荡的，十来张桌子，只有一个人坐在角落里吃饭。我让大胜在靠窗的一张桌旁坐下，自己到窗口买了票，要了两碗臊子面——难得出来解解馋，就坐在桌旁等饭。这时门口又进来三个人，一看认识，相邻两个村的北京知青，也是来探听消息的。我一边站起来打招呼，一边热情地邀他们坐下，就起身去给他们买饭。走了两步忽然意识到，兜里的钱不够，回头向大胜使个眼色，背过身打了个数钱的手势——拇指和食指对搓两下，大胜却轻轻摇了一下头。也许是急中生智，我就向角落里坐的那个人走过去——刚才我们是从外面明亮的阳光下进来，并没看清，原来眼前这个人是个女的！穿着劳动布工作服，看起来是厂里的工人。当时虽然很尴尬，但已经走到跟前了，就红着脸小声说：'同志，对不起打扰一下，我是附近的知青，名叫郝红岩，偶然碰到几个朋友，钱不够，能借点儿吗？真不好意

思，会还你的。'

"她微微抬起头，翻着眼看我，并不回话，从兜里掏出一块钱递过来。我没接，说'不够'，她又翻着眼看我，又从兜里掏出一块钱，两张合在一起递过来。我躬身说'谢谢'，问她叫什么名字，她没理我，低头吃她的饭。我只好转身离开，到买票窗口给朋友买饭。

"你猜猜这女的是谁?"红岩笑着问我。

我说："谁? 不会是红姐吧?"

"不是她是谁!"红岩因兴奋脸涨得通红，"这就是我和你红姐见的第一面，哈哈，奇遇吧?"

太意外了，我急切地问："接着呢?"

红岩说："我等她吃完饭出门，路过我们这张桌子时，站起来向她打招呼，想问问她的名字，谁知她来个不予理睬，旁若无人地径直走了。几分钟后我到厂门口问门卫，刚进去的女同志叫啥，我借了她钱。门卫问哪个女同志，我说就是眼睛很大的。门卫说：'她呀，叫曲红旗，机修车间的。'"

第十一章

红岩说："我和你红姐能走到一起，就让我想起常说的缘分。就说我俩第一次见面这件事，哪有这样巧合的事，就像冥冥之中有人安排的一样。"

我说："不是有个说法吗——百年修得同船渡，千年修得共枕眠。你俩前世修了一千年，所以成了一家；而我俩只修了一百年，所以只能是姐弟。"

"按你这样说，这句话倒真有点儿意思了。"他不停地眨眼，脑子在转圈，"你想啊，修一千年是夫妻，修一百年是至亲，那么修十年就是同事，修一年、一天之类就是短暂相处或者只有一面之交的人了？"

"你还别说，有些道理，也算一说呢！"我似乎受到启发，笑着表示认可。

他也笑了："瞎说呗。按这样推下去，这个前缘还应该分善缘、恶缘。不是有一副对联嘛：夫妻本是前缘，善缘、恶缘，无缘不合；儿女原是宿债，欠债、还债，有债方来。前世你对他好，这叫修了善缘，到了这辈子他也对你好，成为亲人、朋友；前世你对他不好，这叫修了恶缘，到了这辈子他也对你不好，成了冤家、对头。想想是不是？"

受了他的启发，我说："按你的思路往下说，这辈子认识的人，都有前世之缘。朋友是善缘，冤家是恶缘。到了今世，该如何分别对待呢？"

他说："这还不简单？是冤家，你不喜欢他，他也不懂你，离他远点就是了，实在走近了，也就一笑了之，犯不着争执生闲气。是朋友，自然会和他一起玩。不过朋友就是朋友，真正贴心知己的能有几个，绝大多数仅仅局限在某一方面，如棋友、球友、文友、戏友等等。哪方面的朋友只说哪方面的事。因为有共同兴趣，越玩越高兴；尽量不说其他方面的事，说不定就不高兴了。毕竟在一起玩，不就是图个自己高兴、大家高兴吗？"

我说："道理好懂，做到很难。毕竟人都有个脾气，有个自尊，发现别人不对，他难免上去纠正。"

红岩说："这是他没想明白，他是老天爷吗？他有让人完善的责任吗？他能扛起世界吗？再说了，对于认为一加一等于三的人，还有纠正他的必要吗？不是把自己也降低到他的低度了吗？还是一笑了之好，也为下世积点善缘吧。"

我被他的奇思妙想引出兴致，说："算一说！算一说！且不管这说法对与不对，至少从社会角度看有利无害。因为人们信了这个，就会多行善事，不结仇人，这不就是积德吗？"

"是呀，是呀，"红岩兴奋起来，"要不人家说跟你们文化人在一起能长见识，今天跟你一说我也长见识了。就说积德这个事吧，不仅有利自己，还能惠及子孙。我这辈子的福气，应该就是上辈人积了德。我父亲为国为民打了十多年仗，平时为人也是极好的，特别是对于下级；我母亲是医生，一辈子治病救人。对自己是积德，对社会就是和谐。也正是托了上辈人的福，我这辈子才老遇到贵人，过得还不赖。"

"说到积德，我想到修养这个词。"我说，"德不仅要修，还要养。你看有德的人，都是很有修养的，是不是？"

"那是那是。"他表示赞同，"不过修养里这个养字，还应该包含另一层意思——学习，当然也包括读书在内——养嘛，你说是不是？"

我笑了："咱俩的研讨又深入一层了，你说是不是？"

"是的，深入到读书这一层了。读书才能明白更多的道理，所以读书人自然就显得很有修养嘛。"他突然话锋一转问："你知道我为啥说到读书上了？"

"为啥？"

"刚才听你说，小时别人玩时你在读书，后来别人闹时你还在读书，后来就派上大用场了，咋用上了？"

我问："刚才我说到哪儿了？"

他说："说到你红姐送你当兵，抱着哭了一场。接下来呢？"

我说："接下来，我就走了——"

一

新兵队伍在第二天早饭后开拔了。一大早起床，天就阴沉沉的，刺骨的寒风尖厉地呼啸着。待我们整队出发，首长发出"向右转、齐步走"的口令时，苍天也像服从命令似的，纷纷扬扬地飘起了雪花。距离火车站约一里多路，沿途全是夹道送行的亲朋队伍，人群中不时有人呼叫着某个人的名字。我们则是默默地踏着"一二一"的口令，齐刷刷的脚步声在大地上回响。

小小的火车站里，一列望不见首尾的黑色闷罐车大开着黑洞洞的车门，不知要将我们拉到何方。黑色的火车笼罩在白色的雪幕中，形成强烈的反差，伴随着我们此起彼伏的"革命军人个个要牢记"的高亢歌声和在空中呼啸的风声，气氛肃杀而凝重。也许是受到这种特殊气氛的感染，也许是还夹杂着初次离家的依依别情，心头便油然而生"车辚辚，马萧萧，行人弓箭各在腰"的豪气和"风萧萧兮易水寒，壮士一去兮不复还"的悲壮。

汽笛声划破了1968年冬日的寂静长空，随之而来的是火车粗重的喘气声和车轮沉重的滚过铁轨的声音——我们出发了。透过闷罐车小小的方窗和窗外的雪幕，我使劲地凝望着曾经熟悉的小小县城，正越来越快地向后退去，如梦如幻。不远处那唯一的高高的烟囱的东边，就是文教局的家属院啊！红姐，还有干爹干妈，你们在家里干什么呢？在想我吗？

我在心里大声呼喊：生我养我的故乡啊，和我相亲相伴的亲人啊，再见了！也许，就此一别，再也见不到你们了！眼泪就无声地滚落下来……

出发前，我把红姐的信和我俩的合影都带在身上了，但是首长对我们进行了保密教育，告诉我们，部队从哪里来，到哪里去，都是高级军事机密，凡有可能泄密的任何文字和实物，都必须在出发前销毁，譬如烟盒、火柴，还有信封、稿纸之类。红姐寄给我的信，显然在销毁之列，我舍不得，只好交给向东方同学代为保管。我俩小时候的照片没问题，就悄悄装在贴身的衣兜里，隔着衣服摸一摸，心里也就踏实了。

我们的车走走停停，有时会看到车站上的站牌，但我们这些农村兵，几乎全都没出过远门，谁也不知道到了啥地方。大家除了睡觉，别无他事。我就在心里回忆红姐，想到有趣的事就在心里笑，想到伤心的事就在心里哭，倒也并不觉得时间难熬，随它把我拉到哪个不知道的地方去吧。

直到第二天太阳落山时，火车终于停下来不走了。我们走出车站，登上一长溜军队的汽车，又走了个把小时，就到了山脚下的营房。这时才知道，这个地方叫益城，属于山东省的一个县。我们的部队是一个高炮独立师，我所在的是师后勤部的新兵连，连长是运输连的连长，指导员是修理所的指导员，排、班长也都是从这两个单位临时抽调的。等新兵训练结束，我们就会被分配到后勤部所属某个单位。基本情况都清楚了，但是有一件事让我很费解：据我观察，从老家一个公社来的新兵都会分在一个连队，唯有我是个例外。我们村来了四个，他们三个都在司令部的新兵连，单单我一个和其他公社的新兵分配在后勤部的新兵连。想来想去，不知道为什么。

二

新兵连通常是三个月，我们因故拖到半年。又因为在外执行任务，没有正式通信地址，没法给家里写信。

等我急不可耐地给红姐写信时，已经是半年后了。新兵连这六个月，堪称我此生经历过的最艰难时光，吃了从未吃过的苦，受了从未受过的累，有好几次，精神几近崩溃。

我们这个连没进营房就接到了任务，到潍北农场——过了很久才知道，就是潍坊北部的部队农场，去完成一些临时工程。农场位于很远的渤海湾上，我们以班为单位分住在最前端的一个叫瓦城的村子里，再往前就是茫茫望不见尽头、和天空浑然一体的海滩了。

农场在海滩深处，距离瓦城还有十多里路。由于海滩上全是盐碱地，种水稻必须解决盐碱问题，我们的首要任务，就是疏通旧的和开挖新的排碱沟；接着是在农场周围，修筑一条一米五高的防潮堤，防止海潮对农场的袭击。

要说，这些活儿对于我们农家孩子来说，本来不算什么，问题在于劳动的强度。正因为都是农家孩子，好不容易出了农村，谁不想快点进步？大家正处于待分配状态，都想表现好点，给首长留个好印象，争取下一步分个好单位。于是那干活就不是干活了，是拼命，真真实实就是拼命！譬如说吧，疏通排碱沟，原本大家都站在渠两边的矮堤上，用铁锹把沟底的淤泥清理出来就行了。有人觉得不过瘾，为了突出自己，脱了棉靴袜子、挽起裤腿，咔嚓咔嚓就跳进沟底的冰碴里。别人一看，谁敢落后！人人效法，全都跳进冰碴里，谁也不肯上来。态度积极是表现出来了，可是效率反而更低了，更何况也不安全不是？还是连长实事求是，急忙跑过来制止，一方面表扬同志们态度积极，一方面告诉大家这样要冻伤双脚，不能造成非战斗减员。这件事才算就此打住。

从这件事里，反映出我们当时的共同心态：人人都要尽最大努力表现自己，人人都不甘——应该说是不敢落在人后。在这种心态支配下，那干活还能叫干活吗？那干活不就是拼命吗？简单说吧，由于人人都在拼命，我们的劳动效率极高，十天的任务五天完成，下次把十天的任务定成五天，结果三天就能完成，反正总能提前完成任务。每天上工的路上，我心里常会冒出一个念头：我今天能活着回来吗？我不会累死在工地上吧？由于劳动量大，饭量也就大，中午在工地上，我能吃七个馒头，而我实际上是个学生兵，饭量也小，全连平均是九个馒头。我们的伙食定量也一长再长，原本每天的定量是一斤半，农场增加一斤，而我们最终的定量高达五斤。直到现在我都在怀疑，当时那些饭是怎样吃进去的。

苦苦熬了三个月，新兵连就要结束了，我们就要回去了，每个人的脸上，包括连、排、班长的脸上，都洋溢着发自内心的兴奋。

但是，这次又高兴得太早了。俗话说"天有不测风云，人有旦夕祸福"，真的在我们这里应验了。就在我们将要开拔的头一天夜里，发生了五十年不遇的台风和大海潮。

那天夜里暴雨如注，就像天塌了个窟窿。我从没有见过那么大的狂风，时已开春，仍穿透了身上的军大衣，刺骨的冷，房顶的机瓦被哗啦啦吹落满地。第二天早上，风停了，雨也住了，但是放眼一望，我们驻扎的瓦城村周围一片汪洋。远处的公路上，停满了匆忙撤出的军车和大炮。不用说，我们三个月的辛苦全都打了水漂。

海潮来得快退得也快。当天下午，师首长就来视察并看望我们了。我们排好队伍，高呼口号，感谢首长关怀。连长代表我们表决心：台风再强，没有我们的革命意志强；海潮再大，没有我们干革命的决心大！请首长再给我们三个月，我们有决心、有信心，把灾害造成的损失补回来，保证圆满完成任务！

我们又从头开始了。不过这三个月，我的情况有了改变。第一个月一如既往；第二个月我就被调到连部当了通信员，虽然照样上工地，但跟着连首长还是要轻松些，至少不用和那些老乡一对一打擂了；到了第三个月，我又被调到了炊事班，虽然当时有一点被下放的失落，但不再上工地，实在是一步登天了。

到了炊事班，就算恢复了正常人的生活，我也就有精力想心思了。我发现，在这短短的几个月内，我已经换了三次岗位。全连除我之外，还没人被调整过，心里就觉得有点奇怪。

或许是情况有了很大好转，这三个月过得很快。结束的头两天上午，师里来了一位首长，连长称他卓参谋，吃午饭时我看到了。有人说，他是来研究新兵分配的。我就留心观察他，一看就知道是南方人，瘦削的中等个儿，高颧骨，两只眼睛深陷，炯炯有神，嘴巴偏大，笑哈哈的，让人感觉很爽朗。

开罢饭，通知我到连部去一下。我赶紧去了，只有卓参谋和连长、指导员三人在。我立正、敬礼、大声报告："新兵连炊事班战士闪红星。"

卓参谋仔细地打量我，和蔼地问："这墙上的标语是你写的?"

我点点头。

又问："你是名牌高中毕业的?"

我又点点头，补充说："只是高一，后两年'文革'没上课。"

他接着问："还会画画，懂乐器?"

我赶紧摇摇头："不行不行，只是爱好，学过一点。"

他就看着我张开嘴笑，末了说："好，你去吧。"

我大声回答"是"，敬了礼退出来。

我注意到，连长和指导员都没说话。

第二天早饭后，我们就登上师里派来的汽车，浩浩荡荡地开回营房，人人脸上都露出了胜利者的笑容。

我回头望望农场，突然心生感慨：人，真的很了不起，对环境有难以置信的适应能力。苦难这东西，扛过来后，再回想自己当初要死要活的情形，实在是既可笑又惭愧了。这半年最大的收获，就是在与苦难的搏斗中，使自己变得强大了，虽然皮肤晒得黑如非洲人，但是感觉身体健壮了许多。我甚至开始为自己骄傲——这样的苦难我都能战胜，此生再要遇到什么沟沟坎坎，还会当个事吗?

许多年后，报社约我写篇谈人生的文章，我写的题目是：苦难是人生的养分。

三

现在，终于可以坐下来给红姐写信了。多少天了，我的心情没有像现在这么好过，再好没有了！可以毫不夸张地说，现在兴奋的心情，平生以来，只有两次可比，就是在我拿到初中、高中录取通知书那两次。

昨天，新兵分配方案公布了。当我怀着忐忑不安的心情跑到红榜跟前时，连我自己都吃了一惊。我的名字单独一个排在最上边，部门：后勤部；岗位：文书。

其他人绝大部分去了运输连和修理所，大约占了四分之三，剩下少部分去了卫生科，再下来就是一些零星人员了，有炊事员、保管员、理发员等等，我已经顾不上仔细看了，只觉得心在"怦怦"地跳，甚至感到因为激动而浑身发热。我尽量掩饰着内心的激动，但还是能感到从周围投射过来的一道道羡慕的眼神。

很快，各单位接收新兵的人都到了——我们暂时驻扎的运输连，和师部不在一起。

看到我一个人站在院子里没事干，指导员就走过来，笑眯眯地拍拍我的肩膀说："小闪哪，你今年可是破例了。你还不知道，你去的地方是个干部岗位，部里原没有文书，只有书记。原来的祁书记刚调到卫生科任协理员了。他留下这个位置不能空，就专门为你设了这个文书岗。你以后就跟着部首长了，好好干吧。"又在我肩上拍了两下，我明显感觉到力量有点重，似乎意味深长。

我立即打个立正，严肃回答："是！"

说着话，就听到了汽车马达声，一辆美式吉普"呼呼"开进院子中央。卓参谋从车上下来，指导员、连长都迎上去握手。连长招呼我过去，我就给卓参谋敬礼。卓参谋很开心地笑着伸手和我握手："小家伙——哦，小闪，咱们走吧。"

我立正回答："是！"急忙跑回宿舍背起背包，跟着卓参谋上了吉普车。这是我平生头一次坐小汽车，我相信，仅就这一幕，就会让其他老乡在心里羡慕死的。

一路上卓参谋都很高兴。他告诉我："小闪哪，你知道咱这辆车是咋弄到的吗？"

我大声回答："不知道。"

他就告诉我，是从美国人手里缴获的。咱们师刚从越南回来，就是抗美援越。

顺着他的话，我不时按照部队的规矩大声回答："是！"

他从前边的位子上扭过头笑着说："小闪呀，以后说话不用老'是是'的，我们是机关，不是连队，经常在一起研究事的，老'是是'的还咋弄？"

我习惯性地小声回答："是。"

他大笑起来："看看，你又来了。"

我也红着脸笑了。

吉普车很快就开进了师部营房，正对大门就是师部办公楼，那时觉得很高很大，三层。卓参谋告诉我，一层是后勤部，二层是政治部，三层是司令部。他领我走进大楼，拐进大厅旁边的一个房间，说："这是部值班室，你就住在这里，平时的工作，主要是帮助我和尤干事起草、复写、发送给上级的请示、报告、汇报，以及给下属四个团的通知，偶尔也会起草大材料，不多。有时候几个科也会让你帮忙干些事，如果他们找你就帮他们。还有一件具体的事，早上给三位部首长办公室打瓶开水，打扫一下卫生。"说完，从口袋里掏出一串钥匙交代我，"这三把是首长办公室的，这一把是我和尤干事办公室的，我们办公室你随便进。"又指着一个铁皮柜说，"这里面有六支手枪，部首长三支，我和尤干事两支，你一支，隔十天八天擦一次，回头我教你怎么拆枪。"

接着，他领我去各科室见面。先去他办公室，在我隔壁，刚到门口就很爽朗地喊："尤干事，领回来了！"

尤干事正趴在桌上写东西，闻声站起来和我握手。这是个瘦小的老头，面色惨白，鼻梁上架一副白框小眼镜，一边和我握手一边用一双小眼睛从镜框上边打量我，嘴里嘟囔说："来了好，这一段忙死了，正起草个报告，你来了，我就不弄了，一会儿就交给你了。"说着话，脸上露出一丝调皮的微笑，立即就消失了。

第一印象，他和卓参谋正好相反：卓参谋总是微微仰起脸张着口笑，尤干事则是微微低着头一脸严肃；卓参谋说话高声大调，说完还要"呵呵"两声，尤干事说话慢声细语，嘟嘟囔囔中带着浓重的山东味，说完会"嘿嘿"两声，脸上露出平时难得见到的天真的笑容，但是一闪即逝。刚接触认为他是一个很严肃的老者，后来熟悉了，知道他实际并不老，一脸倦容应该是他长期干文字工作的标志，对人也是极好的。

下午，运输连长来部里汇报工作，部长有事，他就来我办公室里等候。他是我昨天的老领导，我连忙给他让座、倒水。他这会儿没事，就和我闲聊起来。我这才明白，我为什么能被分配到部里来。

当初去接兵时，要到每个新兵家里实地考察。来我家时，我正在屋里画素描。因为事先已经了解我是省重点高中学生，所以我就成了重点考察对象，连长、指导员等都来了。他们看到我会画画，会写美术字，墙上还挂着二胡，人也精干有礼貌，就特别满意。离开我家后就决定："是个好文书的料，要想法留住。"这样就把我从司令部新兵连调到了后勤部；后来调我到连部当通信员，是要近距离考察；再后来又调我到炊事班，是要把我藏起来，担心让部里给挖走了。没想到卓参谋刁得很，最后还是让他给挖走了。"不过这也好，要不然我和指导员还不知会争成啥样呢。"连长说。

送走连长，尤干事过来了，说："上午那个报告我不想弄了，还有两件，也交给你吧，弄好了让我看看。"我拿出本子记下来，他就站在旁边看着，然后脸上掠过一缕孩子般的笑容："让我歇歇吧。"

四

给红姐写信的事，只能放在晚上了。

初夏的夜很美，凉风习习，大楼里静悄悄的。我走进办公室，皎洁的月光从宽大的窗口钻进来，温馨地铺在我的床上。

我打开台灯，放好信纸，并没有动笔，而是取出我和红姐的照片，仔细地看。我有很长时间没有这样看了。我用手指轻轻抚摸着红姐的脸，仿佛就看到了她把一双美丽的眼睛眯成了月牙，正对着我笑呢。我也就默默地笑了。

我提起笔，激动地在信纸上写上：红姐，你好。犹豫了一下，又换了一张纸，改写为：亲爱的红姐，你好。

现在的人们不会知道，我们那个年代，就是再好的朋友，写信也不能用"亲爱"二字的，更别说是男女之间了。为什么？说轻点是资产阶级情调，说重点是思想有问题，低级庸俗。可是此时的我，觉得不加上这两个字，确实就无法真实表达，也无法使红姐真正理解我的心情，就毫无顾忌地加上了。

信的开头是这样写的：

亲爱的红姐，你好。你一定等急了吧？我知道你的心情。拖到现在才给你写信，是因为我们外出执行任务了。本来是三个月，但是情况突变，直到昨天才回到营房，新兵已经分配，有了通信地址。当我佩戴上红领章红帽徽的时候，你知道我有多激动吗？从现在开始，不，从昨天开始，我就是一名真正的中国人民解放军战士了！下面我要告诉你好消息了：我的情况很好，完全出乎意料的好，相信你知道后一定会为我——我们而高兴的。

接着我告诉她，部队里文化兵是何等缺乏，首长对我这个唯一的"老三届"是何等重视，老乡们对我的岗位是何等羡慕，我对自己的前途是何等充满信心。我庆幸当初义无反顾地选择了参军，我相信，我坚定不移地相信，在中国人民解放军这座大熔炉里，一定能够百炼成钢，一定能够干出一番事业，绝对不会让红姐失望。

当时的心境，正应了《庄子》里的一句话：提刀而立，为之四顾，为之踌躇满志。

信的结尾我是这样写的：亲爱的红姐，你还记得在我最困难的时候，在我死心于山中种地的时候，是你骑车来家里看我，许以终身，对我一连说了三个"天无绝人之路"，要我记住。我都记住了！我知道你也记着呢！请你相信你的红星，请你相信我们的未来，请你相信我们的未来必是阳光灿烂。

似乎有说不完的话，似乎永远都未尽表达之意。已经写了五页半，时间已经过了零点。是啊，明天还有几个材料要写——尤干事下班前已经一脸苦笑告诉过我，只好就此打住。封信的时候忽然心生遗憾，要是能有一张挎着手枪的军装照该多好，红姐看了不知道会多高兴呢——可是当年，照相可不是一件容易的事。

第二天一早就把信投进信箱，然后就天天掰着指头算时间。第十二天的中午，终于盼来了红姐的回信。我的信是寄到县机械厂的，红姐是在第一时间——中午开饭时给我回的，还没来得及告诉爸妈。信并不太长，但发自内心的骄傲之情、激动之情、对未来的向往之情都溢于言表。至于我当时的心情，兴奋、温暖、甜蜜，自不待言，以至于把信紧紧地贴在胸口，很久，很久，直到尤干事推门进来，才匆匆忙忙地收起来。

五

尤干事一手夹着烟猛吸了一口，一手使劲挠着稀疏的头发，一脸苦笑地感叹："哎呀，事情是真多，真麻烦。"

我赶忙站起来，刚挪动身子，他就用手势示意我坐下，脸上露出孩子般的微笑："在机关工作，随意点儿，随意点儿。"他就站着交代任务："一件是给军区炮兵打个报告，一件是给各团发个通知，这两件都是小事，你起草好了拿给我看，难弄的是刚安排写一个大材料，过一会儿你过去一起研究。"我点点头，他嘴里嘟囔着"真是的"，转身出门。

我把两件小事干完，拿着草稿来到隔壁，交给尤干事。他抬头一笑回应我，却并不看稿，而是转向卓参谋："老卓，咱研究吧。"

卓参谋就把椅子移过来，又指指旁边的椅子："小闪也坐下。"

尤干事开始讲那个大材料：师里准备召开活学活用毛泽东著作

积极分子表彰大会，接着军区炮兵、济南军区、中央军委一层一层表彰。师里从上报的材料中选拔，我们后勤部的石秀被选上了。石秀是个六年的老兵，一直在后勤部赶马车，这次能被选上"活学活用典型"，当然也是后勤部的光荣。

问题是，后勤部需要负责提供"典型材料"，要求不超过五千字，拿到大会上发言。

这可真不是一件容易的事。那时候部队里文化人很少，想让上千的台下听众听着感动，谈何容易！据尤干事讲，下边各团都把最棒的笔杆子抽调出来，组成写作班子，集中到师招待所，一弄就是一两个月，一稿，不行，两稿，还不行，谁家不是返工四五次？难为死人了！

难为归难为，材料还得写。尤干事说他昨晚想了一夜，初步考虑分三个部分，以及每个部分包含哪些内容。说完问卓参谋行不行。

卓参谋依然张着嘴笑："行啊行啊，呵呵。"

尤干事又转向我，笑嘻嘻地问："小闪，你觉得呢？"

我点头微笑，说了声"行"。

"要是你俩都没意见，咱仨分个工，老卓你写哪部分？"

卓参谋说："都行都行，那就第一部分吧。"

"小闪，你呢？"

我也说"都行"。

尤干事又嘻嘻笑了一下："那就这样吧，老卓第一，我第二，小闪第三部分。下午把石秀叫来先谈谈，还有啥需要问的，可以各自去找他。就说到这儿吧，都抓紧点。"

回到我的值班室，心里蛮紧张的，我还从没有写过这样的大材料。按刚才尤干事讲的想来想去，想到下班，仍然理不出个头绪。

下午石秀来了，算是集体采访，整整一个下午。

晚上开饭时，我就坐到石秀旁边套近乎，又邀他来值班室聊天，直到熄灯号响。

送走石秀，我从心里生出了几分敬意。他的爷爷是晚清举人，可惜很快就去世了，家境也就随之败落。他的父亲也是个读书人，无奈兵荒马乱，穷书生沦落成普通农民，有时也靠在乡间教书聊以糊口。直到山东成为解放区，才受到人民政府的器重。大约是从小受了书香门第的熏陶，石秀为人厚重低调，爱好学习，很受大家尊重。

想着想着，突然就有了感觉，急忙拿出稿纸，洋洋洒洒写起来，不知不觉竟写满了七张稿纸，已经超过两千字了。看看桌上的时钟，也已经超过两点了。

躺在床上，意犹未尽，写的东西老在心里翻腾。搞文字可真是个苦差事啊！

第二天正好没啥急事，拿出草稿认真删改，数数还有一千七八百字，感觉可以，就工工整整地抄写一遍，怀着几分忐忑送到隔壁。

尤干事正靠在椅子上，仰面望着天花板想事，直到我走近才发现，猛地转过头来："小闪啊，吓我一跳。"有点不好意思地嘻嘻一笑，"有事？"

我双手把稿子递过去，红着脸说："我起了个草稿，您给改改。"心就"咚咚"跳起来。

他显然没有反应过来："啥呀？"接过去扫了几眼，忽然明白了，有点吃惊，从椅子上站起来，两眼从镜框上边盯着我："你可弄完了？我还正在这儿想着咋弄哩，你小子可弄完啦！"

卓参谋也走过来，说"我也没动笔哩"，从尤干事手里接过稿子翻了几下，脸上就有点儿得意："我挑的这个兵不错吧？我一看这小子就不错！呵呵。"

我就觉得脸更红了，有点儿结巴地说："还不知道……不知道行不行哩，只是瞎弄，你俩给好好改改。"

"光是你这速度就不错，有点儿墨水！"卓参谋继续夸奖。

"好，我看看再说，你小子去吧。"尤干事笑得很慈祥。

我点点头离开，能够品味出他俩是真的喜欢我。

六

一个星期后，我又被叫到隔壁，两位领导都在。尤干事嘻嘻地笑着，卓参谋一如既往的一张喜脸。

尤干事示意我坐下，说材料送给政治部宣传科肖科长看了——他是总把关，评价是前两部分不行，第三部分还大差不差，总之需要返工。尤干事告诉肖科长，第三部分是小文书写的，这小子是河南名牌高中毕业，有点儿墨水，干脆就交给他一个人修改吧。肖科长也同意这个意见。

"小闪啊，一会儿你直接去找肖科长报到，他当面给你讲修改意见，这事就由你完成了。"尤干事笑得像个孩子，"总算把这难题交出去了！"

卓参谋也呵呵笑起来。

我可以体会到此时两位领导如释重负的愉悦。

我去找肖科长报到。听说这位肖科长从小读过四书五经，号称济南炮兵第一笔杆子。我和他几乎天天都会碰面，因为他总是提前来上班，我这时正好去给部首长打水，就会在一楼走廊遇上。虽然天天见，却从来没有说过话。他留给我的印象，就是永远的一脸严肃，高高的个子，挺直的身板，目不斜视，不言不语。最突出的特征，是一头白发，其实他年纪并不大，也就四十刚出头，之所以白头，大约是一直搞文字工作，用脑过度所致。也就因为这个特征，大家私下都称他"老"科长，或者直接称"白头发科长"。

我上了二楼，科长的门大开着。我立正站好，用中等偏低的音量喊了声："报告。"

科长并未抬头，回了声"进来"。

我以半正规的步伐走进去，以基本正规的姿势站在他的办公桌前——既表现出懂规矩，又不失机关工作的随意。

他这才把目光从材料上移开，抬头打量我。然后指一下对面的椅子，示意我坐下。

他收起刚才看的材料，又从一摞材料里找出我们的材料，面无表情地看着我问："你是叫闪红星？"

我轻声回答："是。"

"第三部分是你写的？"

"是。"

"你读过些古文？"

"是。"

他稍稍停顿了一下，又问："你这样年纪的人，咋读的古文？"

我就把小时候的事简单说了一下。

他又停顿了一下问："背了多少古诗？有一千首吗？"

"没计算过，应该还要多一些。"我说，"记得六年级的时候，干妈给我们算过，已经两千多了。上初中后又背了两年，不过多是诸子文摘。"

科长深长地"噢"了一声，似乎是自言自语："难得，很难得啊！"

我已经放松下来，问科长："您怎么知道我读过古文？"

科长嘴角挑了一下——这是我第一次看到他的笑："从你写的材料中看出来的。你引用了一些句子和典故。不过咱现在是写活学活用毛著的材料，要引用毛主席的话。譬如你引用'三人行必有吾师'，要改成'虚心使人进步，骄傲使人落后'就好了。明白了吗？"

我茅塞顿开，连说"明白明白"。

科长说："看了你的文字，优点是有文采，说明你有文化功底。缺点是有学生腔，显得稚嫩，需要注意。"

于是科长对着我们的材料，开始给我讲应该怎么修改，直到觉得我都一一明白了，才说你去再写一稿，写好拿来。

从科长屋里出来，我打心里佩服，似乎一下子明白了写材料的道理，受益匪浅，真的受益匪浅！直到今天，我仍会想到这位领路人，并在心里深深感谢他。

我花了三天时间，终于又拉出一稿，工工整整抄好，送给科长审阅。科长当即就看，我坐在对面很不安地等待宣判。

科长很快就看完了，抬起头说："总体上可以，一些小地方我来改吧。"

他把材料收起来，我心里一块石头落了地。

我知道事情办完了，浑身轻松，就起身准备离开。哪想到科长又用手示意我坐下。

"小闪同志，你可是这些年来，写材料一遍过的第一人，真的，不简单呀！"

我正不知道该怎样回答，科长已经拿出了另一份材料："这是 5 团的一份材料，已经翻腾四遍了，我看他们是真改不动了。你先拿回去消化消化，然后我告诉你怎么改，就算帮他们一个忙。"

我答应一声"是"，双手接过材料。

长话短说，一个星期后，5 团的材料也顺利过关。交完差，科长竟然站起来，一直送我到走廊的楼梯口，又轻轻拍了拍我的肩膀说："小闪同志，好好干。"

我走到楼梯的拐弯处，回头一看，科长还站着没动，向我点了点头。

七

半年之后，我接到调令，到师政治部报道组任报道员。

卓参谋告诉我："本来早就要调你走，后勤部说离不开，坚决不肯放。政治部主任直接找了我们部长要人，到底胳膊拧不过大腿，拖了半年还是被肖科长挖走了。说实话，我和尤干事都舍不得你走。"

报道组连我一共七人，我很快就熟悉了工作。第三个月，我就在各种报纸、电台上发稿五篇，排名遥遥领先。当时部队大搞"创四好连队五好战士"活动，年底师政委要下连队蹲点半个月，和战士同吃同住同训练，肖科长陪同，点名要我跟随。我们三人下到 5 团 3 连，政委单住一个小间，肖科长和我住在隔壁。为了照顾首长，特意给我们生了炉子。

和科长同住一室，自然免不了闲聊。有天晚上，两人围着炉子，科长突然问起了红姐："小闪呀"——科长称呼我早就去掉了"同志"二字,可是我注意到,对报道组的其他人,却通常仍会带上"同志"二字的。

"小闪呀,我问你,那个小时候和你一起背古诗的小姐姐,后来怎么样了?"

我没想到科长会问起这个,脸一下子就红了。

科长看我不好意思,突然笑了——这是我第二次看到他的笑脸,而且笑得很开心:"没事闲聊嘛,放松点。"

我也笑了,就一五一十地把后来的事情讲了一遍,一直讲到新兵开拔前那个阴沉沉的夜晚,红姐和向东方跑来送行,我俩紧紧拥抱,挥泪惜别。

不知道为什么,也许是觉得遇到了知音吧,讲述中我竟然几次难以控制,不自觉地流下了眼泪。

科长听得很认真,一直没说话,即使在我擦泪停顿时,也没说话,只是默默地等着我继续讲述。

我低着头不说了,科长仍然默默地等着。看我老不吭声,他才问:"下边呢?"

我说:"讲完了。"

"现在呢?"科长有点儿急切地问,"现在进展到啥程度了?"

"现在,现在我也弄不明白了。"我回答着科长的话,心里忽然一亮:为什么不让科长给出出主意呢?就接着说:"现在的情况我也弄不清楚了,科长您给我分析分析。"

科长点点头。

我就接着把近段的情况讲给他听——

我给红姐发出第一封长长的信后,很快就收到了她的回信。从回信中可以看出,她是很高兴的。我就立即写了第二封信,但不知道为什么如石沉大海，迟迟不见回信。

我是天天等，夜夜盼，一直盼了一个多月，她才终于来信了。我兴奋得心都要跳出来了，但是没想到，打开信一看，我就彻底蒙了！

一开头的称呼就不对，来了个"红星弟弟"，接着说"请原谅并理解我这样称呼你，我终于明白了应该这样称呼你的"。

下面写了很长，大致意思是，她把我在部队的情况告诉了爸妈后，二老都为我高兴和骄傲，但是爸妈告诉她，我们国家很重视"政审"，而部队的政审是最严的。因为我肯定能够在部队有很好的前途，所以他们不能拖累我。爸妈只有你们两个孩子，一个已经因出身问题失去了前途，难道还要让另一个同样失去前途吗？

信上说：爸爸对我讲，人一定要活明白，明白人一定要懂舍弃。红星是你最亲近的人，你就应该为了他舍弃自己的东西，包括自己最珍贵的东西，不然还能说最亲近吗？你舍弃了自己，却成就了红星，你的舍弃，就是对红星的付出。你付出了个人最珍贵的东西，得到的是为国家留下了一个人才。红星将来成器了，爸妈心里也会得到一些慰藉。爸爸还说，小到个人，大到家庭、国家，道理是一样的。现在时兴批判忠孝节义，不能说没有一点道理，但是年轻人也跟着瞎起哄，其实你们连真正意思都没弄懂，从根本上说，咱们国家上下几千年，没有忠孝节义行吗？啥是忠，就是每个人都不仅仅属于自己，而是首先属于国家，在国家利益面前没有自己。啥是孝，就是把父母放在前面，在父母面前，儿女应该把自己放在次要位置。这些道理，对于红星也是一样，他又不傻，能不懂孰轻孰重吗？

红姐在信的最后说："你一定能想到姐姐的心有多苦，但我明白了爸妈讲的道理，也明白了爸妈的心。我应该听爸妈的。

"我还明白了一个道理——弟弟已经走远了。人走远了，就再也走不回来了。

"红星弟弟，咱姐弟俩青梅竹马，一起做了一个很长的梦、一个很美的梦。现在该是梦醒的时候了，我已经醒了，弟弟也快点醒吧。

"姐姐会把这个好梦永远深埋在心底——今生今世。我知道弟弟也会的。

"顺便告诉弟弟一个好消息，姐姐就要调到一个国营大厂了，很远，从此你就再也找不到姐姐了。

"我们姐弟俩都梦醒了，各自上路吧，姐姐为你祝福。

"还记得我们一起背的诗吗——两情若是长久时，又岂在朝朝暮暮。

"姐姐是为你好，你千万不要让姐姐失望！否则姐姐这苦心就白费了！"

我读完这封信，脑子突然一片空白，后来就反复出现一个画面：漆黑之夜，孤灯之下，红姐趴在桌上给我写信，一行字，一行泪啊！我分明看见了信上有不少字，是被泪水洇过的，就不由想起词人万俟咏的《长相思雨》：一声声，一更更；窗外芭蕉窗里灯，此时无限情。梦难成，恨难平；不道愁人不喜听，空阶滴到明。还有林黛玉的诗句：独倚花锄泪暗洒，洒上空枝见血痕。看着红姐泪湿的来信，想到这些滴泪诗句，我也禁不住一次次落泪了。

我苦恼了好多天，想再回封信，却不知道该怎么回，何况我知道红姐的性子，回了也没用。写给干爹干妈吧，又不敢。想来想去，只好给同学向东方写了封信，打听一下红姐的情况，谁知又被退了回来——查无此人。

我很认真地讲完了，很真诚地问科长："情况就是这样，我真是一点儿招都没有了，您说我该怎么办呢？"

科长低头陷入了沉思，片刻后说："你回答我一个问题，在红姐与前途两者之间，如果只能选其一，你要哪个？"

"我要红姐。"我毫不犹豫地回答。

"你再仔细想想。"科长说。

"我要红姐，"语气更加坚定，"我想过了！"

科长站起来，在小屋里踱步，片刻之后说："你还是个情种啊！"停了一会儿又说，"是一个很好的故事，挺感人的。"

听他没有回答我的问题，我心里就有点儿急，站起来大着胆子问："您说我现在该怎么办呢？"

科长站住了，看着我说："怎么办？好好工作呗，想别的都没用。走一步说一步吧。"

我痴痴地看着科长，忽然心头生出一种感觉：科长固然不苟言笑，别人都有点儿怕他，但对于我，他更像一位严厉的父亲啊！

科长看看手表说："时间不早了，熄灯睡觉吧。"

八

和科长长谈之后，心里平静了不少。现在明白了这就是倾诉的作用，倾诉的确是可以减压的，当下有个词叫"释放"，说的就是这个意思。再说了，除了好好工作，我还能怎么样呢？

太阳又升起来了，新的一天又开始了，工作又一如既往地进行了。

开春，为适应备战的需要，我们部队奉调到接近北部边境的 J

省，首要任务就是挖防空洞。连队分散驻扎在周边农村，在黄土沟里挖出一排排相互连通的漂亮的窑洞，又通过宽敞的地道直通上边的阵地。阵地上每门高射炮也都挖了地下掩体。简单说吧，只要拉响警报，全连五分钟即可到达阵地，五分钟即可各炮就位，进入战斗状态。

在这种情况下训练了几个月，到夏末，开始训练打坦克——高射炮打坦克，现代人听了可能新鲜，那是因为不了解当年的情况。和苏联打仗，防空只是一方面——要不为什么要挖那么多地道？但更重要的是另一方面，一旦放他们进来之后，坦克可就成了他们的优势，所以陆军各兵种，包括民兵，都要训练打坦克。肩扛火箭筒就是那时研究出来的新兵器——现在还能在电视上看到，国外有些小国的军队还在使用。

你还别说，高炮打坦克，还真是一打一个准——高炮原本是打飞机的，用它打速度很慢的坦克，可不就一打一个准嘛！

部队训练很紧张，我这个报道员当然也不轻松，每天跑跑颠颠采访、写稿、联系报社电台，稿子发出去又焦急地等待结果。好在，结果很理想。

忙碌中时间就过得快，转眼又到了年底，到了老兵复员的时候。那时候实行两年兵役制。我虽然已满两年，但干得顺风顺水，自然不关心复员的事。

一天晚饭后，科长来到办公室，叫我过去。我以为要交代什么任务，兴冲冲地去了，问："什么任务？"科长仰靠在椅子上——这是我第一次看到他这样的坐姿，平常他总是正襟危坐的。他示意我在他对面坐下，看着我并不说话。沉默了好一会儿，才直起身子，说："小闪呀，我想了很久，还是让你复员吧。"

我简直不敢相信自己的耳朵，真的是五雷轰顶，腾地站起来："啥？复员？"

他抬起一只手向下轻轻按了一下让我坐下："我担心你一下子很难接受，才特意过来给你透个信儿，沟通一下。不是正式的组织通知，明天新闻科会正式通知你。"

我不知所措地看着他，眼泪已经不知不觉流下来。

他依旧很平静地说："你以为我想让你走吗？你还记得那天晚上在5连聊天，你让我给你拿个主意吗？"

我点点头。

"现在有一个机会，对你，可以说是千载难逢。我思之再三，才做出这个决定的，是为你好。"

我默默听着。

他说："'文革'开始后，全国新闻单位都停止刊登地方稿，统一只发新华社的稿件，编辑记者就因种种原因流散了。前段又恢复地方稿，省报省台人员严重不足。这样省里就联系北京军区，希望利用老兵复员机会，推荐一批优秀报道员去救急。机会就是这样来的。

"记得我曾经问你，在小姐姐和前途两者之间你选哪个，你很坚定地选择了前者。"科长说，"这样就很清楚了，摆在你面前的路只有一条，在部队接着干，以你的才华提干不是问题，而且会很快，但是政审这一关怎么过？当然你也可以先不结婚，不存在政审问题，但是你总要结婚吧，到时候政审还是没法过。你要仍然坚持结婚，组织就只能让你转业，还得走。"

我还真没有想过这些，只是傻愣愣地听着。

"既然早走晚走都是走，晚走就不如早走。"科长说，"最关键的是，这个机会难得。省报省台的编辑记者是啥职业？过去说是无冕之王，现在不能说了，但它崇高的社会地位就在那里摆着，多少人可望而不可即的，就是北大清华毕业，也很难分到新闻单位。我是搞文字的，心里的最高理想，不，幻想，就是当一名党报记者啊！"

科长脸上闪过一丝苦笑："你碰到了这个机会，是你的幸运。我也了却一桩心病，成全你们一双有情人吧。现在回去应该还不晚，抓紧时间去找她吧，应该不难找。"

我瞪大眼睛瞅着科长的脸，科长长出一口气，把双手平放在桌子上，深情地看着我说："说实话，那天听了你们的故事，也看了你们的照片，我真的不忍拆散你们。"

科长站起来，我也站起来，出门时，科长又说："这里天冷，我给你批了一件大衣，走时军大衣就不用交了。"

我低声说："谢谢科长。"跟着他走下大楼，看着他的身影消失在夜色中。我依然痴痴地站在寒风里，望着灯火阑珊的军营，想到在这里勤奋耕耘两年的峥嵘岁月，还有已经熟悉的一切一切，可是，我立刻就得脱下让自己深感骄傲的军装，去往一个未知的地方了。是真的吗？不会是做梦吧？科长让我抓紧时间去找红姐，红姐你这会儿在哪里呢？

我不知所措，久久地站着，心里空荡荡的，任凭热泪流过冰冷的脸颊。

营房默默无声，远处夜幕沉沉。

耳边冷风飕飕，心中五味杂陈。

第十二章

红岩问："老哥，接下来呢？"我说："接下来我就到省台当了记者。"

我讲完了，沉浸在当年的情景中不能自拔。红岩感叹："我们俩都是遇到了贵人，一路走来总遇到贵人，上天眷顾啊！"

我说："不早了，睡吧，明天再说。"

他说："明天再说，咱现在有的就是时间。"

第二天一觉醒来，已是日上三竿，阳光从窗帘的缝隙里射在墙上，很耀眼。

我们是被急促的门铃声叫醒的，伴随着老伴儿国庆的喊声："起床啦，都几点了！"

我和红岩都翻身起床，披上衣服，开了门。国庆站在门口说："你俩可真能睡，天上打雷都轰不醒。快八点了，该吃饭了。"

红岩拉开窗帘，笑着说："啊，好天气。"又转向国庆："老姐吓唬俺不是？明明阳光灿烂，打的什么雷？"

老伴儿说："我敲门敲不开，才一个劲儿按门铃，不是打雷呀？"

红岩问："俺家那一口呢？"

"红旗姐带着孙子先去餐厅了，我也先过去，帮着安排一下早餐。你俩动作快点，别磨蹭。"

我俩来到餐厅，饭菜已经在桌上摆好。我问："你们早起来了？"

红姐轻声说："也不早，在下面沟里转了一大圈。"

孙子抢过话头："本来我要叫上你们的，奶奶说你俩肯定睡得晚，就没叫。"

我问："孙子，下面好玩吗？"

"好玩！"孙子答，"小河里有螃蟹，在石头下面，本来想抓一个给爷爷看的，但是它跑得太快，就没抓着。"

"还有什么好玩的？"我接着问。

"嗬，多了去了！树林里有很多鸟，一个劲儿地叫，好像吵架，谁也不让谁。奶奶说看到这情景，就能理解百家争鸣这个成语了。"

"好小子，不简单啊！"我夸着孙子，瞟了一眼红姐。红姐抿嘴一笑，给孙子夹了一块肉。

我突发感叹，对红岩说："他们刚才说的，涉及时间这个概念。人生是以时间计算的，今天早上咱俩在睡大觉，一无所获；孙子在感悟大自然，听奶奶讲文化，长了见识。不一样吧。"

红岩哈哈大笑，抚摸着孙子肩膀说："闪爷爷在夸你了！"

孙子立即站起来大声说："谢谢闪爷爷夸奖。"

红岩一边给孙子夹菜，一边对我说："要不说跟老哥聊天不累呢？聊着聊着就说到生命这个深奥问题了。不过呢，咱睡大觉也是生命的一部分，谁能不睡觉呢？"

我也笑着看他一眼，说："老弟总能给我设台阶，和你说话永远都不会吵架。我当然不是指睡觉本身，而是想说生命这个命题。啥是生命，严格意义上讲，应该是指我们在意识清醒状态下的一切活动，当然不应包含睡觉这段时间。人都需要睡觉，睡觉占去了生命的大约三分之一时间，但在不睡觉的时候呢？我们的活动是否都有意义呢？我们自觉不自觉地浪费了多少时间呢？这不就是在浪费自己的生命吗？"

"好，好，"红岩哈哈大笑，"糟蹋时间就是糟蹋生命，老哥精辟！"转而又问孙子："听到了吗？"

孙子答："听到了。"

红岩又问："懂了吗？"

孙子答："懂了。"

红岩又问："懂啥了？"

孙子答："就是不要浪费时间，好好学习。"

红岩又问："怎么个不浪费时间、好好学习？"

孙子答："就是随时都要不忘学习，处处留心皆学问嘛。"

"哇！"四个大人齐声喝彩，热烈鼓掌。

说着话就吃完了早餐，一起走出餐厅。

老伴儿国庆问："你俩昨晚说到几点？"

红岩说："也不知道几点，想说就说，想睡就睡，反正是很晚。"

老伴儿又问："说到哪儿了？"

红岩说："说到老哥在部队受到器重，一路顺风，首长为了关照他，也为了成全他们两位，复员到省电台当记者了。"

老伴儿说："这些我都知道，就没说你们两口吗？"

红岩说："说了，说到我在运城插队，就碰到你红旗姐了。"

老伴儿一听大喜："好啊，我就想听这一段儿呢！咱还去早上那条沟里。红旗姐说了，小河边、树荫下、鸟声里、清风中，多清静，多浪漫。孙子也喜欢那个地方，他玩他的，咱说咱的，好不好？"

我和红岩都说"好"，一起向沟底走去。

一

沿着沟底的小溪边走边看，约一二十分钟，就到了尽头。前面石壁的豁口处，一股清水自高而下，形成一个袖珍瀑布，在沟底积出一片水塘，绿茵茵平静如镜。周围一丛丛叫不出名字的野草上，开着五颜六色的花朵。旁边的漫坡上林木茂盛，传出一阵阵欢快的鸟鸣。时有轻风拂面，携来特有的山水清香。置身其间，恍若世外。

四个老人就在水边的阴凉处坐下，石头凉凉的，很舒服。国庆得意地问我和红岩："怎么样？红旗姐选的这个地方好吧？在这地方忆旧特有情调吧？"

我俩都说："有情调，有情调。"

孙子抢过话头："除了这个，还有一个原因，两位爷爷肯定猜不着。"

我说："爷爷猜不着，你给爷爷说说好吗？"

"好吧，我来告诉你们。"孙子一脸得意，"奶奶早上说，风行水上而文生。闪爷爷是文人，这个地方能激发闪爷爷的灵感。"

我有点儿吃惊："这你也懂啊！"

红姐抿嘴一笑，红着脸对孙子说："就你显摆。"

红岩也笑了："看看，挨批了吧！一边儿玩去吧。"

孙子"哎"了一声，向旁边走去。红姐嘱咐他"别跑远，注意安全"，看着他在不远处的溪边翻石头，才放了心。

老伴儿国庆冲红岩妩媚一笑："说吧，你是咋骗红旗姐的？"

红岩两手一摊："看看，老姐又冤枉我不是？我可是比窦娥还要冤，真得好好辩辩了。"

接着就讲了他和红姐的故事——

就在我向你们的红姐借钱的第二天，村里接到招工通知，我们十一个知青，有六个被5001厂招走了。还剩下五个，三男两女，没过多久就有一个男的以有病的理由回城了。留下两男两女，后来很自然就成了两对儿，在村里结婚生子。其中一对儿恢复高考时上了大学，把孩子送回城里让父母带，另一对儿因为孩子没处安排就没去考，一直在村里当民办教师，直到快退休时才按国家文件转成公办，现在还在村里。我们十二个人一直保持密切联系，相互之间有一种特殊的感情，亲如兄弟姐妹，不，超过兄弟姐妹！

"唉，患难之交啊！"红岩感叹，"好在大家都还过得不错，最困难的还是留在村里的那一对儿，在当年都不宽裕的情况下，我们都给他们寄过钱。"

红岩接着说：我们六个幸运儿就去5001厂报到。登记后，一名政工组的工作人员叫住我——那时精简机构，不像现在分得很细，组织、宣传等部门合在一起叫政工组，他说军管会的刘政委要见我。

军管会设在一栋新建的两层小楼里——5001是军工保密厂，当然由军队管理。当时不光是这样的保密单位，社会上很多单位都有军人进驻，重要单位叫军管会，一般单位叫军宣队，其实就是军队领导地方。

刘政委的房门开着，我在门上敲了两下走进去，自我介绍叫郝红岩。他很热情地让我坐在他对面的椅子上，又忙着给我倒开水。谈话中我才知道，他和我爸爸是老战友，解放战争时我爸是营长，他是副营长，解放后又一块儿划归了工程兵。他当时也住在北京，我小时候他还抱过我呢——于是心里就闪出一种感觉，我们村里能一下子有六个知青被招来，或许就因为这个原因，至少是原因之一。

他问我招到厂里想干啥，我说想分到机修车间。

他问"为什么"，我说那个车间有个曲红旗，女的。

他大笑着问："谈（恋爱）了？"

我红着脸说："不是，昨天吃饭钱不够，借了她钱。"

我就把昨天的事说了，他就很爽快地答应："行，就到机修车间上班。"

这样，我们六个人就有三个进了机修车间，而且安排我和大胜跟着你红旗姐当徒弟。

二

"我从此开始了这一生中最美好、最难忘的一段时光。"红岩说。

"首先，这个厂是国营、军工、重点企业。在那时，这三条只要占一条，就是令人羡慕的单位。我们厂三条全占了，你们说有多好吧！关于三线企业，当时有两句口号很有名，一句是支援三线建设时说的，叫'好人好马上三线'；另一句是到了三线以后说的，叫'献了青春献终身，献了终身献子孙'。三线企业就是一个封闭的小社会，凡是社会上有的，这里应有尽有。学校、医院、商店、幼儿园、影院、澡堂等一应俱全。生活区和厂区连在一起，上下班十分方便。福利待遇更非一般单位可比，许多生活用品都是发的。逢年过节，就有天南海北的特产运进来，不分领导工人按人头平均发放。你们想想，在物资匮乏的时代，这是啥概念？所以大家都是发自内心的骄傲，发自内心为自己是三线人而感到光荣，发自内心认为这里就是自己的家，一辈子就在这里过了。特别是我们这些从农村来的知青，那真叫一步登天了！

"其次，就得说我的师傅——曲红旗同志。我们年龄相当，都算车间里有文化的人，很能谈得来。她这个同志嘛，平时少言寡语，可是相处起来却很有亲和力，不仅仅因为她长得出众，到底啥原因，我也说不清，就感觉她既是严格的师傅，更是很疼你的大姐姐。说一件刚上班的小事吧，她要求下班必须把车床擦得一尘不染，这当然是我们当徒弟的事。我和大胜都没太当回事，大差不差就得了。谁知她从我手里夺过油纱，忽闪忽闪翻了我俩几眼，一声不吭自己擦起来。我和大胜赶紧过去帮忙，却被她一把推开。我俩只好傻愣愣地站着看她擦完，很认真地向她认错。看见我俩尴尬的样子，她问一句'看清楚了吗'？我俩规规矩矩地回答'看清楚了，师傅'，她才对我俩抿嘴一笑。这以后每次我俩擦车床的时候，她都抿着嘴笑。

"那时候我们都是单身，住集体宿舍，男女分住在相邻的小楼里。男孩子不爱洗衣服，下班后都把脱下的工作服搭在外面走廊里的绳子上，因为上面有很浓的汽油味。有一天，我和大胜突然发现搭在绳子上的工作服不见了，那时没有小偷，以为是谁拿错了，第二天上班就换了一件。到了车间师傅已经先到了，问我俩今天怎么穿得这么干净。我俩说，工作服不知道被谁拿错了。她就抿着嘴笑，一双大眼睛忽闪忽闪翻我们，说她知道是谁拿走了。我俩赶紧问是谁，她用眼神瞄了瞄旁边的小柜。我示意大胜打开看看，就从里面取出两件洗得干干净净、叠得周周整整的工作服，正是我和大胜的。接着她就开始教训：'你俩都老大不小了，弄得邋里邋遢的，让我这个师傅都看不过去。以后洗衣服的事归我，不要你俩操心，好好学技术就行了。'我俩除了连说'不、不'之外，不知道说什么好。师傅却说：'怎么了，在家靠父母，在外靠师傅，师傅的话也敢不听？'

从此以后，我俩的衣服就由师傅给洗了，'老哥你知道我俩心里那个美啊，说不清楚，正在那个年龄段嘛。'

"你们想想，在那个年龄段，又是独自离家受苦两年多，突然遇到这样一个长得特别漂亮又特别会疼人的女师傅，心里是啥感觉？她像不像个大姐姐？

"上面是讲师傅对我们的姐弟情，接下来讲讲我们心里生出对她敬重的师徒情——请注意，这个师徒不是师傅那个师，而是老师那个师。"

老伴儿愣了一下，忽然咯咯笑着拍了他一巴掌："两个'师'不还是一个'师'吗？"

"一个'师'不假，意思不一样。师傅是教技术的，老师是教学问的，能一样吗？"红岩也笑着争辩，并摆出一副讲解员的架势说，"总厂办有一份厂报叫《三线战报》，每周一期，每个车间都有通讯员。我们车间指定我和大胜担任，因为我俩都是老三届，算是文化人。要求每月见报两篇，总厂有十八个分厂，有多少个车间呀，所以指标定得不低，当然内容可以不局限于我们车间。报社一季度一评比，公布各分厂排序。因为牵涉各厂荣誉，我和大胜都很在意。第一次排序结果，我们厂位居中游，共见报两篇，我和大胜只上了一篇。车间领导找我俩谈话，看似鼓劲，实际带有批评意思——那是一个力争上游的时代嘛！

"师傅知道后，对我俩说：'以后稿子写好后先让我看看好吗？'

"我俩虽然心里有点儿奇怪，但觉得是在师傅面前显摆的机会，就很高兴地答应：'好，好，让师傅受累了。'

"她忽闪忽闪翻我们两眼，抿嘴一笑。

"出乎意料的是，师傅可不仅是看看，而是帮我们修改起来，改得让我俩心服口服。有一次，师傅构思了一个微型小说，让我俩写好后她又润润色，很快就见了报。当时的厂报主要是鼓舞士气，文字干巴直白，第一次刊登了文学作品，所以引起轰动。报纸编辑小吴专门跑来找我俩谈话鼓劲，说他们早就想刊登一些这样的作品，担心稿源不足才没敢施行。回去之后就在报纸四版上开设了一个'文学角'栏目。

"你们想想，我这个师傅不仅是技术上的老师，写作上也是当之无愧的老师吧！在老师的指导下，我俩的见报排序一直位居上游行列。

"日子就在这样紧张的工作和内心的愉悦中飞快过去，不知道从哪一天开始，我就对师傅产生了想法。"红岩停下来，哈哈笑了，两眼看着红姐，脸也红了。

红姐脸也红了，抿嘴笑着忽闪忽闪翻他两眼。

国庆高兴了："老弟说实话了吧？产生了想法？啥想法？说给老姐听听，哟，还不好意思了。"

红岩仰头哈哈大笑："都到这般年纪了，还有啥不好意思哩，老姐想听，我就说说。"

三

"我和大胜住一个宿舍，躺在床上睡不着的时候，就会云天雾地瞎聊，当然也会聊到女孩子这个话题。那个年龄段嘛，很自然的事。有一次聊到过去班上的女生，有一搭没一搭地一个一个比较评判，哪个长得好看，哪个气质不错，哪个讨人喜欢之类。大胜问我：'她们中间就没你喜欢的？'我说：'当然不是，有两个还是挺喜欢的。

问题是那时候的喜欢，不是你这会儿说的喜欢嘛。'大胜问：'喜欢就是喜欢，还有啥不同？'我说：'当然有不同，那时候的喜欢就是一般意义上的喜欢，你说有没有点儿朦朦胧胧的意思，也许有点儿，但肯定不是主要的，幻想一下而已。你这会儿说的喜欢是谈对象，两者能一样吗？'于是话题就转到谈对象了。

"大胜就问现在你有没有喜欢的？我就反客为主问他，那你呢？他想了想说：'咱哥儿俩没啥秘密，要说喜欢嘛，还真有一个。不过我这是剃头扁担一头热，人家不会看上我，我也真配不上人家。'

"我问：'是谁？说出来我帮你。'

"大胜笑了：'这个人不能说，说了你也帮不了我，反倒是我帮你还差不多。'

"我也笑了：'你还没说是谁呢，咋知道咱俩谁帮谁呢？'

"'我当然知道。我说出来你可别笑。'

"'我不笑，你说吧。'

"'这个人远在天边，近在眼前。知道了吧？'

"'什么天边眼前，直说，别磨叽。'

"'你真不知道啊，装吧。不就是咱师傅嘛！'

"听大胜这么一说，我恍然大悟：'还真是的，不瞒兄弟说，我现在喜欢的就是咱师傅，没想到咱弟兄俩喜欢的是一个人。说吧，要哥哥咋帮你？'

"这回轮到大胜反客为主了：'哥哥是聪明一世糊涂一时嘛，这件事主动权不在咱这边，关键在人家那边。我观察很久了，师傅对咱俩都很好，但比较起来还是有点儿区别的。站在师傅的角度，你比我更有优势，我比不过哥哥，我心里清楚。说吧，需要小弟咋配合？'

"话就这样说透了，我想了想说：'你刚才说得对，关键是不知道师傅有没有这个意思。我觉得，师傅对咱俩好，更像是姐弟情分，好像没有那个意思。'

"大胜说：'有没有咱试试呗，不试咋能知道？我琢磨了，以你各方面的条件，加上已经建立起来的感情基础，应该是无可挑剔的。这一点，从师傅看你的眼神中就能感觉出来，我有这点儿把握。'

"那天晚上我俩聊到很晚，也很兴奋，特别是我，觉得大胜的分析很有道理，或许一段时间来的幻想真会变成现实，我失眠了。

"我俩第二天就开始行动。上班时间特别勤快，为的是让师傅高兴。下班后看师傅的情绪不错，就邀请师傅一起到厂门口的食堂吃饭，刻意点了四个小菜、三瓶啤酒。大概师傅也感到有些异常，但没说什么。我们边吃边聊，都很高兴。吃完饭天还没黑，又邀请师傅一起去旁边的山里转转，师傅也很爽快地答应了。

"时值深秋，大山披上色彩斑斓的新装，赤橙黄绿青蓝紫，应有尽有，一条小溪从脚下流过，清澈见底。师傅的兴致很高，哼着歌在光溜溜的石头上坐下来，我俩也跟着坐下来。

"大胜不失时机地切入话题：'这么美好的环境，咱们是不是应该谈些美好的话题才合适呀？'

"我明白大胜的意思，看看师傅很认真地欣赏风景，只好顺着他的话说：'是呀，你先给起个头。'

"大胜故作深沉地想了想说：'你看这大山多么高大雄伟，你再看这小溪多么清澈美好，两者相互依存，就成了美好的景致。你们说是不是？'为了引起师傅的注意，刻意加了一句：'师傅您说是不是？'

"师傅看着他笑了：'没看出来，大胜还有诗人气质呢！'

"我看着师傅笑了：'有您这样的师傅带着，大胜不是诗人都不行呢！'

"大胜看着我笑了：'红岩我问你，当着师傅的面，你可要说实话。'

"我突然有点紧张，强装笑脸说：'我说实话，你问吧。'

"我能感觉到大胜也有点紧张了，红着脸说：'咱、咱们，都到这年龄了。'——我听出来了，'咱们'两字是他故意说的，包含师傅在内——'咱们都到这年龄了，在你遇到的女生中，有没有你喜欢的？'

"他这话一出口，我的脸唰地就红了，低下头不敢看师傅，心咚咚地跳，想了想鼓起勇气说：'说实话，过去还真没有，也没想过。'

"大胜也红着脸，他鼓起勇气：'过去没有，现在有没有？'

"我哪里经历过这种场面，尴尬至极，最后把心一横说：'现在……现在，关键是人家看没看上咱。'说着话，把头低得更低了。

"那个时代，男女界限还是很严格的，谈情说爱是敏感话题，大约是出于害羞，师傅就有点脸红，但因为有师傅这个身份，就很关切地说：'你的条件这么好，她咋会看不上呢？再说看上看不上，你当面问问她不就行了？'

"这句话将了我的军，我不知道该说啥好。大胜看我半天憋不出话，就赶紧帮腔：'师傅说得对，当面问问不就行了？你就……就问问师傅呗。'大概感到这话太露骨，又追加了一句：'师傅给拿拿主意嘛。'

"这个话茬接起来很顺，我突然来了胆量，虽然声音非常低，而且结结巴巴：'那、那，我就当、当面问问师傅。'

"师傅先是一愣，但她是何等聪明的人，一下子就明白了我俩演的戏，脸腾地就红了，沉默了半天说：'我是你俩的师傅，我更把你俩当作弟弟。你俩要好好工作，心别往歪处想，好吗？天要黑了，咱回去吧。'说着就站起来。

"我和大胜那个尴尬呀！刚才的勇气早跑到九霄云外去了，活脱两个泄气的皮球，相互看了一眼，真想找个地缝钻进去。

"师傅显然感觉到了这种微妙的气氛，或许是给我俩台阶下，在回来的路上，安慰我俩说：'你俩都是好工人、好徒弟。你俩都对我好，我知道。师傅不怪你们，毕竟都到了这个年龄。'

"师傅渐渐恢复了常态，她站住了，我俩也耷拉着头站住了。她很真诚地说：'你俩对我说了实话，我也对你俩说说实话，其实不是师傅不想这事，只是师傅心里有个人了，很早就有这个人了。这个人在我心里已经扎根了，这辈子都放不进别人了。'

"师傅说得很动情，居然流下了眼泪：'或许我这辈子都见不到这个人，可是我忘不了他。你俩回去好好上班，以后别在我面前提这事，提了我会难受，好吗？你俩都很优秀，以后肯定都会遇到好的。相信师傅。'

"看着师傅难过的样子，我俩除了点头，还能说什么呢？

"第二天上班，我和大胜就有点不自然，倒是师傅一如既往，而且比以前更关心我们了。

"事情很快就过去了，生活又恢复了常态。师傅继续耐心教我们技术，更加热心地为我俩批改稿件，见报的频率越来越高，不仅受到分厂领导的表扬，年底报社表彰优秀通讯员，还给我俩发了奖状。"

国庆显然有点失望："哎呀，没成啊！"

"没成。"红岩用很泄气的口吻故意逗她，继而又笑眯眯地说，

"这回是没成，不等于下回不成。"

"你故意抻我是不是？"国庆有点等不及，"别磨叨，直截了当说。"

"老姐你别着急，啥事都有一个过程，我不是正说着嘛。"红岩说，"正当我俩感觉志得意满的时候，天有不测风云，人有旦夕祸福，师傅帮我们批改稿件闯了大祸。在当时，称得上是天塌地陷的大祸！哎，人这一辈子呀！福兮，祸兮？祸兮，福兮？"红岩仰天感叹，随即又哈哈大笑。

四

我和国庆都吃了一惊，瞪大眼睛看着红岩。

红岩却开心地笑着，说："这件事还是请我师傅说吧。"

红姐也抿着嘴笑，翻了一眼红岩说："我给他俩说说吧。事情发生在一年多后，七三年年初吧。我们厂是边建设边生产，有个附属医院正在建设，日夜不停。各个车间轮流在周日安排义务劳动，到工地上支援。红岩突然诗兴大发，就写了一首长诗歌颂建筑工人。草稿出来后找我商量，说气势还不够壮烈，让我帮他改改。主要是突出时代豪情、革命激情——激情燃烧的岁月嘛。因为时间很紧，要尽量赶在月底前见报顶任务，所以就匆匆改完寄出去了，报纸也立即刊登了，我们当然也很高兴。

"见报的第二天中午，报社的小吴编辑风尘仆仆地骑车跑来找我们，神情很紧张。说他是偷偷和我们见面的，头天晚上接到我们厂一个人的电话，直接打给编辑部领导，反映那首长诗有严重政治问题。领导很重视，当即叫了他们几个人商量。商量半天谁也不敢说没问题，因为事关重大，还要向上级汇报，大概这会儿已经报上去了。他是发稿编辑，真要有事，恐怕就不光是砸饭碗那么简单了，心里也没底，就跑来先和我们核实一下。

"我们当然也很吃惊，问他核实啥。他说就是'五斗倾'三个字，拿到稿件时感觉很有气势，文字也好，就立即发了，这三个字的具体含义他也不太清楚，需要核实一下，也好心里有个底。我就告诉他是指天上的星星都被震动了，还可理解为时间概念即斗转星移。

"小吴编辑问：'五斗和北斗有没有直接关系？'我说：'当然没有，如果一定要问五斗专指哪些星星，那就是道教的说法，有东西南北中五位星君，北斗七星南斗六星真实存在，其他三斗纯属想象。'小吴编辑'哦'了一声，说'这我就放心了'，匆匆告别而去。"

国庆说："红旗姐，你说的我咋听不懂呢。"

红姐说："我知道，你听我慢慢说。红岩的长诗里有这么几行，是我给加上的，描写连明彻夜战天斗地的场面：'战歌阵阵群山应，大镐声声五斗倾，豪气直冲云天外，热汗融化三九冰。'

"问题就出在'五斗倾'三个字上，打电话的人就联想到那两句歌——'抬头望见北斗星，心中想念毛泽东'。非要说五斗暗指北斗星，北斗星'倾'了，这还得了！不是现行反革命是啥？难怪小吴编辑会那么紧张。

"当天下午，也就是小吴离开一个多小时，我们正在车间上班，厂保卫部就来了两个人，当场就要把红岩带走。一问就是这个事，红岩就对他们说：'先别急着带人，我直接去军管会汇报行不行？反正我也跑不了。'来人原本相识，就答应了，条件是他们跟着去，算是'送交'军管会。我怕红岩说不好，我又是他师傅，这几句又是我加的，就一起去了军管会。

"保卫部的人和军管会作了交接才离去。红岩带我直接找了刘政委。他正一脸严肃地坐在桌前看报纸，用手指了一下凳子，让我俩坐下等一会儿。

"刘政委看完报纸，笑着抬起头来，问红岩：'这首诗是你写的?'

"红岩点点头说'是'。

"'行啊！你小子有点儿墨水，比我和你爸都强。可是有人说有严重政治问题，我问你，五斗为什么不是指北斗星?'

"我怕红岩说不好，就抢过话头，讲天上有关'斗'的星宿、道教的说法、诗歌创作的夸张等，没听我说完，他就笑说'没事'，说着就给政工组李主任打电话，说：'诗歌写得很好，我看过了，你们不要听风就是雨，没事找事，你们这是干扰抓革命促生产的大方向嘛！'

"打完电话，他就看着我俩笑。我俩心里一块石头落了地，也笑了。

"他亲自给我们倒开水，说'没事了，聊会儿吧'，边倒水边问红岩'谈'了没有? ——那时候的人，只说一个'谈'字，什么'爱'之类的字是说不出口的。

"红岩摇摇头说：'还小着呢，任务这么紧，顾不上这事，先好好干革命吧。'

"政委又转向我问：'你呢?'

"我红了脸，也摇摇头。

"政委呵呵笑了，说：'这有什么不好意思的? 革命要干，个人

问题也可以考虑，男大当婚女大当嫁嘛。'

"红岩的脸也红了，我的脸更红了。

"政委站起来走到红岩面前，说：'咱先说好，你小子到时候可要提前告诉我，我这当叔叔的要替你爸妈把把关，听好了吗?'

"红岩赶紧回答：'一定，一定。'

"回车间的路上，红岩问我：'小吴说打电话的是咱们厂的人，会是谁呢?'

"我也正在想这个问题，凭着直感，我说：'一定是他，我一直觉得这个人特别假。'"

第十三章

老伴儿国庆听着已经来了气，瞪着眼问："这个坏蛋是谁？后来查出来了吗？"

我说："这种坏蛋在那个时代并不少，哪个单位没有？国家各种各样的运动一个接一个，搞运动就要发动群众，发动群众就需要领头人，有了领头人的示范，必然就会有人效法跟进，一批积极分子就会涌现出来。有了一批人的鼓动造势，整个社会气氛才能热起来，更多的人才能'动'起来。我这样说不牵涉发动运动的动机是否正确，只是就领导方法或者叫领导艺术而言。家里发面不是需要酵母吗？那些领头的积极分子就是酵母。"

国庆显然还没有从刚刚的情绪中走出来："你说的是方法，我关心的是结果。从咱们经历过的运动看，每次运动结束，那些积极分子特别是那些领头人，都得到了好处，不是提拔，就是重用，或者是提拔重用双丰收。可是据我观察，这些人中，有不少都是见风使舵，投机钻营，并不都是凭着良心办事，更别说诚诚实实做人了。这一点其实大家都看得清楚，嘴上不说，心里谁没数？问题是手握大权的领导呢？领导心里就真的不明白吗？肯定不是，或者说不全是，那么为什么还要提拔重用这些无德之人呢？"

国庆说得激昂慷慨，红岩热烈鼓掌："老姐说得好！问得好！学问好啊!"

红姐没有说话,眼睛盯着国庆的脸,眼神中满满都是赞许。

我也不失时机地夸奖她:"怎么样?厉害吧?有思想,有口才,有激情,倒回去五十年,国庆同志可以到央视当评论节目的主持人!"

国庆推我一把说:"你别打岔,我说的是心里话。"

红姐笑着瞄了我俩一眼:"可惜了,五十年前还没有央视这个名字呢。"

红岩说:"那是那是。不过……"

我问:"不过什么?"

红岩眨巴眨巴眼睛说:"我算着我因文遇险那会儿,老哥已经复员到地方了。咋没来找你红姐呢?你那时要是来了,小弟我也就歇菜了。"说着哈哈哈大笑起来。

红姐也两眼直愣愣地看着我。

国庆说:"咋没找啊,他要是不去找红旗姐,我也就歇菜了。"说着咯咯咯笑个不停。

我说:"找了,找得好苦!"

一

我从部队复员,被省电台接走,按照军管会的安排,休息了两天,等其他部队复员兵到齐,共十几个人,集中开办毛泽东思想学习班,半月之后分配工作,一部分安排到行政和技术部门,我和另外几个人安排进编辑部,然后给了半个月的探亲假。

我已经从突然复员的噩梦中清醒过来,这不正是我曾经设想并向往的结果吗？好好学习，考上大学，分配工作，偷偷通知红姐……没想到这个设想竟然来得如此突然，恍若最珍贵的宝物失而复得，连自己都有点不敢相信了。

我这样前前后后一想，就特别感谢那位好心的老科长。他让我赶紧去找"小姐姐"，我得赶紧去找了。

我开始想象和红姐相见的情景，脑子里不停地交织闪现着一个个刻骨铭心的镜头——首次相见、对坐背诗、河边抓鱼、铁路看月、老家许亲、依依惜别……唯一的问题，是暂时还不知道红姐的去处。不过这不是难题，回去见到干爹干妈不就什么都清楚了吗？我敢肯定，见了面他们一定会感到突然的惊喜，不定会高兴成什么样子呢！

就在我和科长见面的当天晚上，我回到宿舍，假装不经意地问组长小刘：农村结婚登记应该去哪里办呢？他想了想说：你还真问住我了，该去哪儿办呢？旁边的小王说：应该是法院吧，婚姻法嘛。大王连连摇头：不对不对，应该是公安局，公安局管户口嘛！组长小刘说：好像都不是，明天问问科长吧。

我心里说，明天，明天我就走了，没留下一句话。

到省台分配工作后，我到文教部报到，又悄悄请教了部主任。他告诉我，这要看是城市还是农村户口。农村户口大队开证明，到公社民政办登记；城市户口由单位或居委会开证明，到当地民政办登记。我说，这次回家探亲，我准备结婚，能给开个证明带着吗？主任笑着说"当然可以"，就笑着问我"结过婚没有"。我不解，说"结过婚还要您开证明干啥"？主任仍然笑着，说"我知道，但问还是要问的"，当即就拿出公用信笺，在上面写下一行字，又领我到台政工组盖了章。

我接过来一看，上面写的是：证明，我单位职工闪红星，男，

22 岁，未婚。特此证明。

我认真地把证明叠好装进胸前的口袋里，就在心里笑了：这么简单呀，原来还想着多复杂呢！

回到办公室，已经过了下班时间，天也黑下来，其他人都已离去，只有和我坐对面的老陈正在鼓捣照相机，是一台"海鸥"牌120相机，这可是国内顶尖的稀罕物，一般人见都没见过，只有专业的摄影记者才能配备。那个年代谁要是挎个照相机，可真正是无声的炫耀了，走在大街上那叫体面，是会引来所有人饱含吃惊味道的羡慕眼光的，自我感觉一定是神气到了天上。老陈刚才听说我要回去结婚，特意拿来这台相机让我带上，好拍些照片作纪念。他把胶卷装好，又手把手教我拍照的常识。其实，我懂这个。我们报道组有个专职摄影的，用的也是海鸥牌，我跟他学过。只是看老陈这么热心，也就很认真地听他讲解。

那一夜，我激动得久久难以入睡，心里翻来覆去地想象，当干爹干妈和红姐看到我用自己带的相机，在自己家里拍全家福照片时，他们会是怎样的高兴，又会是怎样的为我感到骄傲啊！

我开始打点探家的行装。这是我离家两年后第一次回家，又赶上过年，盘算着给家里带什么礼物。当兵两年，第一年每月津贴五块钱，第二年六块钱。我每个月只花一块，一块肥皂一支牙膏，加上入伍时买脸盆、毛巾、碗筷等零碎花销，一共攒了九十块钱；复员时发两个月的津贴，十二块钱；加上电台预支一个月工资三十七块，手里总共一百四十来块钱。给父母买了六斤糕点，花去十来块，来往车票需要二十几块，剩下的也就一百来块了。我把它分成两份，给父母三十，还剩七十留着去看干爹干妈——之前在部队时，我曾给干爹写过一封信，想把此生攒下的第一份钱二十元寄给二老，结果"查无此人"被退回来了。通过写信向一位同学打听，才知道他们已经不在我们县了。这次回家后，我得去找他们，找到了他们，也就等于找到红姐了，也就等于把一切问题都解决了。

坐在归乡的火车上，心中涌起一股莫名的激动。这是我满怀悲壮离家两年后第一次回来，怎么会不激动呢？家里的情况怎么样了？爹娘还是原来的样子吗？我突然走进家门时二老会高兴得流泪吗？村子应该没啥变化吧？弟妹们应该都长高了吧？村头的大柳树还在不在——小时候每到夏天，我都会和小伙伴爬到树上粘知了的……

但是想得更多的，还是干爹干妈和红姐。干爹干妈虽然已经不在我们县了，但肯定是可以找到的。甚至还会有更大的惊喜：通常过年时子女都会回家看望父母的，很有可能红姐就在干爹干妈身边。要是这样，那就太好了，所有的问题全都解决了！我甚至开始为当年幼稚的想法感到好笑——大学毕业分配了工作，偷偷通知红姐，悄悄举行婚礼，现在的情况完全不同了，可以光明正大、堂堂正正地举办婚礼。而且，我现在已经是记者，仅说这职业，就足以使所有的人仰视了！我能够想象出见到干爹干妈时，会给他们多大的一个惊喜，还有双方的老人，看到我们结婚的场面，会高兴成什么样子。爹娘一定会在夜深人静时，悄悄跪在院子当中磕头作揖，感谢上苍——两年前红姐跑到我家许婚的当天夜里，他们不就拉着我在院子里一起跪拜吗？没想到苍天果然有灵，有情人终成眷属啊！我们总算等来了今天！

对了，还要好好感谢我们的科长。我们能有今天，多亏了他的一番苦心，于是就在心里为他祈祷：愿苍天保佑我们的好科长一生好运。

我又开始琢磨回家照相的事。村里人谁见过这洋玩意儿，也算是给父母脸上增了光。一卷胶卷总共十二张胶片，我得精心构思每张要拍摄的画面——几年前，我曾设想过和干爹干妈还有红姐，一起去照相馆拍一张全家福的，没想到那次的喜剧变成了悲剧。这一次，我一定要在自己家里，用我自己带的照相机，导演出一个喜剧来，一个皆大欢喜的大大喜剧。

夜已经深了，火车咣咚咣咚很有节奏的响声，是最美妙的催眠曲。我在梦中还在笑吧。

二

回到家与父母久别重逢，一家人自然十分高兴。我按照儿时拜年的规矩，跪在父母跟前，把三十块钱双手递上。二老连说"不要不要"，看我执意要给才勉强收下。我说还剩下几十块，想去看看干爹干妈。二老都说"应该应该"，居然笑着流下了眼泪。

第二天，我爹拿着我给的钱去公社食品站割肉。当时生活已经好起来，但也仅限于不挨饿、有细粮而已。绝大多数人家，过年也就是割三五斤肉，三斤居多，而且是越肥越好，回家炼油，油留着平时用，油渣剁进初一早上的饺子馅里。

我爹爱面子，排队挨到他时，营业员郭胖子问："割多少？"

我爹笑着大声说："十斤！"引起后面排队的人一片哗然。

连郭胖子也吃惊地抬起头，笑着问："闪老头这是咋了，以后的日子不过了！"

我爹就很得意，却用很谦虚的口气说："孩子从外面回来了，带了钱，还不好好过个肥年？"

大家都笑着说"应该，应该"。

郭胖子就感叹："看来呀，弄啥都不如养个好孩子。"说着话，用刀比画一下，刺啦一声割下一大条肉，挂在秤钩上称好，递给我爹，又笑着对大家说："都看见了吧，回去好好向人家闪老头学习，养个好孩子不比啥强！"于是就引起大家一阵羡慕的议论，爹的脸上也笑开了花。

爹把一大条猪肉用手托到肩膀的高度，故意慢慢走回家，见人就热情地打招呼，寒暄几句，话中自然离不开我。回到家又激动地给我娘讲了一遍。

我在旁边听着，心里突然有点酸楚。我也许就是在这个瞬间，真正意识到作为儿子，担负的东西其实很多。

顺便说一句，这次回家，我给父母三十块钱，临到假期结束离家时，父亲又塞给我二十五块。我不要，父亲严肃地说："我给你算过了，你哪有钱？回去不吃饭了？再说男孩子兜里哪能多少没俩钱？钱是人的胆，遇着非花不可的时候咋办！"

我猜想，父母留下五块钱，其实也是给我一个面子。唉，可怜天下父母心啊！

长话短说。我在家停了一天，第三天就去了县城，打听干爹干妈的下落。到文教局没有找到曲好义局长，他外出了。我只好敲开局办公室的门，桌子后面一位瘦削的老者，站起来很和蔼地问我找谁。我先是看他面熟，很快就从他细高的身材和说话的语气中认出是甄主任，就是前面说过的甄俊杰。三言两语他就认出了我，热情地站起来给我倒水。我不得不佩服，他的记性真好。

他很伤感地告诉我：你们离校之后，老师们就彻底无事可干了。某省有两个人在报上发了篇文章，标题是"打回老家去，就地闹革命"，大意是知识分子"臭老九"的改造，最好的办法是让他们回到老家村子去参加劳动，因为只有本村人才最了解他们的历史底细。县里当然不敢不办，就让本县初高中的老师各回各家，外地的四五十个教师集中起来，安排到山区一个先进大队水井村参加劳动。文教局的本意是不想让他们走，总有一天学校还得办，国家哪能不办学呢？等到学校恢复上课，没有高质量的教师哪行？而这些人都是非常有经验的骨干教师，当年可是下大劲从外地一个一个挖来的啊！文教局的意思是先把这些教师藏起来再说。可是没想到，这事被军宣队知道了，那天李排长带着两辆军车来到文教局，叫我跟他一起去水井大队，当场宣布——话说得很绝情：你们必须立即回老家就地改造，现在就去收拾行李，直接拉你们到火车站，各自买票回家，不再回学校。你们的工资本县再供应六个月，每月寄去。老师们谁也不敢说话，默默捆好被褥，上车而去。

"唉，可惜了。"甄主任长叹一声，"到哪儿再去弄这么多好教师啊！"

我问干爹干妈的情况，他说，曲老师是驻马店确山县人，村名叫曲湾，离那个很有名的竹沟不远，他跟我说过，应该是在那里。不过时间这么长了，有没有变化就不清楚了。

我顺便问了向东方同学的消息，他告诉我，向东方是造反派领袖，后来当了县革命委员会副主任。因为牵涉原先两派武斗的事，追究他的领导责任，和另几个同学一起被判了刑。

"其实这孩子还真是可惜了，学习好，品质也好，谁想会碰上这事呢？真是可惜了！"他感叹不已。

我起身告别。他交代我，如果去找曲老师，最好是去确山县文教局问问，他们应该掌握情况。

第二天，我就坐火车赶往确山，带着让我引以为傲并引发无限美好憧憬的海鸥牌照相机。

三

我朦朦胧胧走进一个山村古镇，不太宽的斑驳的石板路好长好长，两边是一家挨一家的旧式民房，一个人也没有，不时听到几声鸡鸣。

沿着街道一直往前走，路却一直在延伸，我朝前望去，晨雾迷蒙，好像总也走不到尽头。

终于来到街口，我拐进正街。宽阔的街道两旁是很多老式店铺。人也多起来，熙熙攘攘地忙着置办年货，有的拿着鲜红的对联，有的拿着鞭炮，就在大街上燃放起来，噼噼啪啪十分热闹。

我忽然想起就要过年了，我也就要和红姐结婚了，这才真是喜上加喜，不仅是双喜临门，而应该是三喜临门了！我该把结婚的对联买好，过一会儿见了干爹干妈还有红姐，他们一定会特别高兴，不，应该是特别激动的。于是就走进一家店铺，告诉店家要买新婚对联。店家看着我笑，却不说话。我忽然明白现在卖的都是过年的春联，就在心里笑了。

我得赶紧去找干爹干妈和红姐。在一个街口，遇见几个老农，我就向他们打听干爹干妈的住处，他们仍然笑而不答。我顺着他们的眼神看过去，只见一个年轻女子从街口拐进去，那身材，那走路姿势，活脱脱就是红姐！

我顾不得向老农道谢，赶紧追了过去，可是转眼就找不到了，满眼都是异乡陌生的面孔。我在人群中挤来挤去，四处张望，令我惊喜的一幕出现了：在不远处的人群中，我看见干爹干妈了！干妈正把脸凑近干爹的肩头说话呢！但是人太多，怎么也挤不过去。一转眼，他们的身影就消失了。

我只好按别人的指引，找到干爹干妈住的院子，心里觉得好奇怪：这个地方怎么和刚才看到的不一样呢？刚才看到的都是旧式民居，这个院子却是窑洞，而且好像小时候和红姐一起背书的院子。

我把记者证拿给干爹干妈看，干爹干妈高兴得爱不释手，翻来覆去看个没完。干妈说这就是记者证啊，我还是第一次见。干爹说从小就看你是个可造之才，果然有了出息，记者可不简单，都是国家栋梁啊！二老的脸上都笑开了花，喜悦之情是我认识他们以来从未见过的。

我又拿出单位开的结婚证明，二老又是翻来覆去地看，喜不自胜。干爹说，你红姐的证明也应该由单位开，现在就让咱大队开一个吧，马上就给你们把事办了。

忽然就听到唢呐声响，鞭炮齐鸣，一顶花轿抬到了门口。红姐凤冠霞帔被人扶着从轿中飘然而出。我心中奇怪：不是早就不兴这种老式婚礼了吗？她应该是由一群工友簇拥着的吧？而且还应该是穿着蓝色的带双肩背带的劳动布工作服呀？还有，我还没有看清她是在笑呢，还是在哭呢，还是又笑又哭呢？我心里乱七八糟的想不明白，但还是急忙拿出海鸥牌照相机，忙乱中对着花轿准备拍照。

突然听到一声惊呼，有人将一个爆竹扔到了我的脚下。红姐冲过来猛推我一把，我一个趔趄摔倒在地……

"喂，醒醒，确山快到了，你该下车了。"我被旁边的乘客叫醒，才知刚才恍然一梦。

四

我先到确山文教局，办公室一位二十来岁的年轻人坐在桌前看报，我说明来意，告诉他干爹名叫曲忠义。

他想了想说："曲忠义？好像有这个人吧。"扭头问坐在旁边的老同志，"陈老师知道吧？"

陈老师抬头看看我说："这人不在了，两口儿都不在了。"继续低头看他的报纸。

我没有反应过来，着急地问："不在了？到哪儿去了？"

陈老师可能觉得我这话奇怪，抬头看着我："还能到哪儿？没了。我也是听说的，你去他家问问吧。"

我不敢相信自己的耳朵，心里想着"怎么会呢"，急急地赶往曲湾村。十几里路，赶到村里已经过午。一路打听，找到了干爹干妈住过的地方。

这是干爹家的老宅，现在住在这里的是他的近门堂弟——我就叫他曲叔。干爹从小离家到了开封，在这里并无至亲，"打回老家去，就地闹革命"，是要接受贫下中农的再教育，当然不能回到开封，无奈只好投奔故土。堂弟夫妇都是朴实的农民，给干爹干妈腾出一间房居住，吃饭就和堂弟一家一起吃——粮食是公社粮店供应的，比农民还是要强了很多。曲叔说："吃饭这件事，我一家都沾了我哥的光。当时他去公社粮店转粮食关系，人家问他是依靠对象还是改造对象，他没听懂。人家就是问，你在原单位是革命群众还是挨过批斗的？我哥这人老实，就老老实实说是挨过批斗的。结果反倒歪打正着，每月供应四十五斤，要是一般教师只有三十斤。为啥呢？改造对象算体力劳动者，一般教师是脑力劳动者，只能按行政干部标准。其实老师们都回村劳动了，说起来怪可笑的。不管怎样，一个月四十五斤，还百分之七十是细粮，我们一家都跟着改善生活了。"

从曲叔夫妇的讲述中，我知道了干爹干妈的情况——

两年前，军宣队用大卡车把老师们从水井村拉到火车站，大冬天的，四五十里路，干妈身体本来就弱，一路颠簸，又被寒风一吹，当即就病了。买票上了火车，中途还要在郑州转车、等车，到确山已经是第二天了。一路折腾，病就重了，高烧不退，呼吸困难。先在公社卫生院治了一天，越发严重，院长说好像是风心病，公社这里治不了，只好连夜用架子车拉到县医院。医生看后说情况不好，赶紧派人骑自行车把院长从家里叫来，组织人抢救，结果没熬到天亮，还是走了，没留下一句话。

干妈的突然离去，对干爹造成致命打击。白天和社员们一起下地干活，总是沉默寡言，别人不问他从不开口。夜里回家，就一个人坐在屋里唉声叹气，或者一个人在村口转圈。有天夜里很晚还不见回来，曲叔就到村口找他，找来找去就是找不到，没办法就找到干妈的坟上。黑洞洞的坟前，干爹正一个人坐在地上痛哭。曲叔算了算，这天是干妈去世一百天。

干爹在生产队劳动了两个来月，公社按上级精神搞"教育革命"，开办"五七中学"——教育和社会实践相结合，任命干爹为校长。到了伏天，干爹领着学生上山采药，突然遇上大雨，浑身都被雨浇透了，当晚就病了。先是在村卫生室拿点药，不行又住进公社卫生院。人家让他去县医院，他坚决不去，说"学校一大摊子事，我走了咋办"！就这样给耽误了。

曲叔说："我哥是老实人，临走前已经不大能说话了，还交代我一件事，说在他的一本字典封皮里，有一张存折，一辈子就存了这点钱，够不够也不知道，让我取出来为他办后事。我回来找到了那张存折，上面是三百七十块钱。"

我问曲叔："干爹不是有个闺女吗？她没回来？"

"回来过，一共三次。"曲叔说，"第一次是我嫂子不在时，我哥给她拍了电报，回来办完事就走了。

"第二次是几个月以后吧，反正是夏天，回来时欢天喜地的，住了一晚，父女俩说话说到很晚，第二天走时却哭得泪人似的。问我哥咋回事，我哥说是谈对象谈崩了。我还笑着安慰我哥，崩了就崩了呗，咱这么好的闺女，还怕找不到个好婆家？

"到我哥不在时，想通知她，可是不知道地址，直到三个月后才回来了。原本她给我哥写信，公社邮电所知道人不在了，就贴上'查无此人'的条子退回去了。她这才觉得不对劲，慌慌张张跑回来，在爹娘坟上哭了一场走了。临走交给我二百块钱，叫我每年替她上坟烧纸。"

"她的详细地址你知道吗？"我急切地问。

"不知道。"曲叔说，"她是保密厂，我见过来信的地址是个信箱，还有几个数字，只知道在山西的啥地方，我也没去过。"

我让他领我去看看干爹干妈住的屋子。干爹走后这屋子就不再住人，堆放着烧柴、农具等杂物，窗户上的纸早就破了。床边墙上糊的报纸已开始剥落，床上只剩下了一张芦席，上面蒙着一层厚厚的尘土。风从窗子的破洞处呼呼地刮进来，破了的窗纸一阵阵颤抖，墙上剥落的报纸呼啦呼啦响。

我又让他带我去干爹干妈的坟上祭奠。坟头在一个土岗上，长满了枯草，旁边几棵矮矮的松树，在阴沉的天幕下迎风发出呜呜的呼啸。我把带来的四包糕点摆在坟前，曲叔帮我点上他带来的香火。当我扑通一声双膝跪下时，突然禁不住悲从中来，两行热泪夺眶而出，一句话也说不出来，只觉得胸口憋得慌，趴地上呜呜地哭。曲叔替我说："哥、嫂子啊，您的干儿大老远跑来看您了，您在地下也会高兴的。"

我边哭边给干爹干妈磕头，额头碰到放在提包里的照相机，就想给坟头拍张照片，可是手臂怎么也抬不起来，感觉浑身瘫软一点力气也没有。

祭罢，曲叔把我从地上拉起来。我掏出五十块钱递给他，说："我刚上班，还没挣到钱，只有这些了，给您留下，替红姐上坟烧纸时，别忘也替我说一句。"

曲叔哪里肯接，说："不要不要，我哥存折上的钱还没花完呢，红旗回来又留下二百……"

我说："这是我对干爹干妈的心意。"他才勉强收下。

我一步一回头地离开土岗，坟头上的荒草在西风中摇曳，西风在松树枝头哭号，忽然想起了那句词——"料得年年肠断处，明月夜，短松冈"，就觉胸中一股气涌上来，腿一软，扑通一声就坐在了地上。

从坟上回来，我向曲叔告别。他坚持要我住一夜再走。我说晚上有趟火车，正好能赶上，他才作罢。

热热地希望而来，冷冷地失望而归，我哪还有心思再住一夜。不过也算有点收获，总算知道了红姐在山西。这时已经临近春节，过了年，我想立即就去找她，可是算了算，一是时间不够了，再说我身上也真的没钱了。

第十四章

　　红姐一直在流泪，说："我这辈子最大的遗憾，就是爸妈离开时我都不在身边。虽然两次都回去了，因为心情不好，连说话的力气都没有了，并没有问详细情况。要不是红星说，我到现在都不会知道呢。爸妈做了一辈子好人，真诚，耿直，从来都是为别人着想，宁肯委屈了自己，绝不委屈别人。想不到……"

　　我安慰她："是啊，父母们辛苦了一辈子，现在就让他们安息吧。重要的是我们作为子女，应该从他们身上学些什么，再传给我们的子女，一代一代继承下去。"

　　红岩说："对对对，这就是对老人最好的怀念。"

　　老伴儿国庆说："就'好人'这两个字，是最应该继承的。"

　　"那么什么是好人呢？"我说，"依我看有个最简单的判断标准，就是红姐刚才说的，凡事都是为别人着想，宁肯委屈自己，绝不委屈别人。特别是对老人不孝的人，千万不可交。天下还有比父母对他更好的人吗？连父母都不要的人，他还会顾及朋友吗？你们想想是不是？"

　　红岩眨眨眼呵呵笑起来："还别说，老哥说得有道理！想想身边的人，还真是的。"

　　国庆说："可不是嘛，只为自己考虑的人，哪会考虑别人的感受。这种人就是不能交的人，不定啥时候就会害人。"

我说："当然了，对'害人'两字，也要以宽厚之心客观分析，要看主观客观、主动被动的具体情况。就以文教局的甄俊杰而论，当年为了保护自己揭发别人，害了干爸和其他人，实属可恨。但平心而论，不能不考虑当时的客观大势。即使他不揭发，被打成'右'派的人就一定能躲过去吗？我们还不能说他是主动害人，他这叫迫于形势被动害人。这种人你可以说不算好人，但也不能说他是坏人。"

红岩问："老哥这么说也有道理，那么坏人应该怎么定义呢？"

"真正的坏人应该是那些没有任何客观压力，而仅仅为了自己利益主动伤害别人的人。对于甄俊杰这种不一定是好人的人，可以交但不可深交，谁都需要人际环境，人至察则无朋，要求太苛刻就会把自己变成孤家寡人。对于真正的坏人，一定要离他远点。"

红岩点头称是："坏人可恶，但是千万不要得罪他。"

我说："是，这叫'害人之心不可有，防人之心不可无'，得罪君子不得罪小人。坏人就是小人。"

红岩仰头哈哈大笑："我发现，从昨天到今天，老哥说的每句话都太对了！"

我盯住他的脸看着，也大笑起来："哈哈，我发现，从昨天到今天，老弟每次都特别会说话！"

红岩止住笑看着我，红姐也笑眯眯地看着我，国庆却笑眯眯地看着红岩。

我说："我发现老弟有个很大的优点，特别善于顺着别人说话，总是说老哥说得对、说得好、说得有道理，从没发表过反对意见。"

"对就是对，好就是好，"红岩说，"我可都是发自内心的。"

"我知道都是发自你内心的。"我笑着说，"我是夸你说话的艺术。顺着别人说话，相互越说越近，绝不会发生争执、抬杠，双方都愉快嘛。不过，你说的'有道理'和'对''好'可不完全是一个意思。"

红岩眨巴眨巴眼睛，一拍大腿哈哈大笑："我明白老哥的意思。咱这一拨人经历过多少事了，还能学不会个说话。日常交往大多就是闲聊，他说的话你赞成，就夸他一句，他高兴；你不赞成就说'有道理'，他也高兴，然后换个话题不就结了。他高兴，你高兴，皆大高兴，目的达成，犯不着争个面红耳赤不是？本来就是图个高兴，为啥要弄个不欢而散呢？咱活到了这岁数，就应该明白一件事，不要企图改变任何人。人成年之后，谁也别想改变谁，包括自己的子女。你说是好心要改变他，结果必然是让他改变了对你的看法，以后不和你玩了，不是事与愿违吗？你何必呢？"

我说："老哥也要不失时机地夸你一句了。"

红岩依旧乐呵呵的样子："老哥你夸吧，谁都爱听夸奖的话。"

我说："老弟这段话的意思是，任何人都不承担为别人纠错的责任。人是群体动物，必须生活在别人之中。要学会创造人际环境，而不是破坏人际环境，人际环境就是最重要的生存环境嘛。毕竟平和愉快的生存环境，比无谓的争执更值得珍惜。不是有句俗话吗：维持个人多条路，得罪个人添堵墙。我说得'有道理'吧？老弟。"

红岩认真回答："当然有道理了。"忽然明白我话里有话，哈哈大笑起来，"我可是发自内心的。"

说得几个人都会心地笑了。

红岩说："笑归笑，说话的确是门学问。有一次和几个朋友吃饭，有个'小朋友'问人际交往中说话的常识。我告诉他，跟一个生人接触，你要很快判断对方的喜好或者擅长，你只跟对方谈他喜欢和擅长的话题，谈共同兴趣，肯定越谈越高兴，他会觉得相见恨晚；千万不要谈对方不感兴趣的事，更不要谈分歧，越谈越不愉快，肯定不欢而散。你们想想是不是？"

国庆伸手拍拍他的肩膀说："看得出来，老弟精通人情世故，老姐得夸夸你了，也是发自内心的。"

红岩又是一阵大笑："咱们今天都是发自内心的。"又冲着国庆说，"老姐你别光说我，老哥去确山那阵儿，老姐你在哪儿？"

"想听？"

"想听。"

国庆故意拿拿架子："那你就听老姐我给你说道说道——"

一

"我们县高中的学生是分两批离校的。"老伴儿国庆说，"二、三年级在 1968 年秋天就走了，每人发了一把锄头，和红岩插队的时间相同。我们 68 届到了年底才离开。

"我能离开农村，真要感谢向东方。

"学校解散，我回到村里，先当了一段时间地地道道的农民。没过多久公社成立'五七中学'，又去当了一段时间民办教师。又没过多久，国家要修建焦枝铁路。靠了向东方的帮助，我得以进入筑路大军，这才迈出了离开农村的第一步。

"说起修建焦枝铁路，我到现在还会激情澎湃，那是一个怎样的时代啊！

"焦枝铁路也是三线建设的一部分，1969 年秋周恩来总理紧急召见武汉军区副司令员孔庆德，向他转达毛主席的指示。当时我国的南北铁路动脉只有京广、京沪两条，都在东部一、二线地区，很难应付大战需要。中央决定由孔庆德挂帅，立即在三线地区的群山中，秘密修建一条南北动脉。

"焦枝铁路北起河南焦作，南到湖北枝城，全程八百公里，绝大部分在河南境内。因为时间紧迫，孔司令采取非常规方法，全程多点同时开工。河南段的总指挥是军区司令员张树芝，当时河南的八个地区共调集了四十五万民兵，完全按部队编制，分成四个师。师长、政委均由军分区党政一把手担任，团、营、连、排长也都是军官，完全实行军事化管理。

"除了四十五万民兵，还抽调了几万机关干部和工程技术人员，总部报社的人员就全是从河南日报社抽来的。我开始在 2 师广播室当播音员，因为连续给报纸写了几篇稿件，就被调到报社帮忙，成了编外战地记者，每天不分昼夜地跑着采访、写稿，也因此耳闻目睹了许多可歌可泣的动人故事——那叫一个热火朝天！那叫一个激情澎湃！

"先从报名说起，父送子、妻送夫，兄弟齐上阵、全家同支前的场面比比皆是。再说大军入驻，沿线村镇踊跃腾房垒灶，敲锣打鼓迎接。再说支前，连小学生都会扛个篮子，一篮一篮把小石头送到工地。还有，人们一个个不要命地干活。有一次我去黄河大桥工地采访，正值隆冬，修建大桥桥墩时，水下的设备老是不稳定，急得大家团团转，都围住技术员要办法。有个民工叫王铭华，冲着技术员喊：'你是技术员，总得说个办法呀！'技术员挠着头说：'最笨的办法，就是下去一个人，用手把什么东西固定住就行了，可是现在天寒地冻的……'

"王铭华问'咋固定'，技术员就详细地给大家讲解。话音刚落，就听'扑通'一声，王铭华已经跳进了冰窟窿，一直坚持了二十分钟。任务完成了，大家赶紧把他拉上来，转眼之间，王铭华整个人冻成了冰棍……

"这些只能在老电影上看到的场景，都真真实实地出现在眼前。王铭华这件事我就在现场，回来就写了篇报道登在报上，王铭华成了英雄，我也因此出了名，从此就经常跟着首长去现场采访。

"2师的师长和政委特有意思，师长性子急，坐他的车听到最多的是'快、快！超、超！'政委性格稳，坐他的车听到最多的是'慢、慢！停、停！'有一次我跟他俩一起到一座大桥工地听汇报，师长问设计图纸啥时能出来，对方回答'我们加班加点，力争半年拿出来'。师长斩钉截铁地说：'不行！我可以等你，打仗不等你。'政委说：'我说个想法，国内那座有名的大桥，把它的图纸拿来做个参考行不行？'没想到设计人员拿来一试，居然不出二十天就完成了。

"就这样，在没有任何报酬、没有任何大型工程设备、严重缺少技术资料的情况下，完全靠铁镐挖、肩膀挑、小车推，从六九年11月动工，仅用了八个月时间，就在崇山峻岭中修成了八百公里的焦枝线。到第二年7月1日正式通车，创造了世界铁路修建史上的奇迹。

"每当想起这一段短暂的经历，我就会在心底涌起无限激情，应该说是无限豪情。"老伴儿国庆很激动而又认真地说。因为激动，她的双颊已泛起微红："不可否认，那时我们真的很穷，也真的很累，可是大家并不觉得，相反人人都觉得活得充实，人人都觉得累得值得，因为我有幸能为国家干一件大事，我在用汗水书写历史——就像战争年代，那些为了人民的解放事业流血牺牲的革命前辈一样，自己多付出一分力量，就离前辈们更近了一步。"

我们静静地听着。国庆看我们都不说话，又补充了一句："真的，我说的都是真的。"

红姐说："是啊，那是一个贫穷而激情燃烧的时代，我们都是亲身经历过的。"

我说："那是一个以'私'字为斗争对立面的时代，当时有个很流行的口号叫'狠斗私字一闪念'，一切为公是整个社会的行为标准，国家实行的是公有制，一切都是公家的，根本不给'私'字存留的空间，这种强大的社会氛围，使得人们达成了价值共识，以私为耻，以公为荣，家国成了一体，每个人都属于国家。穷就一起穷，奋斗就一起奋斗，大家都一样，无可攀比。解决了人的私欲，当然就只有一个人生目标，没有什么非分之想了。"

红岩说，那是自然。又问国庆："老姐，后来呢?"

国庆回答："工程结束后，少量表现优秀且有一技之长者，留下安排了工作。我被安排进洛阳铁路分局子弟学校教初一，真的就从此走出了农村。"

二

"能够走出农村进了大城市，安排了正式工作，吃上了国家供应的商品粮，拿上了国家发的工资，在当时可真是一步登天了，那个兴奋劲儿就不用说了!"

老伴儿国庆接着说："高兴归高兴，心里还真的有点发虚。你想想，咱虽然说是高中学历，其实只有高一水平，高一教初一，能不虚吗？没办法，只能恶补了！

"那段时间，真的是废寝忘食，不敢浪费一点儿时间。好在当时学校尚未正规，日常教学尚能应付，而且还在领导同事中落了个好名声——谦虚好学，要强上进。

"到了第二年，也就是七一年夏，有一天，校长突然通知我，说接到市教育局李红科长的电话，让我去见她一下。我听后丈二和尚摸不着头脑，想想并不认识李红科长，也不认识教育局的其他人，我一个新来的普通教师，叫我去会是什么事呢？

"心里忐忑，我还是去了，在一个大办公室找到了李红。她说'跟我来'，带我到旁边一个没人的小办公室，坐下后问：'你还记得我吗？'

"我不好意思地摇了摇头。

"她笑了，说：'想想。'

"我想了想，红着脸又摇了头。

"她说：'去年冬天，在火车站调车场，背我……'

"我想了一会儿，恍然大悟：'噢，想起来了！我早就把这事忘了。'

"事情是这样：我们学校紧靠调车场。车场里道岔复杂，还有很多临时停车，按说是禁止通行的。很多熟悉的人不想绕路，也就直接从这里穿越而过。我们的宿舍也在对面，来往总抄这条近道。那天放学后我加班恶补到天黑，穿越铁路时发现前面一个人摔倒在地，赶忙跑上去扶。是个女的，摔得不轻，左腿已经不能着地，我就只好背着她走。车场很大，天又黑，地上到处都是铁轨、枕木、石子，还要注意两边来车。我力气又小，只好走走歇歇，好不容易才连背带扶过了铁路。来到路边就实在没力气了，只好坐下来休息一下。

正好她的邻居路过，我就交了班。

"临分手时，她问我在哪儿上班，我说'铁二中'。

"又问叫啥，我说'高国庆'。

"她又问：'是国庆节的国庆吗?'

"我说：'是。'

"她说：'高国庆，这个名字好记。太谢谢你了。'

"我说：'别客气。'她还说的啥我并没听清，就回宿舍了。

"'我就是那个李红。'她笑着说，'当时我告诉过你名字的。'

"我不好意思地说：'当时天黑，看不清，再说我正恶补文化课，回到宿舍就把这事忘了。'

"'你忘归你忘，'她说，'事后我给你们校长打电话了解过你的情况，反映非常好，所以今天就把你请过来了。'"

"她告诉我，她现在负责大学招办工作，今年的工农兵大学生推荐马上就要启动，像我的情况，应该再去读读大学，希望我能积极报名。

"我说：'上大学一要上级分指标，二要基层能推荐，我哪敢想啊!'

"她笑了：'我们就是负责指标分配的，至于基层推荐，你的群众口碑那么好，还会不推荐吗?我给你们校长打个招呼，他挺信我的，应该没问题。关键是你得报名。'

"事情来得太突然了，甚至我都怀疑是不是在做梦，不知道该说什么好。

"她看我不说话，就问：'有什么困难吗?'

"'不是，不是，'我语无伦次地回答，'刚上班能给爹娘挣点钱了，又要让爹娘拿钱了。'

"'噢，是这事啊。'她说，'不用爹娘拿钱的，规定是满五年工龄带薪上学，不满五年的学校发助学金，足够你吃饭。再说了，三年毕业就回来了，学了本事，以后工作才有后劲。你还年轻，眼光一定要放长远。听我的，不会错。'

"又说了些闲话，她就送我出门。分手时，我紧紧握住她的手，激动地说：'李科长，太谢谢你了！'

"她笑着说：'那天晚上我也对你说过太谢谢的。'

"我说：'我真的是发自内心说的。'

"她说：'我就不是发自内心说的？'

"我俩都开心地笑了。

"就这样，我意想不到地走进山西汾水师范学院，实现了此生梦寐以求的大学梦。"

三

老伴儿说："我是全国大学普遍招收工农兵学员的第一届，真正的第一届只在北大清华试点，并没在全国铺开。如果都算上，我应该是第二届了。"

我说："我和国庆的情况一样，不过晚了一年，是第三届，也是靠的领导帮忙。"

红岩有点儿吃惊："是吗？可真应了那句话——不是一家人，不进一家门。老哥快说说。"

我说，我从部队下来安排在省台，分在文教体卫处当编辑，也会经常外出采访，参加省里的相关会议，先干了一年。那时编辑、记者的社会地位是很高的，确实是一个让人仰慕的职业，但是我却一点儿也不喜欢。原因是当时的新闻写作千篇一律，干巴巴的很没意思，时兴的是"新华体"——新华社的写作模式，譬如会议报道：某某会议于某月某日在某地召开，党政军领导某某出席了会议。第二段是：某某领导在会上讲了话，他说……。第三段：他说……。第四段、第五段、第六段，就是他说、他说、他还说，或者就是他强调指出。最后就是出席会议的还有某某某某，或者是与会人员表示如何如何。你们说，整天写这玩意儿有啥意思？

要说，这事很简单，但是你可千万别小看了！引用领导的讲话该引用多少、引用哪些，可就有讲究了，特别是领导的名字、排序，还有该上谁不该上谁，可就是政治问题了。一旦出错，轻则写检查，重则开会批判，弄得丢人现眼，抬不起头来。

所以，我对这份工作很不喜欢。不喜欢归不喜欢，努力是必须的。因为我是单身，没有家务拖累，所以凡有会议，处里都派我参加报道。我也乐意——吃会饭比在单位吃食堂强多了，虽然细粮也定量，但粗粮是可以放开吃的，而且没有最难吃的高粱面。

老去参加省里的会议，就经常接触分管文教的省委副书记任大玉。任老头瘦高的个子，戴一副深度近视镜，平时特别平易近人。有一次会议散得早了点儿，还不到开饭时间，他就带着秘书小王坐在小会客室休息。我去请示会议报道的事，就进去了。报道的事几句话就说完了，任老头就说起写文章的事。他说写文章必须有扎实的古文功底，老一代的许多革命家都有很厚的底子，看看毛主席的文章就知道了。你们年轻人都缺少这一块，应该花点时间补一补，文笔必有长进。

那天任老头的兴致很高，回忆起他小时候在私塾背书的情景，说："小时候背的文章，有好多一辈子都不会忘，譬如陶渊明的《归去来辞》，到现在还能背个八九不离十呢！我就给你俩背几句试试——

"园日涉以成趣，门虽设而常关。策扶老以流憩，时矫首而遐观……啊……啊，下一句什么来着?"

我看老头一时想不起来，就说："云无心以出岫。"

"对对，云无心以出岫，鸟倦飞而知还。"老头含笑看着我，停了一会儿，似乎有意要考我，"我再背两句——怀良辰以孤往，或植杖而耘耔……下两句什么来着?"

我说："登东皋以舒啸，临清流而赋诗。"

任老头高兴起来，显然有点儿吃惊："小闪你会背呀！你这年龄啥时学的?"

我回答："书记您刚才说小时候背会的文章，一辈子都难忘，说得特别对。这篇文章我也是小时候背的。"于是就十句八句把小时候背古文的事简要说了。

任老头听了大感兴趣："不简单！很难得，很难得啊！"又对秘书小王说："听见了吧，要向小闪同志学习。"

小王点头称是，我倒有点儿不好意思了。

应该就是因为这次无意的闲聊，任老头开始喜欢我了。我能感觉到，每次散会后他都专门叫上我坐他的车，把我捎回单位。有时并不顺路，我就不好意思，但是看到老头笑眯眯的样子，也就欣然上了车。就因为老头喜欢我，我和小王秘书的关系也特别好，工作就特别顺，单位的领导也高看我一眼。

七二年夏季召开高招会议，任老头做报告。散会时他从主席台上下来，招招手让我过去。我跟他到房间，原认为是交代会议报道的事，没想到他问我："小闪啊，想没想过去上大学?"

这太意外了，我愣了一下，马上反应过来说："想啊，这辈子的梦想就是上大学！"

他慈祥地笑了，说："你还年轻，以后工作的时间长着呢，抓紧机会多读点书，对以后的工作有好处嘛。"

我连连点头说是是是，眼巴巴地瞅着他。

他说："这样吧，我跟他们打个招呼。你想上哪个大学？"

我激动地说："哪个都行……别让书记为难，要不就上燕都大学吧？"

他仍然笑着，那笑容慈祥极了，说："好，就这样。一会儿吃过饭，跟我的车回去。"

就这样，我不费吹灰之力上了燕都大学中文系，真的是突然"天上掉下个林妹妹"！和国庆很像吧？

红姐两口不约而同地说："还真是的，都是遇到贵人了。"接着又问，"后来呢？"

我说："三年毕业，我没回省台，留校当了中文教师，干了十二年。"

四

红姐说："要说人这一辈子呀，总是需要人帮忙的，不知道啥时候谁会帮了谁。"

红岩附和说："对呀，山不转水转嘛！"

红姐接着说："你俩都在不经意中遇上了贵人帮忙，其实我能到国营大厂上班，也是靠的别人帮忙。你们还记得前面说过的滑石头吗？"

我说："就是打'右'派时那个山湾学校的校长吗？"

红姐点点头，说"是他"。

"就在你当兵以后我给你写第二封信时，我说姐要到很远的地方去，你再也找不到姐了，其实并没有到很远的地方，是去了很近的洛阳。那时只想狠下心快刀斩断乱麻，让你早点死了心，不再拖累你，所以才那样写的。"

我还她一丝苦笑，说："我知道，你接着说吧。"

红姐说："六九年夏的一天，天气很热，晚饭后我坐在院子里乘凉——那时爸妈已经被打回老家，妈也已经不在了……"

"不对呀，"我打断红姐，"你给我写第二封信，就是'绝交信'时，还是爸妈爸妈的，为啥不把妈的事告诉我呢？"

红姐长叹一声："你不知道，我是拿着你'一路顺风'的信高高兴兴回老家给爸爸看的——就是你刚才说的回去时欢天喜地，第二天回来时哭得泪人似的，就是那一次。

"我本想爸爸看了你的信一定也会高兴的，没想到爸爸看了后，想来想去，就引出了不要拖累你的想法。我知道如果妈还在，肯定也是这想法。二老太看重你了！至于妈的事不告诉你，事已如此，何必再搅乱你的心，再多一个人跟着痛苦呢？当时我最害怕的，是担心你接受不了突然'绝交'的沉重打击。我了解你，万一干出什么傻事，毁了前途不就更坏了？"

我仰天长叹，忍住眼角涌出的泪。

红姐说："都过去了，我接着说吧——

"那天晚上，滑石头推着自行车风风火火来找我——他是爸爸的朋友，知道我们家，但也很久没有来了。我正觉得突然，他呼哧呼哧喘着气低声说了句'到屋里说'，径直掀开竹帘进了屋。我跟进去，拉开灯，才发现他跑得满头大汗，胸前的衬衣已经湿了。我赶紧给他让座，他却端起桌上的半杯水咕咚咕咚喝下去，喘口气说：'事情急，咱长话短说。'

"他说，你知道当年打洛阳时，我在支前队救过解放军伤员，其中有一个人现在洛拖厂当领导。洛拖要招一批工人，这个领导正好管这事，就交代手下的白同志来到咱县，一定要给我带走一个孩子。打'右'派时，我当着几个人的面，说过要报答你爸的情义，多年过去了没有机会。这次是个机会，我家孩子不去，你去。

"我一时没有完全反应过来，说：'这怎么行呢？这么大的事，不行不行，滑叔！'

"他急了：'怎么不行？'

"我说：'人家是带你的孩子，我又不是。'

"他说：'我跟你爸是啥交情？你的事我不管谁管？'

"我说：'可是，这姓就不对，我又改不了姓滑呀？'

"他说：'这没事，我在路上就想好了，就说你原本是我亲生的，小时候生活困难，把你送给朋友了，心里老觉得对不住你，就把这次机会给你了。就这么说，记住了。'

"'可是，滑叔，'我说，'这样我不就对不住我新国哥了啊？'新国是滑叔的大儿子，和我同岁，小时候见过。'我现在总还有个工作，新国哥还窝在农村呢！'

"'你那是啥工作？是农民合同工，虽说你吃的是商品粮，但是将来能有啥前途？人家这是国营大厂！知道吗！'

"'知道。这事太大，我不能去，滑叔。'我使劲摇着头。

"滑叔急了：'你这闺女咋回事呀！你又不是不知道叔这身体，打洛阳落下一身病，要是哪天一闭眼，我承许你爸的话不就一风吹了，将来到了阴间，咋去见你爸呀！你啥也别说了，走！人家还在招待所等着呢！’说着就站起来出了门。

"我也只好犹犹豫豫跟出来，一起来到县招待所。

"滑叔向等候的白同志说明情况，领了招工表和体检表。我就进了洛拖厂，还是干车工。没多久又抽一批技术骨干支援三线建设，我就去了山西5001厂。"

红姐说："我曾给滑叔写信感谢，问了新国哥的情况。回信说，县机械厂的领导也是滑叔的学生，安排新国哥进厂当了合同工，正好顶了我的缺。我心稍安。"

第十五章

红岩说："是啊，你们仨真的都要感谢命中的贵人，但是仔细想想，最应该感谢的，还是自己。先把自己做好了，才会有别人帮助你——你得有让人家帮你的理由嘛！你们想想是不是这个理儿?"

我说："当然是。小时候我爹常给我讲，'平日多行清风，才能盼来细雨。'说的就是这个道理。"

红姐说："我们中国有句俗话——'积德行善，善有善报'，讲的也是这个意思。"

国庆说："要说我们'老三届'这一代人，真是很独特的。虽然长在新社会，受传统文化的影响却是很深的；又跨越了改革开放前后的两个时代，身上就打着两种不同的烙印。所以必然在观念、思维等方面，会和年轻人有很大的不同。"

红岩乐了："看看，说着说着又进入理论研讨了。那就讨论一下我们这代人有啥特点吧。"他看看我："还是老哥总结吧。"

我想了想，说："至少有三点。一是骨子里的傲气和内心的自卑；二是内心的固执和表现的随和；三是做事的兢兢业业和看似的与世无争。你们想想是不是。"

大家相互看看。

国庆说："还别说，有这个味道!"

红岩说："要不我会让老哥总结？"

红姐抿着嘴对我一笑，嘴角的两个酒窝把嘴形拉成月牙，很美。

我还她一个微笑，接着说："先说第一点。这批人因为受传统文化影响，所以就对社会上的某些现象不满，特别是对那些不学无术、投机钻营的人看不惯、看不起，但嘴上未必说。这就是骨子里的傲气。自知底子不厚，在本应好好学习的年龄没有得到好好学习的机会，浪费了大把的青春岁月，所以生怕不能胜任本职工作，再加上工农兵学员的'大普'学历遭人笑话等等，难免觉得腰杆不硬，心里发虚，这就是自卑了。傲气与自卑，看似矛盾，实则统一：因自卑而努力，因努力而出成绩，因出成绩而傲气，因傲气而追求，因追求难以实现而自卑。

"再说第二点。这批人经历了太多的事，受了很多苦。他们对自己的亲身经历进行反思，自然会得出自己的结论。当别人，特别是没有经历过的人不切实际地胡言乱语时，他们本能地不以为然。这就是固执。但是请注意，他们绝不会表现过激，因为他们知道人生艰难，也知道不要企图改变别人的道理。他们不愿得罪别人，往往顺着别人敷衍几句，或者巧妙地转换话题，而且不让对方觉察。这就是随和。固执与随和也是辩证统一：固执是不肯同意别人观点，随和是没必要或者不屑和别人讨论这个问题。反过来，别人也休想改变我，又回到了固执。

"第三点。这批人丰富的阅历告诉他们，自己只是生长在悬崖上石头夹缝中的一棵小草，能够活着已属不易。为了继续活着，活得再好一点点，他们必须小心翼翼，不能出错，哪怕是一点点小错。这就是他们兢兢业业的一面。至于与世无争的另一面，只不过是'看似'而已，其实他们何尝不想去争，不是有前面说的自卑的无奈吗？他们的智慧是：争是不争，不争是争。只有凭着兢兢业业一刀一枪打下来的，才是最能靠得住的，舍此瞎想，有害无益。兢兢业业就是'争'，心无旁骛地兢兢业业，给人的感觉就是与世无争，其实不过是'争'的另一种形式而已。

"老三届或者说这一批一起走过来的人，就是这样的矛盾统一体。"

我说完了，看着他们三人征求意见。

三个人就一起鼓掌。

国庆说："这批人代表着一个时代，又象征着一个时代的开启，起到承前启后的历史作用。不幸的是，在特殊时期，他们的缺陷被放大了，他们的成绩却很少被提及，他们中涌现出多少优秀人物甚至国家栋梁啊！"

红姐说："我是恢复高考后的第一届大学生，我敢说，我们是最刻苦的大学生，那时大学的学习气氛，比现在的好多大学强得多。"

红岩说："是呀，你红姐去上学时，把两个孩子扔在家里，多不容易！"

国庆呵呵笑起来，在红岩背上使劲拍了一巴掌："还没说到你俩'谈'呢，咋就有两个孩子了！"

红岩一怔："可不是，才说到有人利用长诗害我俩，那会儿我俩还真没'谈'呢！"说着看了红姐一眼。

红姐默默回了他一眼。

他笑笑：那我就接上说——

一

红岩说："我和你红姐琢磨着是谁弄出这场'文字狱'害人，你红姐说她想起一个人，肯定是他！"

我问："谁？"

"你红姐说：'猴子，只有他才最恨你。'"

我说："他恨我干啥？我又没有得罪他。"

"你红姐说：'这你不清楚，我心里有数。下面让你红姐说吧。'"

红姐蹙起眉头："这个猴子叫侯本亮，大家私底下叫他侯不亮，是厂宣传组副组长，'文革'前一年毕业的大学生，比咱大六七岁。长得瘦瘦的，白白净净，猛一看怪精干，可是一接触，就让人感觉不真诚，假！再加上他总跟着领导上蹿下跳，所以我就叫他猴子。"

红姐接着说："他这个人，名声不咋样，主要表现在两点。一是有事没事喜欢往各车间跑，见谁都亲亲热热的——'老弟最近表现不错，继续努力'，'老叔是厂里骨干，全靠你了'。看似平易近人，实则不过是演戏，光是他那貌似领导的腔调就让我反感。二是老跟在领导屁股后面转，只要有领导在，多数时候都会看见他在忙前忙后。我敢说，他是厂里出现频率最高的。用现在的说法，不就是追求明星效应，蹭个流量吗？

"除了这些还有一条，听说他还有个历史污点。他从小就在农村定了亲，自己家里穷，靠着女方接济才学成毕业。没想到刚刚分配了工作，就翻脸不认人了，气得他爹妈带着女方跑到单位大闹一场。那时候这事是最不得人心的，他被人骂作陈世美。

"总之，我就特别不喜欢这个人，看不起这个人。

"令人想不到的是，我不喜欢他，他倒缠上我了!

"开始他常到车间来，没话找话地搭讪，我也没在意。后来有一次我去厂外国营食堂吃饭，他就跟着进来了，和我坐在一起，说很高兴能有机会和我聊聊天。我仍然没在意。可是说着说着，我就觉得不太对劲——一个虚假的人，怎么能和一个并不熟悉的人，而且还是一个异性，讲出很真诚的心里话呢?

"他当然是摆出老大哥身份讲话的，教我做事的方法。核心内容是：眼头要明，要会察言观色，敢出风头，脸皮不能太薄。

"他很认真地对我说：'我们都是新中国培养长大的，要听党话、跟党走是不是? 党是谁? 领导就代表党嘛。你得在日常生活工作中表现出来，让领导看见，让大家看见。要不人家咋会知道!'

"我问：'咋表现?'

"猴子说：'你首先得克服一个心理障碍——脸皮太薄，不好意思。我上中学的时候并不是班干部，但我要主动表现出班干部的样子。例如上自习有人小声说话，班干部不好意思管，我就会主动站起来维持秩序。课间操时，我又主动站出来督促大家整队，甚至代替文体班长喊操。开大会需要呼口号，我总是第一个站起来领着喊。班级比赛篮球，我本来不是班队队员，但我会像教练一样站在队员中间，很认真地说些鼓劲的话。总之你得敢于出头，处处表现出你热心、积极的态度。态度，态度可以决定很多事，所以这个态度很重要! 新社会最需要带头人，带头人得先有带头人的态度，不敢出头，还咋带头? 当然，啥事都有个习惯过程，我在刚开始的时候，也有不少人讽刺我，说我"出风头""烧不透"，可是我心里想明白了，让他们说呗，说多了他们自己就不说了，而我想得到的却得到了，被老师指定为班干部。高中时期就入了团，高考政审就很沾光，

一进大学就进了学生会。你想想是不是很划算?'

"听了这番话,我突然对他刮目相看了:真是比猴子还精!忽然想起他就姓侯,禁不住就看着他笑了。

"他以为我是赞赏他,就很高兴,说:'我教你一个道理,你一定得明白。人这一辈子,得懂得跟谁近、跟谁远。小时候在家里,你得跟父母近,听父母的话,谁家父母不喜欢听话的孩子?当个乖孩子,就不会吃亏。上学了要跟老师走得近,听老师的话,哪个老师不喜欢听话的学生?当个乖学生,你也不会吃亏。毕业后到了单位,你得跟领导走得近,听领导的话,哪个领导不喜欢听话的部下?只要让领导喜欢你,肯定就有你的好处了。从单位延伸到社会、国家,你得跟组织走得近,刚才不是说要"听党话,跟党走"吗?认真理解党的声音,认真揣摩组织意图,只管紧跟,敢于带头,不会有错,而且不用多久,必有回报的。'

"他看我不说话,以为我在认真听,很真诚地压低声音说:'我是很真心地给你讲这些,因为我很希望你更快地进步。虽然我比你大几岁,但咱俩都是年轻人,以后有事尽管找我,我会全力帮助你,保证让你满意!'

"说实话,猴子那天讲这些话时,态度真的是很真诚的。他越是真诚,我越是反感。过去常常听人说到'小人',但脑子里一直没有具体形象,这会儿突然明白了,对面坐着的这个猴子,就是小人。

"从此之后,他就缠上我了。还说要帮我做做工作,把我调到厂广播室当播音员,或者去电话总机班当接线员,都比在车间轻松多了。我当然猜出他的鬼心思,不想得罪他,就委婉告诉他:我只想好好学一门技术,不喜欢坐办公室。

"有一次他还问我:'听说你很喜欢你的徒弟郝红岩,他的衣服

都是你给洗的，是真的吗?'

"我说:'是啊，不光是红岩，还有大胜呢，两个徒弟我都很喜欢，两个人的衣服我都洗呀!'

"长话短说，我本来是不想得罪他的，可还是把他给得罪了。"红姐接着说——

"还记得小时候和红星一起在窑洞前种的那片菊花吗?爸妈都很喜欢，我也很喜欢，而且很难忘，就在厂外的山坡上又种了一片，下班后没事就去收拾，就会想起童年的一份记忆。那天我又去忙活，没想到猴子也跟来了，东拉西扯，没话找话瞎说。我知道他的鬼心思，只管低着头干我的活，并不理他。他大概认为是我害羞，就直说想和我谈恋爱。当然被我一口拒绝，没想到他竟敢动手动脚起来。我大声吆喝'来人哪'，才把他吓退。临走他悻悻地说了一句:'不就是那个郝红岩嘛，我哪点不如他!'

"所以这次制造'文字狱'的，我就断定是猴子无疑。

"当晚，我问了电话总机班的小魏，她就住在我的隔壁，证实打给总厂编辑部的那个电话，就是从猴子的宣传组打出去的。"

二

红岩说:"这个人的内心是挺阴暗的，怪不得都叫他侯'不'亮呢。不过从这件事上，我跟你红姐学到了一条人生经验，要判断一件事是谁干的，就分析谁能从中得到好处，这个人的嫌疑就最大。你们说是不是?"

我和国庆都说:"那是。"

红姐说:"不过后来想想，还真的应该感谢这个猴子，是他促成了我和红岩的事。"

"可不是嘛，猴子不仅要制造'文字狱'害我俩，接下来又要制造一个'案件'害我俩。这小子挖空心思想点子害人，结果却是事与愿违，不但把他自己弄得灰头土脸，而且生生把你们的红姐'逼'给了我。这你俩想不到吧?"红岩哈哈大笑，"让你们的红姐接着说。"

红姐也羞涩地笑了："还真是'逼'的。以前对红岩好是好，可真没往别处想。猴子突然弄出这个'案子'，就逼着我把心一横，跑到红岩这边来了。"

红姐接着说："事情是这样的——'文字狱'的事情很快平息之后，一切又进入常规，转眼秋去冬来。那天我上早班，下午没事，帮两个徒弟洗完工作服，看看还早，就去厂外看看我的那片菊花。菊花大部分都已经败了，只有少数几枝顽强地绽放着，迎着夕阳与寒风抗争。我用剪刀把枯枝一根一根剪掉，期盼来年它生发得更旺。剪着剪着，就想起了'人生一世，草木一秋'这句话，忽然就又想到了远去的爸妈，不禁悲从中来，坐在地上黯然神伤。直到夕阳西下，才独自哀哀地走回厂里。

"一进厂门，就听说出事了：财务室着火了!

"接下来的事，红岩自己说吧。"红姐说。

红岩接着说："那天我上后班。天擦黑的时候，推着车领料回来，天冷，路上也没啥人，忽然听到有人喊'着火了'。我抬头一看，吓了一跳，二楼财务室的窗口正往外冒黑烟呢!

"来不及多想，旁边就是职工食堂的洗碗池，一大溜水管，还有个铁皮桶泡着没洗的衣服。我'哗'的一声把桶里的衣服倒出，接了一桶水就朝身上的棉大衣上倒。一连倒了三桶，头顶着水桶就往楼梯跑去，忽然想起门是锁着的，返身回来从车上拿了一根钢管，噔噔噔就上了楼梯，咯嘣一声撬开了大锁。

"门一打开，一股热浪和黑烟就涌出来。我顾不了这些，一个箭步冲了进去。我知道财务室最重要的是保险柜，用力把它扳倒，双手往上掀，一圈一圈往前滚，硬是把它滚出了门外。幸亏手上戴的是厚帆布手套，隔着湿手套就能感到保险柜的热度。

"好不容易把保险柜弄出门，我却出不去了。门一打开，外面的空气就进来了，这时室内的温度很高，门口的烟呼一声就起火了。我只好往没着火的里面退，没来得及想就推开一个窗子——窗子没关严，黑烟就是从这里冒出去的。我不顾一切爬了上去，后面的热浪紧跟着也逼过来。别无选择，看看离地面也不是很高，把心一横就跳了下去！"

我和国庆都听傻了。国庆急切地问："天哪！摔坏了吗？"

"这时来的人已经不少，"红岩说，"下面的人乱哄哄地接我，虽然没接住，总算没有直挺挺地摔到地上，也是不幸中的万幸。不过右腿的脚踝处还是骨折了。这不，最终落下个残疾。"他拍拍右腿，呵呵笑着，一如既往的乐观。

红姐说："那天下午我去看菊花时心情就不好，回来时火已经扑灭，听说损失并不大，重要的是保险柜抢救出来了，里面有不少现金和账本，然后才知道红岩出事了。"

我有点疑惑，问："财务室也就是一些办公的桌椅，怎么就着火了呢？"

"要不就说意外和巧合呢，那时强调边建设边生产，对于规章制度就比较随便。"红岩说，"财务室和供应部共占一座小楼。一个月前运来一批劳保用品，就是工作服、手套之类。供应部的仓库堆满了，剩下十来包没处放。有人说隔壁财务室很空，就把办公桌挤了挤，腾出一块空间，把剩下的十几包暂时存放起来。想不到这批易燃品紧靠着的一段电线发生了短路，可不就烧起来了。"

我"噢"了一声："这就是不按规矩办事的代价啊！厂里不守规矩，却让你倒了霉。"

红岩哈哈哈大笑起来："现在说起这事，觉得怪好玩。厂里为这事给我记了一功，还发了立功证书呢！其实在我看来，这不重要，很不重要。"

国庆问："还有更重要的吗？"

红岩呵呵笑着："当然有了，就因为有了这事，才有了猴子制造'案子'的事；有了猴子制造'案子'的事，我才有了你红旗姐。你说命运这玩意儿好玩吧？哈哈哈！"

三

红岩说："我当即被送到旁边的厂医院，检查结果，骨折不是很严重，我毕竟是练过功夫的嘛。医生给骨头复了位，打上夹板固定，嘱咐卧床休息，特别是不要活动脚踝。

"在医院躺了二十多天，肿也消了，也不疼了，医生检查后说骨痂发育良好，应该不会有啥问题，就去掉了夹板，嘱咐继续卧床静养。由于医院还在建设之中，医生同意让我搬回宿舍。厂里安排和我同住一室的大胜专门照顾我。你红姐当然天天都来看我，还隔三岔五到厂外食堂买我爱吃的饭菜送过来，把我养得白白肥肥。

"毕竟是年轻气盛，开始还能坚持着躺在床上，慢慢地就躺不住了，心想活动活动增加血液流通，不是更有利于伤病恢复吗？就试着下床活动了，没想到三个月后去医院一检查，发现愈合处轻微畸形。倒是啥都不耽误，跑步都没问题，可就是姿势不很正规了。"

红岩拍着腿哈哈大笑："现在说这事像说笑话，当时可不是这样想，二十刚出头，突然成了瘸子，这辈子可咋过呀？接受不了！就想不如死了算了！

"这可把你们的红姐吓坏了，赶紧去向车间主任老何汇报。何老头人品极好，威望很高，跑到宿舍和我谈话。当时我心乱如麻，一句也听不进去。事后想想，是因为心里有个结打不开。啥结？就是无法面对你们的红姐。这之前虽然已被她拒绝了，我也不敢再有啥想头，可是心里总还有点儿那个，就是放不下她。我现在成了这样，她是最疼我的人，受打击最大的当然是她。我师傅的性子我清楚，是个最真诚的人，把我看成亲弟弟，看我这个样子会多难受，恨不得能自己替了我，真的。可是我还要天天在她面前晃悠，让她难受，让她可怜，我这自尊心受不了。怎么能去拖累她呢？不如我自己一了百了，多省事！两个人就都解脱了。

"车间主任何老头也急坏了，就想到了你们的红姐。恰恰大胜当时有急事被派出差，何老头就找了你们的红姐，交代说：'这样吧，大胜这几天不在，你是他师傅，他也最听你的。你先别去上班了，陪着他说说话，等他想开就好了。'走到门外，何老头又转回身很认真地加了一句：'你可给我看好这小子，要是闹出啥意外，我拿你曲红旗说事！'

"何老头走后，你红姐就形影不离地看着我，就连去打饭，也要到旁边宿舍叫个人坐在屋里。晚上不关灯，偎着大胜的被子靠在墙上打盹儿。

"她越是这样，越是让我心里不安。

"没想到第三天晚上，出事了。

"大概一点来钟，正是开夜班饭的时候，突然有人急促地敲门，那声音响得更像是砸门。我俩都吓了一跳，急忙翻身下床，就听外面有人大喊：'抓奸！抓奸！'

"门当即就开了，猴子站在对面，身后跟着不少人。大概是没想到门会开得这么快，他倒很尴尬地怔住了。我大声喝问：'干什么？你们干什么？'

"猴子显然还没有反应过来，走进屋子左右看看，才吞吞吐吐故作镇静地说：'不干什么，就是……就是来看看……'

"我气得不行：'看什么？有什么好看的？看清楚了吧？'

"他似乎反应过来了，平静地说：'你们这是咋回事，深更半夜的，孤男寡女同住一屋，影响不好嘛。'一副领导讲话的架势和口吻。

"这时，一排集体宿舍的灯纷纷亮了，不少人裹着棉大衣围过来。猴子看到事情越闹越大，自觉不好收场，强装笑脸说：'没事就好，说清楚了，都散了吧。'说着转身就想溜。

"让我没有想到的是，就在这时，你们的红姐，这个平时少言寡语的女子，竟然上演了让人荡气回肠的一幕：'猴子，你别走，还没说清楚呢！我要当着大家面把话说清楚，没见过像你这样脸皮厚的人，明明知道我看不上你，还要死皮赖脸地缠着我不放，竟敢光天化日之下动手动脚耍流氓！我给你留面子，没给你说出去，想不到你给脸不要脸，今天又使出这种下作手段，你丢人不丢人！我告诉你，我和郝红岩同志在这里谈恋爱，谈——恋——爱！你听清楚了吧！我也告诉工友们，我非郝红岩同志不嫁！'

"那一刻静极了，随之就是一阵叫好声。在大家的叫好和欢笑声中，猴子狼狈不堪地溜走了。

"其他人也纷纷回屋睡觉，宿舍的一排灯光也随之熄灭，院子里又恢复了冬夜的平静。"

四

红岩说："我俩回到屋里，关上门，相对而坐，都不说话，心里却在翻江倒海。老半天我才想出一句话：'师傅，刚才你不应该那样说。'

"师傅抬起头：'事到如今，啥话都别说了。我只问你一句话，你心里看没看上我？'

"'这还用说吗？可是现在，我配不上师傅了。'

"'别说这个，你先回答我，看没看上？'

"'当然看上，天底下到哪儿找师傅这样好的人呢。'

"'这就好办了！'师傅说，'你不就是受了这点伤吗？我是以貌取人的人吗？我有那么浅薄吗？你太小看我了！'

"我只能默默地听着。

"师傅接着说：'找对象的事我早就想好了。一要人好，心地平和；二要能力，能担当大事小事；三要健康，能胜任苦活重活。要是再加一条，就是长相，大致看得过去就行。对比这几条，你善良、能干、强壮、英俊，哪条不够格？'

"我说：'两条都不合格。腿残了，还能说健康？还能说长相？一个瘸子和你走在一起，让人看了不是丢你的人吗？'

"师傅说：'你说得不对。健康是指身体各部件的功能，腿是管走路的，你不会走吗？就是姿势不太好了。其实走路不好看的人多

了，八字脚、撇拉腿……'

"说着，师傅自己扑哧笑了，我也跟着笑了，刚刚严肃压抑的气氛也缓解了。

"'至于别人看了丢不丢人，关键在自己的心态。你笑话人家八字脚、撇拉腿，人家当回事了吗？找对象是自己过日子的，又不是给别人看的。就像你们男的常说的，花瓶怪好看，能跟你过日子吗？又像鞋子穿在脚上，舒服了自己心里美，管别人说什么干啥？'

"我不得不佩服师傅的口才，说：'尽管话是这样说，我还是不想让你心里委屈。'

"'那你让我怎么办呢？我已经当众宣布非你不嫁了，你总不能让我一辈子不嫁人吧？'

"师傅看着我，我想不出该怎样回答。

"师傅接着说：'这些年我遇到很多人，有的浅薄不堪，有的金玉其外败絮其中，我就不相信等不到一个像太阳一样灿烂的人。现在我等到了，就是你！先不说这个了，还有两个问题需要给你讲清楚，看你心里能不能搁得下。'

"师傅先给我讲了家庭出身，问我在意不在意。

"我说：'我就是个穷工人，又不打算当官，右派不右派和我啥关系。'接着又讲了和红星的关系。她说：'你一直对我好，我知道。那次你和大胜拉我去山上转，我说我心里有人了，就是这个干弟弟。'而且特别强调，和这个干弟弟从小青梅竹马，又是自己的初恋，这一辈子心里都会有他，问我心里能不能容得下，能容就接着往下说，不能容就啥也不说了，这辈子没有嫁人的命，认了！我说到做到！'

"听着师傅的讲述，我真的挺感动的，就对她说：'我是那种小

224

肚鸡肠的人吗？师傅能这样，说明你是个有情有义的人，我正求之不得呢！'

"就这样，一切问题都解决了。按照师傅的意见，事情已经到了这一步，就要快刀斩乱麻，第二天就去厂里开证明，领结婚证，看他们还有啥屁放！

"第二天一上班，我俩就去厂办开证明，当然先去见了军管会的刘政委。

"我对政委说：'原先说过让刘叔先把关的，刘叔看看能不能过关？'

"刘叔高兴得很，连说：'过关、过关，多好的女同志呀，我替你爸妈做主了，祝贺你们俩！'又说，'昨晚的事我都知道了，这个侯本亮真差劲，没事找事，丢人现眼。他已经打了请调申请，我也同意让他滚蛋算了，不走在这里还能混吗？还有，你们车间的何主任要在广播上给你们澄清事实，恢复名誉，很有必要，有利于团结。侯本亮他这是破坏团结、干扰抓革命促生产的大局嘛！'

"刘政委亲自陪我俩到厂办开了证明。好笑的是，工作人员都没有开过这种证明，不知道咋写。刘政委笑着说：'真笨，我说你写：证明，我厂工人郝红岩，男，二十三岁，未婚；我厂工人曲红旗，女，二十三岁，未婚。两个同志自由恋爱，前去办理结婚登记手续，请接洽为盼。特此证明。国营5001厂政工组。盖上公章。就这么简单嘛！'

"众人都笑起来，说：'政委要不说，我们还真不会写呢。'

"刘政委又陪我俩走下办公楼，叫来司机送我俩去县城。我觉得不好意思，政委说：'叫你坐你就坐。登记回来，这个星期天就举行仪式，我主婚，让你们老何主任证婚。地方就选在大礼堂，要办得

热热闹闹，给全厂的年轻人鼓鼓劲嘛。就这样！去吧.'

"这是我们第一次坐小车，北京吉普。我爸爸也是坐的北京吉普，可是我们家人从来没有坐过。

"刚上车，大喇叭里就传出何老头的声音：全厂职工同志们，我是三车间主任老何，我代表车间党支部郑重澄清一件事情。郝红岩同志为抢救国家财产受了伤，腿落下了毛病，心里很痛苦，一时半会儿想不开。我怕他出什么事，经车间领导班子研究，决定派他的师傅，也就是曲红旗同志，专门日夜看护他。这两位同志都是值得信任的好同志。有人传流言蜚语破坏团结、干扰抓革命促生产，是不对的。特此澄清，特此澄清。下面再广播一遍……

"我扭头看看师傅，她却一脸严肃。我对她咧嘴笑笑，她使劲抿了抿嘴唇，满脸通红，美若天仙，好看得很。

"星期天说到就到了。那时候办事简单，让大胜从屋里搬出去，两张床并在一起，师傅的铺盖搬过来，就成了新房。车间三个领导兑钱给买了一套炊具，车间工友们兑钱买了好多喜糖，师傅的几个朋友剪了大红喜字，贴在墙上、门上、楼梯上，热烈的气氛一下子就制造出来了。

"婚礼也确实很热闹，来了很多人，大礼堂挤得满满的，座位不够，就站在走廊上。

"刘政委发表了热情洋溢的讲话，到现在我还能记得呢！除了恭喜之外，他说，这是我们建厂以来第一个婚礼，是咱厂的大喜事。大家都在讲以厂为家，怎样才能以厂为家呢？就是你们这些到了法定年龄的年轻人，在5001厂这个大家之下，再建立一个个自己的小家，这样就真真正正地以厂为家了。你们说是不是？台下就高声呼喊：'是！'

"得到热烈响应的刘政委笑着说：'你们光说是可不行，得有行动。俗话说男大当婚女大当嫁，咱厂的男女青年同志都很优秀，你们在努力工作的前提下，可以抓紧时间考虑个人问题。到时候告诉我，我还来主婚。你们说好不好？'

"'好！'台下是热烈的响应声。

"'我再问一遍，好不好？'

"'好，好。'

"'什么？我没听清，你们再说一遍。'

"'好，好，好。'那声浪，震耳欲聋，排山倒海；那气氛，热得发烫，人人激情澎湃。

"轮到我说话时，我竟然激动得热泪盈眶，不知道该说啥，想了半天说了一句：'谢谢我师傅，真的！'

"台下就嗷嗷叫：'不对，是老婆、老婆！'

"我才恍然大悟，扑哧笑了。'对，是、是我家属……'这是当时的习惯称呼，我还不好意思说出'老婆'二字。

"台下的不答应，开始有节奏地拍着巴掌喊：'老婆、老婆、老婆……'

"我只好改口，语无伦次地说：'老婆……我老婆不仅教给我技术，还教了我很多。'

"台下又起哄：'还教了啥？说！说！'

"我说：'还教我文化，我告诉你们一个秘密，我在报上发的稿子，都是经我老婆修改的。'我越说越离谱，'我老婆会背的诗词多了，你们要是不信，谁敢和她比比，你赢了我请客！'

"这回台下倒是很安静，我却笑了：'看看，没人敢吧？'

"轮到新娘发言了，她说的才叫好玩呢。红旗你说吧。"

红姐翻了他一眼，笑着说："我忘了，你说吧。"

"你俩猜她说啥？"红岩说，"她说：'谢谢大伙，你们早就把我俩传成两口儿了，我俩不两口儿也得两口儿了，不两口儿就对不住大伙了。谢谢大伙的帮助督促，我俩保证更加努力工作，以此感谢大伙。希望大伙紧跟我俩的步伐，更好地以厂为家。'说完，就大把地往各个方向撒喜糖，场面就闹成了一锅粥。"

"怎么样？你们的红姐有水平吧？"红岩很得意地哈哈大笑。

红姐笑着又翻他一眼："显摆，显摆吧。"

国庆笑着鼓掌："哎哟，好让人羡慕哟！"

第十六章

我说："听了你俩这事，似乎再次证实了我的一种感觉。"

红岩问："啥感觉？老哥说说。"

我说："这些年退休没事，就喜欢回忆往事。回首平生，就有了一种感觉。自打人来到这个世界上，也就开启了人生之路。看似自己在一步一步往前走，其实，似乎有一双无形的手在推着你走，到了关键的路口，起作用的不是自己，而是这双无形的手。——看看，我又回到唯心主义的命运上了。"

"不就是朋友瞎聊天嘛，"国庆说，"你就是对政治敏感，不自觉地想到'上纲上线'。"

红姐说："那就不说命运，说性格，性格决定命运，这没毛病。"

我说："要说性格，应该主要由遗传决定。人的性格是不能改变的，要不怎么说'江山易改，本性难移'呢？但也不能说得太绝对了，譬如人的相貌，几十年过去，虽然不会发生根本性改变，他还是他，但从视觉上看，改变是显而易见的。为什么？岁月！岁月可以改变一切，岁月让你不得不改变。人的性格也是一样，在岁月的流逝中，会经历很多事情，很多变化，很多成功，很多挫折，很多失败。这些经历，必然影响到一个人的处世态度，以及待人接物的方式。而这种改变在有些人是很大，甚至巨大的。在旁人看来，不就是性格的改变吗？”

"我举一个例子。"我说，"我曾经去看过向东方，他就是一个最好的例子……"

这句话出口，我忽然想起别的事，转向老伴儿国庆说："以我对向东方的了解，他爸妈都是国家干部，爸爸是文化馆馆长，他又是学生干部，算得上很听话的乖学生，怎么会成了造反派领袖呢？"

国庆说："说到向东方，我正想说说他的事。后来你去郑州上高中了，我和向东方一起在咱县上高中，而且是一个班，对他最了解不过，不仅对他，对他的初恋也很了解。其实两个人挺般配的，就因为后来向东方出事'进去'了，这个女孩也落得挺惨……"

一

国庆说："这个女的也是咱初中的同学，你和红旗姐肯定都有印象的。"

"谁？"我问，红姐也瞪大眼看着国庆。

"就是李秀灵嘛！三班的，和我是邻村。"

我"噢"了一声："有印象，长得还可以。"

"怎么是可以啊，应该是很漂亮！"国庆反驳我。

红姐点点头："是很漂亮。"

我赶紧附和："是，是，最深的印象是一双大眼睛，两条大辫子，活像王银环。男同学私下都称她'眼辫环'的。"

国庆和红姐不解："什么什么？颜什么环？"

我笑了："就是三个特点的简称嘛。当时《朝阳沟》这个戏正火，里面的王银环可以说是所有男生的梦中情人。我们班和三班教室紧挨着，两个班的同学就经常碰面。我们班一个男的叫许真珠，因为长得又黑又胖又难看，大家就给他起了个外号叫'许猪'。"

红姐和国庆都点点头说"有印象"，红岩笑着说："初中时最爱起外号，我们班几乎人人都有外号。"

"这个许猪早熟，老偷瞄好看的女生。"我说，"大概是看上了李秀灵，课间操老是歪着头往三班看。大家很快就明白了，就要笑他，小心把眼珠子掉到三班。他也不在乎，说她长得好不就是让人看的吗，还给李秀灵归纳出这三个特点，很快在男生中传开，就成了'眼辫环'。一说'眼辫环'，全班男生都知道是谁。"

大家都笑了。国庆边笑边说："你们小男生可真坏呀！"

笑完，国庆接着讲故事："高中时我和李秀灵、向东方一个班，向东方是班长。学校规定严禁谈恋爱，但我知道李秀灵暗恋向东方——我俩是同乡好友，她向我暗示过。其实班里的女生都在心里喜欢向东方，他相貌没的说，大眼睛，双眼皮，高鼻梁，白白净净，身材匀称，衣服总也穿得得体，一看就是城里孩子。再加上学习好、家庭好，用现在的话说，就是高富帅嘛！

"不过想法归想法，'文革'前上课那一年，他俩啥事没有，真正谈是'文革'开始两年以后的事。我们的班主任是李献策老师，人民大学毕业的青年教师，政治教研室的副主任。向东方后来成为造反派头头，与李老师有很大关系。

"'文革'开始，工作组进校，组织大家写大字报，主要是针对普通教师特别是有所谓历史问题的老教师。有一天向东方、李秀灵我们几个在校园碰到李老师。他把我们叫到住室，拿着《人民日报》给我们批讲，说报上讲得清清楚楚，这次运动的重点是整那些党内走资本主义道路的当权派。三个要件，中间的先不说，前后两个一个是党内，一个是当权派。你们还小，不会读报，我是政治专业毕业的，我可以负责任地告诉你们，写大字报要针对学校的领导才对，这才是运动的大方向。

"向东方从李老师手里拿过报纸。李老师用红笔画出了重点，几个人仔细阅读，不清楚的地方问李老师，心里豁然开朗，都对李老师佩服得不行。

"离开李老师，几个人就挖空心思写出了第一张针对校党总支书记的大字报，挑头的当然是向东方。

"一经贴出，全校轰动。紧接着，麻烦也来了。

"工作组分别找我们谈话——后来才知道，跟随工作组进校的还有一个神秘人物：县公安局的优秀老刑侦。有人跑到我们几个的村里，调查每个人的家庭情况。而对于向东方，就更加'关照'了。

"大字报贴出的第三天，向东方的爸妈分别被组织叫去写材料，回忆早年在开封的详细经历，特别是有没有和国民党等方面的交往。他爸妈当然预感发生了什么事，向东方知道后，陡然觉得一块石头压上心头。

"没过几天，向东方爸妈的一位好友专程从开封跑来看望，说你们县有人到开封调查你们的历史情况。向东方知道后，压力更大，连续两三天沉默不语，愁眉不展。

"接着发生一件奇怪的事：运动正如火如荼，工作组却通知暂停，军训半天。别的班大都在学校进行，我们班却拉到几里地外的洛河滩。当时大家都不理解，几十年后一些朋友聊天，作为谈资，才明白了真相——

"当年向东方被老刑侦安排全程监视，发现他一个人钻进苹果园写东西。为了弄清他写的什么，老刑侦找几个靠得住的同学，了解向东方的生活习惯，从中找到一条有价值的线索：向东方的枕头下有个上锁的小木匣，东西肯定放在里面。老刑侦就悄悄用万能钥匙打开了，结果并没有他想要的东西，只好重新锁上原样放好。

"后来，有同学反映，向东方穿的裤头上有个小兜，很可能东西就装在这个兜里。那么，怎样才能把东西悄无声息地从裤头兜里拿出来呢？老刑侦就布了军训这个局。

"那天上午在工作组带领下，我们班来到洛河滩扔手榴弹。快到中午，工作组宣布军训结束，又说天太热，男同学可以下河洗个澡，女同学先回去。大家高高兴兴脱光屁股下了河，尽情嬉闹。老刑侦乘机得了手。

"那东西果然就在兜里，是两张小纸：一张是草拟的给省委的电报稿，内容是工作组打压革命小将；另一张是准备写给省委的报告提纲。老刑侦拍了照，原样放好，神不知鬼不觉地完成了任务。

"总之，向东方就是这样被推上了风口浪尖。接下来造反、保守两派形成，经常三五成群在校园里指着鼻子'辩论'——其实就是吵架，李秀灵总是站在向东方旁边帮腔，于是两人就被对手拉在一起，一个是匪帮司令，一个是压寨夫人。对手原为败坏两人声誉，不想歪打正着，有些事就是一层窗户纸，隔着一层纸不好说话，真正捅破了，倒也没什么，两个人就真的谈上了——自己难以启齿的话，都让别人吵翻天了，事情不就简单了。"

听国庆讲完，我们三个感叹不已。红岩说："特殊时代，就会出现特别之事。不管怎样，这个结果还是很美的。"

红姐也赞同："还真是的，这俩人真的挺般配的。"

国庆说："当时我真的为他们高兴，而且羡慕了好一阵子。没想到剧情是会反转的，而且最终结果非常悲催。"

我长叹一声："人这一辈子呀，总想战胜命运，命运却总跟人开玩笑。国庆接着说吧。"

二

"接下来，'文革'的局势渐渐明朗，造反派越来越占上风；再后来，县革命委员会成立，向东方当了副主任，二把手。

"伴随'上山下乡'的热潮，学校解散，我们都又回到了原点。因为是老三届高中生，我在村里当民办教师，李秀灵在村里当妇女主任。我们两个村挨着，常常见面，那时实在没有能和你说话的人。我俩在一起谈得最多的就是梦想离开农村，哪怕出去当个合同工，甚至临时工也好。之后不久，我就上了焦枝路，完工后留在洛阳教书。一年多后再见到李秀灵，是陪着她一起去探监。

"向东方在洛阳地区也算名人，被判刑的当天我就知道了。我第一个想到的就是秀灵，第二天请假回去看她，并陪她一起去监狱看望了向东方。

"向东方痴痴地看着我俩，很少说话。我俩除了几句毫无用处的安慰话之外，也找不出话说。后来他就低下头，尽管他努力忍着，甚至偶尔强装笑脸，但泪水还是不时从眼里滚出来，顺着脸颊滴到地上，一滴，一滴。我甚至能听到泪滴碰撞地面的声音。

"探望的时间很快就过去了，他才真诚表示：秀灵，我都这样了，将来出去也是劳改释放犯。我害了你，不能再拖累你了。回去抓紧找个好人成个家，我也就没啥牵挂了，剩下的就是在这里熬时间。今天做个了断，今后咱俩再无关系，国庆同学作证，你要当面答应。

"时间到了，他抬高声音严肃地说：'你看我够可怜了吧，就算是可怜我也该答应吧，不然我坐监都无法心安！'秀灵说：'我知道了。'他急了，说：'不行，要明确答应，就算是给我留的最后一份情分！'秀灵犹豫一下，说：'我听你的。'

　　"我俩就要离开，他突然说还有两句话。他说了四个人名，是他这几年认识的，觉得人还不错，或许能帮我们一把。其中有一个叫裴平安，就在我们公社管民政，有事可以找他试试。我俩点点头告别，一直看着他走出会见室。

　　"这次探监使秀灵的内心受到极大震动，回家的路上她哭着说'没指望了、没指望了'。她说她了解向东方，这个人最不会说假话。我问她回去打算怎么办，她说：'得想办法跳出农村，拼了命也得跳出去。'我默默听着，并没往深处想。

　　"再次知道李秀灵的消息，她已经出事了。

　　"来洛阳教书后，需要回老家补办一个手续。高中解散后，宫老师回到我们公社当秘书，正好顺便看看他。

　　"宫老师在开会。他从会议室出来，打开房门给我倒杯水，拉个凳子让我先坐一会儿，继续去开他的会。

　　"我去端水杯，发现桌上有一份起草好的文件。我本不应该看的，但被文件的标题吸引——不，是震惊，就匆匆看了，一边看，一边觉得心在怦怦地跳……"

三

　　"文件的标题是'关于对裴平安开除公职、移交司法部门处理的决定'。文件的下面还有一份裴平安的交代材料，大意是他以帮助解决招工的手段，勾引村妇女主任李秀灵发生不正当男女关系。写得很长，也很细，每次都是他主动去找李秀灵。总体上讲，全都是他的责任，李秀灵完全是被动的。

"看完，我头上的汗都冒出来了。

"宫老师进来了。他大概知道我已经看过材料，气得满脸通红：'你说说，秀灵这闺女咋办出这丢人现眼的事呢？气死我了！幸亏是我在这里，暗示男方把事揽下了。要不然，她一个女孩子可咋办呀！'

"我问秀灵现在怎么样了，宫老师余怒未息，说：'谁知道，听说跑了！'又追加一句，'干出这事，活该！'

"不久就听说，裴平安以'流氓罪'判了三年，李秀灵再也没有消息。

"二十多年后，全校老三届师生聚会，听人说看见李秀灵来了，但直到中午吃饭，都没有她的影子。我感觉不对，借故离开饭厅去找她，终于在宾馆后面的一个角落发现了她，脸朝墙站着。我走过去，她转过脸，天哪！我几乎认不出来了，苍老不说，一双大眼变得虚肿……我想应该是哭烂的。

"她一眼就认出了我，说：'今天来就为见你一个人，我憋在心里二十多年的话要对你说，也只能对你一个人说，不说出来，死了也不会心安的。'

"我带她找了一个小馆子吃饭。她说不想吃，勉强陪我吃完，说：'找个僻静地方说说话吧。'我站起来结账，她没有拦我。

"出了饭馆，我一直扶着她的胳膊在街上走，找到一个可以说话的地方。我问她这些年怎么过来的，她说你都看见了，还用说吗，今天终于见到你了，就是想把一肚子的话全都掏给你——我自己作的孽，我受罪活该，这没啥说。只是让别人替我承受，害了人家一生，害了人家一家，我心里难受。

"她说：'那次咱俩探监回去，我就决定赌一把，招工跳出农村是头等大事，别的也顾不了那么多。我按照向东方说的，去见了裴平安，其实人家并没有说一定有把握，自己只是个办事员，透个消息、出个主意没问题，招工决定权不在他手里。我觉得能帮这些忙也不错，再一点是我不知道为啥突然鬼迷心窍，喜欢上他了。是我主动勾引的人家，前后大概半年时间，没想到有一次被人撞见了。人家为保我把事全揽了，丢了前程，丢了脸面。人不就是活一张脸吗？没有了脸面还怎么活呀！'

"'那你呢？'我问。

"她说：'那天晚上被人撞上，我吓坏了。跑回家的路上就想一死了之，想想会更对不起家人而且出了人命，裴平安就更说不清了。我知道，等到天明，就是天塌地陷了，这种事传得最快，那时我连出门的机会都没有了。我一个人对着茫茫黑夜，心里紧张得哭都哭不出来，坐在村外的小树林里想来想去，一咬牙，只有一条路可走——连夜出逃！前面是沟是河都顾不上了，走一步说一步吧。我蹑手蹑脚回家凑了三十块钱，又留下一张字条，说我去新疆朋友处找工作了，安定后就写信，不要找我。然后悄悄出了门，深一脚浅一脚跳进无边的黑暗，漫无目的地顺着路走。走累了就坐路边歇歇，还怕有人会追上来，感觉不对就躲起来。就这样做贼似的走了三天四夜，一打听才知道到了密县。我看见路上有很多拉煤的汽车，又听说山里有煤矿，就拦了辆空车跑到矿上。在生活区晃荡了两天，三十块钱就要花完了，我知道这里就是我的归宿了。我找到一位看上去很实在的老大娘，谎称家里遭了大祸，谁能养活我就嫁给谁，

只要人实在、靠谱就行。经她介绍，没几天就嫁给了她的表侄、一个下窑工。'

"'日子过得还好吗?'我问。

"她脸上掠过一丝凄凉的笑:'一个作过孽的人，还有资格说这个吗? 还行吧，他人还老实，没文化就不说了，就是爱喝酒，喝多了就耍酒疯，打我。想想我这人也该打，就没啥怨的了，二十多年就这样过来了。'

"分别时，她抱住我的肩大哭起来，很快就止住了，盯着我笑——虽然仍旧凄凉。她说:'好了，就这样吧。我把心里话都给你说了，就是向老天爷坦白了。东方、平安他们早就刑满释放了，二十多年，今天我也总算释放了——我的心!'"

四

听完国庆的讲述，四个人都不说话，气氛沉重得很。

为了活跃气氛，我说:"我去看过向东方，我说说情况吧。"国庆打断了我，说:"你等会儿，让我先说。"

国庆说:"向东方是我这一生遇到的贵人，也是我的恩人。当初上山下乡，学校解散，我回村不久就到公社的'五七中学'当民办教师，当时小学初中实行合并，小学五年，初中两年，我教六年级数学。其实，我是'身在曹营心在汉'，心心念念的是咋能出去找个工作，哪怕是个农民合同工、临时工也好，可就是苦于没啥门路。

"我做梦都不会想到，忽然有一天，下课后学生说有人找我。找我? 谁会找我呢? 我正在犹疑，就看见几个学生簇拥着一个人推着自行车向我走来，天哪，这不是向东方吗? 他找我干啥? 他已经当了县革委会副主任了，是正儿八经的县二号领导，我完完全全没有想到。

"我问：'你咋来了？'

"他说：'专门来找你的，等你半天了，就是要告诉你一个消息。'

"他说县里要办一个巡回展览，需要选拔几个讲解员，他想起我曾在校文工团演过节目，觉得这或许是走出农村的一个机会，让我赶紧去试试。

"这消息太突然，我不知道该说什么。他看我犹豫，就鼓励我：'反正是个机会，一定要去试试，我觉得你行。'说完这话就匆匆忙忙骑车要走，走了几步又跳下车回头交代：'一定要去试试，明天就去。'

"第二天，我按照他说的去了县文化馆，结果真被选上了，就临时抽去当了一段讲解员，也就有很多人认识了我。虽然展览结束我又回了学校，但这个经历为我的后来埋下了伏笔。通过这件事，我就非常认可和感谢向东方。要说，我和向东方仅仅是一般同学关系，虽然初中、高中都是同学，但之前和此后并无任何交往，甚至没有单独说过话，而且当时他已经是县领导，他觉得对我是个机会，就不辞辛苦跑到村里找到我，足见他是一个乐于助人的大好人。

"半年后，国家要修焦枝铁路，征集大批青壮年民兵，各村都是争相报名。我隐约觉得可能是一个走出农村的机会，就赶紧跑去报名，但是人家不要女的。又是靠了向东方帮忙，我才被破例批准。

"那天我去县里找到向东方，让他帮忙。他说这件事由军队负责，就领着我直接去了县武装部。武装部的李政委一下就认出了我，说'你不是讲解员小高吗'，我说'是'，向东方就说了我想上焦枝铁路的事，请政委一定帮个忙。政委想了想说：'你俩这一来倒是让我想起一件事，指挥部应该办个广播室吧，小高当广播员很合适嘛。行啊，就这样定了。'

"我就是这样上的焦枝铁路，还得感谢向东方吧？"国庆感叹不已，"向东方后来怎么样了？红星你接着说吧。"

我说："怎么样了，还能怎么样？现在提起这件事，我心里仍然隐隐作痛——"

五

我告诉他们："那天我见到向东方时，简直不敢相信自己的眼睛，这还是我印象中的那个向东方吗？苍老、瘦弱不说，整个人完全变了！

"他原本是和爸妈一起在城里吃商品粮，判刑前是县里的二把手，判了刑就被开除了公职。出狱后无处可去，只好回到老家的村里。同学时期，向东方的开朗、率真是大家公认的，但眼前的向东方，让我震惊。他变成了一根木头，两眼呆滞，面无表情，只有你问了他才答，往往只有一个字：嗯、哎之类，没有多余的话。他出狱后很艰难，在别人帮助下买了一台轧面条机，给村民轧面条，交钱或者拿面来换都行，很受村民欢迎。他头上还戴着'刑满释放'这顶帽子，虽然大家都知道他是个大好人，也有才华，但毕竟在那个时候，这顶帽子还是太重了，所以长期连个老婆也找不到，直到三十多才遇到一个寡妇跟了他。现在日子过得倒还可以，就是人变得木讷，不咋说话了。

"倒是他老婆人挺活道，热情地招呼我，大概是怕我尴尬，也或许是在替向东方说话。说：'你就是红星呀，俺家东方经常念叨你，说同学中最佩服的就是你，说你和表姐从小背古诗，学问最好了。'

"我问他们几个小孩，她说：'一个，不是计划生育嘛，男孩。'

"我说：'让我看看。'

"她说'在里间学习哩'，就推门领我进去，向东方跟在后面。

"男孩正趴在桌上写字，抬起头很腼腆地看着我。我问：'几岁了？'

小孩看着我仍不说话。他妈妈赶紧说：'叔叔问你呢，几岁了。'

"孩子小声答：'九岁。'

"我又问：'叫啥名字？'

"'向自然。'仍然声音很小。

"'向自然。'我嘴里念叨着，突然心里一沉——是顺其自然的意思吗？还是自有公道……心中涌起一丝酸楚。

"我说：'今天是周末，让孩子出去玩儿呗。'

"他妈妈说：'这是东方安排的，要从小背古诗，学你们俩哩。'

"这让我有点意外，我掏出五百块钱给向东方——这是我当时能拿出的最大数额了。向东方坚持不收，说日子'能过能过'。看我真心要给，双眼呆呆地瞅我半天，接住了。

"我说'我走吧'，他就跟着出了门。我说'不送了'，他就站住了，看着我离开。我走了好远回头看看，他仍然木头一样原地站着。"

六

听了我的话，大家都有点沉重。红岩想了想说："其实这种不爱说话的人，不是没有话说，而是要说的话太多，不知道该说哪句好，或者觉得没必要或者根本不屑于和别人说。我们身边那些话多的人，恰恰相反，是他肚子里话太少，所以才急着说出来显摆。'一瓶子不响，半瓶子晃荡'嘛！就像咱们上小学，只有语文、算术两本书，所以装在书包里天天背在身上。后来书多了，只好放在书架上；后来书更多了，于是腾出一间屋子作书房。谁见过一个成年人，背着书包到处跑的。你们说是不是？"

国庆立即响应："对对，老弟说得有道理！让我联想到有个词，叫'色厉内荏'。嘴上厉害的，未必内心就强大。你们看红旗姐，看着不爱说话，其实肚里墨水最多。"

一句话说得红岩哈哈大笑，说得红姐飞红了脸，第一次动手拍了国庆一巴掌，笑着说："弟妹咋说话呢，拿老姐开涮。"

国庆也觉出失言，急忙笑着纠正："没有没有，我可真没有别的意思，敢拿红旗姐开涮？我是想说向东方同学，多好的一个人啊，品行好，学习好，长得好，家庭环境也好，父母都是国家干部。咱们上初中时，女同学哪个不想偷偷多看他两眼？谁会想到后来连个老婆都难找上呢？"

我说："如果是不认识向东方的人，现在看到他，一定说是性格原因吧。我们这些了解向东方的人，就只能说是他的命运了。"

国庆说："其实我们每一个人，都不过是漂在大江大海上的一叶小舟。漂到哪里，不全由你，或者主要不是由你。大风大浪来了，一会儿送你到浪尖，转眼又把你抛到谷底。我们这一代人，就是遇上太多大风大浪了，能像我们几个走到今天，真的很不容易，可要好好感谢上天眷顾了——看看，我又回到命运上了！"

红姐说："命运也好，时代也好，反正我们都是被它推着走过来的。当初我只是想着在这三线厂里平平静静度过一生，做梦也不会想到，这辈子还能去上大学。就像弟妹说的，一会儿风起了，一会儿浪又平了。1978年突然通知恢复高考，我去上了大学。原本三线厂多好啊，八十年代后期突然就下马了。常说世事难料，我们只是随波逐流罢了。"

我问："红岩老弟怎么没去上大学呢？"

"我没有那个命呗。"红岩乐呵呵地说，"七八年那会儿，我们已经有了孩子，女儿四岁多了，儿子刚两岁，本来又怀上一个，国家开始计划生育，就去医院打掉了。孩子在厂幼儿园，倒也不用咋管，但总不能我俩都走吧？你红姐坚持让我去，可我知道她心里有个大学梦，再说她的文学天赋那么好，不能发挥可惜了。还有一条，让她又上班又照顾孩子，我还真不放心，她才同意去了。学了四年中文，毕业后学校让她留校，县教育局也要留她，可她哪儿也不去，非要回厂办中学教书，图的就是能在我身边——她离不开我嘛。"说着，哈哈大笑。

国庆笑着推他一把："看把你美的！"

红姐笑着翻他一眼："这是我的命。"

红岩止住笑，突然认真地问："说到命，你俩猜我遇见谁了？"

我和老伴儿一起问："谁？"

红岩一副神秘的表情："猜吧，估计你俩猜到天黑都猜不到。"

第十七章

　　红岩说:"大概是 1985 年的时候吧,我们厂的情况开始发生变化。战争的危险渐渐远去,军用产品的需要也不再紧迫,于是开始'军转民'调整。我们总厂的主产品是作战坦克,我们分厂除了给总厂提供一些零部件之外,还单独生产军用摩托车。大形势改变了,国家就不需要这些东西了,只能转型生产民用产品。问题是转型谈何容易,日子也就越过越艰难。幸好北京一个大型钢厂从国外拆回一套人家淘汰、但对我们而言还算先进的炼钢设备,需要配套零部件生产厂,我们厂的大部分人员包括大胜他们,才算得以安置,呼啦一声带着必要的设备搬走了。你红姐是教师,不在安置之列,我明知留下的日子会很艰难,但我离不开她娘儿仨,你红姐也离不开我。"

　　"离了我这个开心果,她就觉得日子没味道了!"红岩又是一阵哈哈大笑。

　　我说:"是的,越是苦日子,越是需要开心果。开心果是苦日子的油盐酱醋嘛。"

　　红岩就拍着大腿夸奖:"老哥精辟!"

　　他接着说:"我们分厂还剩下百十号人,厂子也归了地方管理,县里派来了领导和行管干部。为了养活这百十号人,急需开发新产品，其中有一项打响了，就是电风扇。我们是干军工的，习惯思维是一个'硬'字，材料过硬，技术过硬，产品过硬，用一辈子都不能坏。但之前开发的两个产品都没有真正打开市场，所以这次领导也有些担心，就召开班子扩大会，研究市场推销问题。我那时也算一个人物，就被'扩大'进去了。我们都是体制内的人，缺乏市场观念，议论了老半天也没个头绪。这时我贸然说了一句话，打开了大家的思路。

"我说：'咱的产品质量过硬，只要想个啥办法能证明咱过硬，让老百姓都相信咱过硬，不就行了吗？'

"我这句话一出口，会场气氛就热烈起来，都认为这是个突破口。于是围绕'证明质量过硬'开始讨论，最后终于讨论出一个方案：把电扇放到一家大商店的橱窗里，安上照明电灯，让它日夜不停地转。旁边打出一句口号：大家猜猜看，它能转几天。

"这一招果然灵了，我们的电扇成了街谈巷议的话题。有人半夜起来跑去看，有人早上起床跑去看，就是不见它停下来。直到县城停电，它一直转了二十三个昼夜。由此名声传开，供不应求，工人加班加点，人人高兴，觉得市场也不过就这么回事。

"没想到市场不答应了！电扇热销，很多厂家蜂拥而上，质量肯定不如我们，但人家更追求成本低，我们在价格上就变成了劣势。更要命的是民营体制灵活，在销售上敢请敢送，不到两年我们就不行了。此后又干过很多产品，轧面机、防滑链、钢门窗……可惜无一成功。产品积压卖不动，赊销货款收不回，日子当然每况愈下。到八十年代末期，连工人工资也发不下来了。

"工人靠工资养家，一连四个月没发工资，工人就坐不住了，只好结队找领导闹。让工人想不通的是，按以前的老规矩，工厂遇到了困难，领导应该和大家共患难，可是领导照样吃香喝辣，分明是‘穷庙富和尚’嘛！开始领导还和大家见见，后来干脆躲着不见了。大家没有办法，只好打着标语闹到县上，坐在县委门口不走。这下惊动了大领导，县长亲自出来和大家见面，要求我们推选一名代表进去细谈。没想到把我给推出来了。

"我和县长一起进了会议室。我很简要地讲了我们的想法，入情入理。县长很诚恳地向我表态，县上会立即着手解决我们的困难，很快就派工作组进厂拿出方案。但解决问题不是一句话的事。眼前需要劝导大家赶快回去，把县委的大门堵起来能是办法？社会影响多不好！

"我知道应该下台阶了，就说：‘让大家回去应该，我能不能提一个要求？’

"县长说：‘能让大家马上回去就好，啥要求你提吧，只要我能办到。’

"我说：‘快十二点了，大热的天，回去还有一二十里路，能不能管大家吃顿饭？’

"县长还以为我要提什么要求呢，一听是这，放心了，笑着说：‘应该应该，不过不要太复杂。’

"我说：‘绝不复杂，就那家有名的肉夹馍，一人一个，不复杂吧？’

"县长彻底放心了：‘好，就按你说的办！’说完就交代旁边一个工作人员，带着大家去那家烧饼店，一人一个，记好账。

"其实，大家来时并没抱多大希望，说不定还会让公安来说事。现在不但有了比较理想的答复，而且吃上了县长请客的肉夹馍，个个都是眉开眼笑。

"这样一来，我就成了接下来谈判的工人一方的首席代表。

　　"县长没有食言，两天后工作组就进厂了。双方经过多轮谈判，达成最终结果：对不愿意跟着工厂拖下去的工人，采取一次性买断工龄的办法，按工龄长短计算补偿金，大约每人五六万元，从此和工厂脱离关系，到五十岁法定年龄，厂里负责办理退休手续。不同意这个方案的仍然留下，等候县里另行安排工作。同意和不同意的大体六四开。那时还没有'下岗'这个词，我们应该是中国第一批下岗工人。

　　"也就在双方谈判的时候，我突然碰到也算老哥的一位熟人，至少知道这个人。我估计，老哥咋都想不到是谁……"

一

　　红岩说："那天和厂方谈判直到中午，就和你红姐一起去厂外饭店吃饭——国营食堂已经易主，改成私人经营了。旁边有个客人，吃完后和负责端饭的小伙说了几句就走了。没过一会儿又回来了，对端饭小伙说：'刚才是我错了，吃了你的包子没给钱。对不起，现在还上。'说着话，客人和小伙都笑得前仰后合。

　　"听客人的口音很熟，你红姐就用老家话问他是哪儿的？

　　"客人答河南的。

　　"又问河南哪儿的？

　　"答洛东县河口公社的。

　　"你红姐大喜，说：'咱是老乡，过来坐坐吧。'

　　"那人就过来坐下。我上下打量了一下，他个子不高，不会达到一米七，长得黑瘦，两颊很瘦就显得颧骨很高，颧骨很高就显得眼窝很深，很深的眼窝里，两只眼睛忧郁而犀利。也许是个儿低的缘故，微仰着头，下巴前伸，尖瘦的下巴上嘴巴就显得大，一笑露出一排洁白的牙齿。

"单从外表看，他和我们周围农村的小伙没啥不同，但也有区别。区别在于，他把并不整洁的白衬衣扎在裤子里，肩上斜挎着一个黑色塑料包，似乎永远都是满头大汗的样子，还有不时向两边扫一下的机敏眼神，和写在脸上的厚厚的风雨沧桑。这些都说明，他是一个每天在途中奔波的农民企业家。

"他走过来，笑着向我俩点点头，然后坐下。我问他刚才笑啥，他话未出口，又止不住笑了。

"他说，刚才要了一盘包子，小伙就慌慌张张端来了。一摸是凉的，就让他换盘热的。小伙把凉的端进去，等了一会儿，又端来一盘热的。我吃完了站起来就走。小伙追上来要钱。我说：'要啥钱？'小伙说：'包子钱呀。'我说：'为啥要给钱呀？'小伙说：'你不是吃了一盘热包子吗？'我说：'热包子不是我拿凉包子换的吗？'小伙说：'那我的凉包子呢？'我说：'凉包子你不是端进去了吗？'小伙迷糊了，想了想说：'噢，那你走吧。'

"我走出去了才想明白，我的确没从兜里掏钱，这才赶紧回来还钱。我是心里有事，犯糊涂了；小伙也是忙得有点晕，没反应过来。人都有三昏三迷，你说好笑不好笑。

"我俩听着，也跟着笑起来。"

红岩说："我就问他，你一个大小伙子，只吃一盘包子？你们猜他说啥？他说：我小时要过饭，要过饭的人现在吃啥都觉得奢侈。

"他这一句话就让我吃了一惊。我说：'总得喝碗汤吧，一会儿渴了咋办，吃饭也不能太简单。'你们猜他又说啥？他说：'吃饭很

简单的人，都是能走远路的人。'

"他这句话，又让我吃了一惊。

"我只好笑笑说：'饭还是要吃好，不然干活哪来的劲？'他又说了一句话，你们猜是啥？他说：'吃饭就是汽车加油，从苦中过来的人，机器糙，啥油都能喝。'

"他这句话再次让我吃了一惊。

"下面的事，让你红姐说吧。我歇会儿。"

"好吧，我就接着讲。"红姐说，"和他说着话就熟悉了。我听他说是河口公社的，就问：'河口有个叫尚有福的，你可认识？'

"他一听突然激动了：'你认识？'

"我说：'不太认识，小时候见过，印象不深，他和我爸是同事。'

"他更激动了：'你爸是谁？我认识吗？'

"我说：'你可能不认识，我爸叫曲忠义。'

"他盯着我看了半天，突然失态，'啪'的一声拍了桌子站起来，把周围的人吓了一跳，纷纷回头看他。他意识到自己失态，赶紧红着脸给大家鞠躬道歉，连说'对不起、对不起'。

"他坐下来，小声说：'我找你们好几年了，没想到在这里碰上了！'

"他激动不已的样子，把我和红岩都弄糊涂了。

"他说：'你刚才打听的人就是我爹，我是他大儿子，叫尚报国。'

"'尚报国，这名字好。'我说，'你找我们干啥？'

"尚报国兴奋不已：'你还记得小时候的事吗？在一个庙会上，我吃过你的烧饼，把你气哭了。'

"我摇摇头说：'一下子想不起来了。'

"报国继续提醒：'一个女的抢你的烧饼，那就是我妈。带着三个孩子，我就是那个老大。你爸还给了两块多钱，在路边的麦地里。想起来了吧？'

"我想了想，有点印象，就向他点点头。

"报国就详细讲述了当年的情况：当时饿死人，我家孩子多，又有病人，就更困难。没办法，我妈带着三个孩子出去要饭。近处怕丢人，毕竟我爹是校长，只好跑到远处。那天在庙会上你们走后，我妈就向人打听这位恩人是谁，围观的人自然认识你爸，我们就记住了。在外面要了两个月饭度过春荒，回家就把事情讲给我爹。我爹听了流着泪叹息：'这就欠老曲两份人情了！'又给我们几个孩子讲了打右派的事，多次嘱咐我们：'有一天咱家翻了身，可一定要记住报人家的恩。'

"这时我和红岩已经吃完饭，就邀他回家慢慢说。

"回到家里坐下，报国接着说：'前些年家里一直很穷，我读完初中就不上学了，回村当了民办教师。这几年鼓励市场经济，我是长子，性格倔，一根筋，索性就下海经商了。一直在倒腾服装，你们县城就有我的店，实话对恩人说，也挣了不少钱。今天老天爷安排我碰见恩人，就是到了我报恩的时候了。我知道你们厂现在不景气，恩人生活上有啥困难就痛快说，我现在有这个实力。'

"我俩都说不用不用，人活一世，就是生活二字。我们这一代人，苦辣酸甜啥没尝过，剩下的时间就是过程了，日子还有过不去的？

"然后就问他跑到我们这里干啥。

"报国端起杯子咕咚咕咚喝了几口水，解开衬衣扣子，抓起扇子使劲扇了几下。红岩就说干脆脱了吧，天热！报国看看我，见我点头，就说那我可就脱了，说着就把衬衣脱下来，掂在手里两边瞅瞅，不知道该往哪里放。我赶紧接过来挂在衣架上，看到衬衣已经被汗水湿透，一股汗味。

"'不瞒恩人说，这次我来是考察一桩生意。我有个朋友，也是初中同学，给我出了个主意。这个人恩人不会认识，说他爹你一定知道。'

"我问：'他爹是谁？说了我听听。'

"'就是打右派时那个滑石头，山湾校长，恩人会不知道？'报国说。

"'滑叔呀！他儿子叫滑新国，我知道。'我兴奋地说。心里马上就想到，我到国营厂还是顶替他的指标，他到县机械厂又是顶替我的空位。

"报国忽地站起来，搓着手说：'老天爷呀，三说两说，全在一个圈子呀，好好好！'

"我问家里老人好吧，报国说：'好好好，特别是我爹。年轻时老是病歪歪的，现在老了腰也直了，整天乐呵呵的。从学校退休后，和我娘一起种了两亩责任田。我在县城买了一套房，让他俩搬来住，他俩不肯。我看他俩一天天老了，强迫他们把土地无偿让给邻居种，他俩说啥也要留下五分，说喜欢种地。种的菜吃不完，给乡亲们一家一家送，高兴得很。'

"我又问滑叔的情况，报国说：'滑叔已经走了。八二年发大水，夜里雨瓢泼似的下，洪水从他们村决了堤，电也突然停了，紧急得很。当时滑叔已经退休，他想起旁边学校里还有一批住校学生，就不顾一切跑去组织学生转移。学生都走了，他仍不放心，怕有人落下，又和学校的总务一起蹚着齐腰深的洪水，摸索着一个屋一个屋检查。洪水太猛，两人撤不出来，只好爬上房顶躲避。就这样淋了雨受了累，毕竟上了年纪，当年支前又受过伤，当晚滑叔就病了，第二天解放军的冲锋舟赶来时已经晚了。滑叔这人，当年打洛阳是支前英雄，最后又被追认为抗洪烈士，一辈子活得硬气。'

"听报国说着，就想起了往事，滑叔带我去招工时斩钉截铁的神态又出现在眼前，我不禁感叹：'是啊，滑叔一辈子活得硬气，活得义气！'

"一阵沉默之后，我问报国：'刚才你说新国给你出了个啥主意，还没说呢。'

"'恩人你听我慢慢说。'报国开始不紧不慢。

"红岩打断他说：'你别恩人恩人的，我听着别扭。都是兄弟，兄弟多好。'

"报国不以为然：'哎哎，这可不一样！恩人可以这样说，我可不能乱了。既然恩人觉得别扭，我就改过来，今后就叫你们哥姐，行不行？'

"红岩说：'行是行，咱还没排谁大谁小呢。'

"'我不管谁大谁小，我就要叫哥姐！'报国果然倔。

"我说：'行行，快说你的正事吧。'"

二

报国说："是这么回事——这几年我倒腾服装，一直很顺，在几个地方开的店，已经不用我操大心了，就想再弄个事。新国给出了个主意——现在个体户很多，运送货物是个难题。自行车拉不了，汽车买不起，租车不划算，要是有一种小汽车就好了。可是小汽车咱国又造不成，就想到把摩托车改成三个轮子，就像人力三轮车的样子，既能坐人，又能拉货，速度又快，价格又低，技术上应该也不难。要是能把这东西弄出来，保准挣大钱。

"我一听就上瘾了！哥、姐，你弟弟没别的长处，就有一点：敢弄！说干就干，我俩立马就去找了个行家商量，是从小一起长大的兄弟，在咱县邮电部摩托厂，现在这个厂也不景气。这个兄弟也很认可我们的想法，但他认为重新建厂肯定不行，投资太大，风险也太大。最好的办法，是先拿出产品设计方案，觉得可行，再利用现有厂家购买零件，咱只管组装。卖得好了就多装，卖得不好就少装，可以说只赚不赔，零风险。

"我在哥姐这边开店卖服装，知道你们这个厂生产摩托，也知道厂子下马了。前一段工人去县里请愿，我就在现场。更重要的是，我知道越是困难的厂子，越好说话。今天就来摸摸底，试试有没有空子可钻。想不到又遇上了哥姐，不是老天爷帮我吗？"

"听君一席话，胜读十年书。"红姐说，"当时我和红岩都震惊了。想不到一个土儿吧唧的人，竟有这般见识！这般胆量！"

红岩说："报国是个直性子，听了你红姐这话，就说哥姐都不要说客气话，有啥直说。你俩猜猜，我听了报国的话后是啥感觉？"

国庆笑着说："震惊啊，红旗姐不是刚说过吗？"

红岩说："震惊是一方面，还有一个：天上掉馅饼了！"

国庆和他打趣："啥馅的？好吃吗？"

"好吃！肉馅！"红岩说，"当时我们就要下岗，不是有几万块的补偿金吗？这钱从哪里出呀，经工作组测算，主要靠卖掉积压的零部件和现存设备，少量不足部分县里想办法解决。卖给谁、卖掉卖不掉，还没个数呢。报国要的是摩托零件，库房里积压最多的就是这个，装四五百辆车没问题。我就把这个情报透给报国。

"他一听高兴得一蹦老高：'一个字：干！我就觉得这里有空子可钻，我就觉得老天爷会帮我。老天爷让咱小时候吃了那么多苦，就是考验咱，现在不帮咱帮谁？'

"我告诉他，这笔钱数目不小，你未必拿得出来。你们猜这小子说啥？'一个字：干！拿不出也要干。钱的事我想办法，不让哥姐操心。我就不信，活人能叫尿憋死！'

"报国是个急性子，说干就干。当晚，我仨坐了整整一夜，商量出一个完整的方案。

"第一，和厂方谈判，我们愿出现钱购买这些零件，但必须低于原来的价格和现行市场价，越低越好。这样既可降低成本，又可以暂缓购买零件的资金压力。可行性：目前这类产品有价无市，根本没人要，可以先让厂里去碰碰钉子；他们急于给工人兑现补偿金，产品又没人要，必然陷入两难；他们是官员，求的是平安无事，在上级和工人双重压力之下，不敢恋战，必然妥协让步。

"第二，一旦上马，就需要一批高素质员工和装配场地。人员开始时不宜太多，具体数目由我决定。凡是关系好的、信得过的、不可缺的，照单全收。场地问题，暂时借用厂方闲置的车间，但要采取得寸再进尺的策略。要在零部件问题解决之后附加谈判，以购买零部件问题作为附加谈判的筹码，确保低租，争取不付或在一定时间段不付租金。可行性：人员方面，突然下岗，手足无措，不知路在何方，只要给出的条件相对现实和相对优厚，不会出现问题。场地问题，现实状况已经闲置多时，拿它作为执行前项谈判的条件，施加压力，厂方急于拿到现钱，应能达到目的。整个谈判都要贯穿悲情牌，我们理解政府的困难，自动下岗就是为政府分担负担；政府也应该考虑我们的难处，尽最大可能给予优惠，情理两合。

"第三，关于资金。一、这批零部件顶的是工人补偿金，而补偿金是必须由厂方发给工人的。我们和厂方实际仍然是买卖关系，所以，和厂里签订购买零部件合同时，要相对模糊些，留点余地，不要大包大揽。文字表达可用'分期购买、现款交付'，每次小批购进，即可解决资金不足压力。只要我们的货能卖出，回款就会源源不断，确保资金链条安全。可行性：厂方要的就是现款，只要我们现款兑现，厂方求之不得。二、工资。暂以三十人计算，每人每月一千二百元，现有资金可以保证一年半，而在实际操作时，可以暂不全额发放，不超过一千元为宜，以缓解资金压力。可行性：即使按一千元发，也已经大大高于社会标准，下岗工人更会欣喜若狂。三、实行股份制，自愿加入。第一批人员可以带薪入股，也可带零部件折款入股，既可有效缓解资金压力，又可减轻厂方拿现款支付补偿金的压力。可行性：让员工和工厂捆在一起，真正成为工厂的主人，既可解决眼前困难，更有利于长远发展；第一批人员都是信得过的人，当然也相信我们，志同道合，必获绝大多数人支持；对于厂方而言，能以零部件顶补偿金，减轻了现款压力，当然是求之不得的好事。

"第四，实行奖励机制。技术人员工资全额发放，有贡献者视创造效益情况现金奖励。

"第五，分工。郝红岩负责生产、技术、质量；尚报国负责全面加销售；滑新国负责行管。另外，县摩托厂那位朋友任厂长助理，协助报国。

"除了这五条，还有一条，报国说不要写在纸上，咱自己掌握就

255

行。谈判的总原则是：拉紧弓、不谈崩。干大事不能太急，外表强不是真强，能忍耐才是真强。三国时司马懿忍了多久？最终才弄成了大事。所以，忍不是弱，而是强。我在苦日子里忍了二三十年，现在国家大形势变了，才有我说的一个字：干！干不是蛮干，关键在把控局势、善抓机会，不到最大利益绝不吐口，但也要保证不能谈崩了。咱要沉住气，有定力、耐心和他们抻着。"

"这个方案，要是搁到国营厂，我敢说给他半年都弄不出来！"红岩接着说，"报国我们仨一个晚上就弄妥了。不比较不长见识，报国这小子真叫我服了！"

"尽管如此，我还是提醒他：'事关重大，你是不是再考虑考虑。这小子一听就急了，说：哥，啥都别说，一个字，干！我知道没有翻不过的山，也没有翻不了的船。一方面咱有本事翻山，一方面咱只要脑子不膨胀就不会翻船！想干事就不能像炒菜，啥都准备好了再下锅。机会认准了，先迈开步再说。只听过人有走绝路的，没听过天有绝人之路！'"

红岩接着说："不光这事，还有接下来的销售，这小子真是能得很——"

"第一批装出十辆车，报国起名'军工'牌，让工人扮演个体商户，骑到城里市场、乡村庙会转悠。那时候谁见过这个呀！自然就引来很多商贩围观、询问，被这些演员三忽悠两不忽悠，直接就跑到厂里购买了。不到四天，十辆车卖完了，后面来的只能排队。

"总之是一帆风顺，比事先预想的还要顺利。第一批入厂的人，工资、奖金加分红，全都发财了。这些人庆幸当初跟了我的冒险选择，就差没把我当神敬了。接着厂子扩建，老厂剩下的几十号人，除了我们不想要的，其余的全来了我们厂，个个都过得很滋润。

"就这样，大家一起痛痛快快干了三年，我挣了百十万。百十万，搁在那时候，这是啥概念呀，我的老天爷！"

红岩说得激动，我听得热血沸腾："厉害！老弟你真的厉害！接下来就可以大展身手了！"

我拿眼瞅着他，等着他说下去。他并不说话，微笑着，用诡秘的眼光瞅着我。

我觉得奇怪，问："怎么了？接着说啊。"

他仍然微笑着，摇摇头说："老哥啊，不然不然。"

我和国庆一脸惊愕。

他说："这时候我突然改变了主意，估计你俩想都想不到。老弟我是个容易满足的懒人，没啥雄心壮志，喜欢逍遥自在。我想，人生一世，不光是钱，够花就行，还有比钱更重要的东西。于是就想到了退出，不干了！"

三

"不想干了，是因为我受了点儿小刺激，也可以说受了点儿小启发。"红岩说，"不是来自事业，事业正如日中天；不是来自人际关系，大家全都亲如兄弟，特别是和报国、新国，这个铁三角不分你我；更不是来自待遇，我已经名利双收了。"

我问："这不是那不是，啥事还能刺激你老弟呢？"

红岩说："首先是两个弟弟的婚姻，就是报国和新国。"

我疑惑不解地看着他。

他很严肃地说："那时我已经跟着厂子搬到你们洛东，你红姐和孩子仍在山西。我来这边不久，就已经隐隐感觉到，两个弟弟的夫妻关系有些问题。以我们的这种关系，他俩却从不跟我谈起自己的那一口，也从不提让我到家里去看看，这不正常嘛。

"一天下午下了班，报国说请我去家里吃顿饭，新国作陪，总得尽尽地主之谊嘛。吃完饭顺便还要研究一下人事问题。我当然是欣然答应，还说，哥早就应该去家里看看的，是哥失礼了。

"站在旁边的新国苦笑着说：'家里这个嫂子多少有点不省事，晚上哥你担待点儿。'

"报国红着脸说：'要不是因为这，会让哥住在厂里？住家里多亲近。'

"三人就一起来到报国家。他的父母仍在农村住，县城这里是报国夫妻和两个孩子住。

"推门进院，报国朝屋里喊了一声：'哥来了，你出来见见。'

"弟妹就从屋里出来，把我吓了一跳。报国长得又瘦又小，弟妹却是五大三粗，一看就知道是从小干重活的农村妇女。她强赔着笑脸：'哥来了，先坐屋里吧。你看俺家这个报国，也不早点说，我也不知道咋弄好。再说俺是农村人，也不会像城里人那样煎煎炒炒。报国你看咋弄就咋弄吧。'

"新国赶紧打圆场：'嫂子说的是，都不是外人，不要复杂，就吃臊子面吧，我就爱吃嫂子做的臊子面。'

"弟妹才说：'那中，俺就会蒸馍下面条。哥你是不知道，他整天不沾家，只管在外面云里雾里，家里这一摊子，哥你问问他，他管过吗……'

"她机关枪似的不停地说，我们也只好站在院子里听。报国的脸色已经很不好看，新国抓住一个逗号的机会插嘴说：'嫂子说得对，你先去和面，一会儿吃饭时咱再叙。'

258

"她说：'中，我去和面。'转身走向厨房。我就问：'两个孩子呢，出来让老伯见见。'手伸进兜掏钱。两个弟弟当然明白我的意思，抓住我的胳膊说'不要不要，都是自己人'。弟妹回头一看，也明白了我的意思，又转身回来说'看哥见外哩'，就大声叫孩子出来。我掏出两百块，一个孩子一张，这在当时可是重礼。她对我笑着说'不要不要'，却对孩子说'伯给哩，还不快接住'。孩子接过钱，她又从孩子手里拿过去，装在兜里去了厨房。

"大家吃饭，她也端着碗坐过来。报国说：'我们正说点事，你跟孩子去那屋吃吧。'

"她就不高兴了：'咋？这是我的家，咋不能坐。你们说你们的，我吃我的。'

"新国说：'嫂子，我们正研究人事问题。'

"她来了劲：'正想说人的事，你们仨都在这儿。让哥说说，他给他弟弟安排的啥工作？给俺弟弟安排的啥工作？让俺弟去看大门，那是下等人干的，为啥？'

"报国急了：'咋没给安排好工作？叫他去学开车，为这厂里专门买了辆新车。他没开几天，就把新车给撞了。你让全厂的人咋评价？你让我这个厂长咋交代？'

"'你是厂长，你想咋交代咋交代！'

"'你这话可不对，厂子是股份制，可不是光咱家的。'

"'这我不管，我是你媳妇，你的都有我一半。'

"'那得到了离婚才说，我又没和你离婚。'

"'离婚？你敢跟我说离婚！离婚就离婚，谁怕谁！自从我嫁到你家，整天当牛做马，给你生的闺女是闺女、小子是小子，咋对不起你老尚家了！我知道你现在看不上我了，离婚？早点你干啥了！'

"双方已经吵起来了。我和新国赶紧站起来劝解，说报国没有这个意思，消消气，把她往外推。那个母老虎临出门撂下一句话：'啥也不说，反正不把我弟弟的事办好，我就不跟你拉倒。'"

　　"唉，这顿饭吃的！"红岩叹口气接着说。

　　"撂下饭碗，三人一起回厂，相对无言。我是想不出安慰的话，报国憋出两眼泪，新国只是摇头。

　　"老半天我才问新国：'新国，你那一口咋样？'

　　"新国依然是摇头：'大差不差吧。相同的地方是，一样的长相，一样的恶道，一样的不讲理；不同的地方是，这个是话痨，不管人家爱听不爱听，说不完的废话。我那个是镢头，不会好好说句话，啥话从她嘴里说出来，就觉得死难听，能把你噎死！'

　　"我不解：'怎么都会是这样呢？'

　　"新国说：'其实也不光是我们俩，中学的那些留在农村的男同学，婚姻上多数不满意。长得好不好倒在其次，关键是说不到一块儿，吵架怄气是家常便饭。'

　　"我问：'为什么是男同学而不是女同学？'

　　"新国说：'当时能上中学的女生才有几个？当然有资本可以挑男的了。'

　　"我说：'当初为啥要娶她呢？'

　　"新国说：'一个原因是当时都在农村，家庭和自身条件都不好，没有挑挑拣拣的本钱。另一个原因是父母逼婚逼得急。国家规定结婚年龄是男二十女十八，指的下限；可在农村，认为是上限。男的到了二十还不成家就成大问题了。有这两个原因，就只能是父母之命，媒妁之言，双方根本就不了解。'

　　"我又问：'既然过不到一块儿，为啥不离婚呢？'

"报国愤愤地说：'哥是城里人，农村不同于城市，家里上有老下有小，还要顾及社会舆论，离婚是很丢人的事。为了让父母不生气、孩子不为难、旁人不说道，也就只能凑合着过一辈子吧。'

"为改变气氛，也为安慰他俩，我就委婉地换个话题，说：'婚姻这个事，无非是两块儿。一块儿是风花雪月，一块儿是人间烟火。风花雪月雅称爱情，人间烟火就是柴米油盐。一个是精神范畴，一个是物质范畴。富人过的是前者，穷人过的是后者。但也不是绝对，就像吃饭，要看双方口味是不是相同。都喜欢淡的、甜的，这饭就好做了，少放点盐、多放点糖就行了，不是有日子虽穷过得甜吗？就怕口味不同，话就说不到一块儿了，日子可就过得苦了。'

"听着我的话，气氛渐趋平缓。报国说：'哥说的是，俺俩就是话说不到一块儿，一说就吵。'

"新国也说：'俺都是这。'

"我就顺势往下说：'其实这男女之间呀，谁强谁弱，原本就是说不清的，但是里面有个道理。我们游山玩水时都看见了，山是高大雄伟的，没有山哪有水？可是反过来看，要是没有水，这山也就不美了。所以山为本，水为辅。再反过来看，山硬还是水硬？看看河沟就知道了。那些溜光滚圆的石头，都是被水磨出来的；继续磨下去，就成了一粒粒沙子，说明水比山硬。所以呀，山的强硬在于高大雄伟，承载各种风景；水的强硬，在于柔软细致，滋润塑造风景。山水相伴，依存与共，一个阳刚，一个阴柔，阴阳平衡，相得益彰，才能成就好风景嘛。'

"他俩听着就有了笑脸。我也笑着说：'时候不早了，回去睡吧，有事明天再说。'

"三人都站起来。报国说：'我是真不想回去，就和哥在这儿住一晚上吧。'犹豫了一下又说，'算了，还是回去吧，不然事情闹大了，明天她跑厂里闹更不好。能忍且忍吧。'就和新国一起下了楼。

"这是一件事，让我很受刺激。我就想起了远在山西的老婆，我有这么好的老婆，可得好好珍惜！就想抽身了。

"第二件事，我是真受到启发了。

"红岩说：洛东县招商引资，来了一个搞房地产的大老板。这个大老板人人知道，不说名字了。县长请他吃饭，叫了几个当地的企业家作陪，我也算一个。吃完饭出来，老板大概是看我一直没说话，或者是别的原因，主动邀我去他的房间聊聊。我去了，就夸他名气很大，不知道有多少人崇拜他呢。你猜他咋说？

"他说：'名气这东西，是有价格的，而且很高。名气越大，需要付出的代价就越高。'

"他问我：'你知道我每天早上醒来，想的第一件事是什么？'
"我说'不知道'。
"他说：'那我就告诉你——六百万的银行贷款利息该还了！'"

红岩接着说："听了他的话，我就翻来覆去想，对咱小老百姓来说，到底活个啥？怎么活？

"年轻的时候，用身体去换存折，为啥？你得为养老攒本钱；进入中年了，身体开始走下坡，本钱也攒够了，你得用本钱养身体，这叫攒健康。你红姐是我最忠实的观众，唯一；我是你红姐最靠谱的存折，也是唯一。家里放着个如花似玉般喜欢的人不陪，跑大老远来陪一个不会说话的存折，而且还要磨损健康，我到底为啥嘛！

"我想明白了，人都有欲望，这在所难免，无可厚非。关键是，人的欲望是会膨胀的，等它膨胀到泛滥的时候，你就走得太远了，太远就回不了家了！不是有个词叫骑虎难下吗？说的就是这个道理，刚才说的大老板就是例子。

"再说了，大家都知道光阴似箭、日月如梭，它才不管你在干啥，只管在你身边飞跑，转眼就是百年，有几个人真正意识到这个现实呢？还有，结婚时言之凿凿：'执子之手，与子偕老'，我现在'执手'了吗？我为什么要把手松开呢？难道还要等到两鬓染霜、垂垂老矣才去'执手'吗？

"我得只争朝夕，拉紧好老婆的手！我不傻！

"就是这两件事，一刺激，二启发。"红岩说，"让我想明白，该抽身了，坚决退出吧。"

四

红岩说："报国、新国两位兄弟听说我想走，好不愿意！两人风风火火来找我。

"报国问：'哥，咋了？弟弟哪儿做得不对，哥直说！'

"新国也着急地说：'哥直说，俺改！'

"我赶紧解释：'不是，不是，你俩误会了。哥不缺钱了，就是想歇歇，过过清闲日子。再说技术这一块，新国干机械厂出身，都懂，要不我还不敢走呢！哥说的都是真话，没有别的意思。'

"报国急了，说：'哥，要不咱这样，技术让新国管，哥管全面，我只管销售。原本就应该是哥当老一的，我是怕哥压力太大，才把扁担抢过来的。现在形势一片大好，我理应还给哥了。咱弟兄不说废话，就这样！中不中，哥？'

"我笑了：'看看，哥说了没有别的意思，你咋往这方面想呢！哥这辈子苦吃得不少了，就是想以后的日子多吃点糖。真没别的。'

"新国差点儿就要哭了：'哥，我从来就没想过咱仁分开。现在哥走了，你叫俺俩可咋办呀？'

"我安慰他俩：'说啥呢，继续干呀！还是报国说的"三不原则"：干别人不敢想的，别人想了不敢干的，别人干了干不成的。咱厂的好日子才刚刚开头。哥知道你俩都是想干大事的人，也知道你俩能干成大事，好好干！别舍不得哥，人各有志嘛，不忙时就去看看哥，哥也会常常来厂里看看，毕竟是咱生的儿子嘛。'

"看他俩站着默默无言，我只好继续解释：'就像你俩吃饭简单，那是珍惜粮食；我想功成身退，这是珍惜时间。'又嘻嘻哈哈地说：'哥不瞒弟兄们，我想你嫂子了，你俩都见过，多好的女人呀，这些年总是聚少离多的。真的，哥说的是真的，你俩别笑话哥没出息。'才算把这事定下来。

"离开的头天晚上，我仁第一次在高档宾馆里吃了顿饭，但饭菜仍然很简单。

"报国说：'我俩知道哥的心思，都是咱喜欢的农家饭。'

"新国说：'小时候没啥吃，饿死人。现在有吃的了，又要撑死人，人的肚子里太多山珍海味、鸡鸭鱼肉，咋不撑死呢？'

"我说：'随意点好，随意才是兄弟。'示意他俩一起坐下。

"席间都很伤感。报国从不喝酒，那天竟然端起酒杯，站起来啥话没说，咕咚咕咚喝了三杯。就那么直挺挺站着，说：'哥，我给哥行个礼吧。'对着我鞠了三个九十度的躬，然后趴在我肩上呜呜哭起来。

"我抱住他的肩膀，又轻轻拍拍他的后背，扶着他按到椅子上，泪水已经止不住流下来。

"新国也在流泪，等报国坐定，他才站起来，连着喝了三杯说：

'我也给哥行个礼吧。'深深鞠了三个躬，然后坐回去说：'咱们仨桃园三结义，没想到现在大哥撇下两个弟弟走了！'说着，呜呜大哭起来。服务员进来看到这场景吓了一跳，悄悄退了出去。

"那晚说了很多话。结束后他俩把我送回厂里的宿舍，我又把他俩送到楼下；他俩又把我送回宿舍，我又把他俩送到楼下；他俩又要送我，我说：'别来回送了，回吧。天下没有不散的宴席，早晚的事，哥这不过是早了几天，没啥。'他俩才依依不舍地离去。

"我回到房间，躺在床上，久久不能入睡。我算是想明白了，为什么那么多国营厂干不过民营。

"顺便说一句，厂子开工在山西干了不到一年，意思性地交了一点房租，考虑到那边交通不便等不利因素，加上我们已经挣了大钱，就搬到你们老家洛东县了。后来就有不少人跟进，洛东县就成了全国著名的'三轮摩托城'。细说起来，应该称我是中国三轮车之父，或者是之一吧。

"这个我可不是瞎吹。"红岩说着，哈哈大笑。

第十八章

听着红岩的讲述，我陷入沉思，说："老弟你可真是急流勇退呀，智慧！"

红岩笑答："也算吧。"

国庆说："什么'也算吧'，就是嘛！"

我说："急流勇退人人会说，能够做到的又有几个？有人说需要勇气，我说不是。是智慧，大智慧。老弟你了不起！"

"啥智慧不智慧的。"红岩神秘一笑，"反正这会儿我在这里聊天，兄弟们还在江湖上忙活。"

我说："这不就是智慧吗？这里面有个取舍问题：要风光，还是要清净？绝大多数人选择风光，极少人会选择清净。细想想，那风光其实不过是表面虚荣；这清净是实实在在的自由。从短暂的人生角度看，当基本生存要件具备之后，虚荣哪有自由实惠呀！"

红岩说："老哥说得对，人和人不同。我这人喜欢自由自在，人生最重要的是啥？有人说是金钱。最应该珍惜的是啥？有人说是家业。要我说，都不是，不是金钱，不是物质！当然你也不能没有，但它绝对不是最重要、最应该珍惜的。你要说你就喜欢这个，那我没话说。在我看来，自由自在最重要，是生命的本质，其他那些都是手段。因为这才是我——才能活出个真实的我；时间最应该珍惜，因为它一去再不回来，一辈子满打满算能有多少时间，三万来天？我才不敢挥霍呢！浪费一天就少一天。我要争取更多时间和亲人待在一起，这叫提高自己的生活质量，所以，我说的珍惜时间，就是延长自己的寿命。"

红姐耷拉着眼皮抿着嘴笑。国庆已经学会了不失时机地夸人，双手竖起大拇指："高人，老弟高人。"

红岩侃侃而谈，让我从心底佩服："老弟呀，你是个悟性极好的人。"

"我看咱几个的悟性都不差。"红岩哈哈大笑起来，"老哥、老姐，你们知道我老婆咋说我吗？她说，我和某些专家教授比，最大的区别是，专家教授能把大白话讲到大家听不懂，那叫学问；我能把复杂问题讲成大白话，这叫草根，所以就没人崇拜、没有粉丝。不知道她是表扬我呢还是批评我。"

国庆说："当然是表扬你呀。"

我笑而不语。

红岩说："人家这表扬才叫水平，听着就像是批评。其实刚才说到悟性，悟性是啥？就是多观察、勤思考呗。天下的道理千千万，但归根到底是相通的。咱就说企业管理吧，在大学里是一门课，要学几年。我没上过大学，但要叫我说，其实就是两个字。"

我好奇地问："两个字你就能讲清楚？"

"老哥不信？那我就给你们显摆显摆——两个字，一个是'钱'，一个是'脸'。

"先说'钱'字。企业管理，先要说钱。人家来你这儿干啥来了？挣钱嘛！你给的工资明显比别处高，就像我们建厂时那样，离了我们这个庙，他到别处吃不到这样的饭。还怕弄不到人，而且是高素质的人？

"再说'脸'字。钱多只是一方面，但钱并不能解决所有问题。大家都是人，人都有张脸。你得想法让人家感到在你这儿干有面子，说出去受人尊重，让人羡慕。所以你得给大家画个大烧饼，而且它就在很近的地方，看得见、摸得着，让大家都去向往它、追求它。我们建厂时白手起家，第一批人难道都不知道风险吗？但是那个大烧饼太诱人了，而且大家相信大烧饼是真实存在的，不是画出来的。为了拿到它，冒点儿小风险是值得的。这不就成功了。

"把这两个字弄好了，大家就会死心塌地了。剩下的都是枝节问题，什么制定规章制度之类，谁不会弄？

"怎么样？我这企业管理课讲得还行吧？"红岩不无得意地笑起来。

我和国庆就热烈鼓掌。红姐也兴奋起来，说"我也支持"，跟着鼓掌。

红姐说："要说呀，我们这一代人，是很不幸的，也是很幸运的。说不幸，啥倒霉事都赶上了，小时候是学习的年龄，赶上一个接一个的运动，什么'除四害'、大炼钢铁、反'右'倾、'大跃进'；十来岁是长身体的年龄，遇上三年困难时期，没饭吃，饿死人；考上了中学，半只脚已经迈进了大学门槛，看见了人生的未来，又赶上了十年'文革'，大学停办；后来好不容易上了大学，要么是工农兵学员，落个'大普'学历，要么是携儿带女，艰辛备尝；到了参加工作年龄，又赶上上山下乡，脱了层皮；好不容易参加了工作，兢兢业业，刻苦上进，熬到了评职称，好多人还得去补学历；该生儿育女的年龄，遇上计划生育；中年以后渐渐老了，又遇上了下岗。你说，这一辈子安生过几天？但是反过来看，也正是这些复杂的经历，把这批人打磨得更加坚强，更加成熟，更加平和，更加乐观。复杂的经历反而成了人生的财富，难道不是幸运吗？"

我们三个都说"那是、那是"。

红岩接着说："那天和两个兄弟分手后，虽然心里有几分不舍，但更多感觉到的，还是突如其来的一身轻松。潇潇洒洒回到山西那边，当时你红姐已经调到老厂旁边的乡中教书。本来安排她留校的，她不肯，又安排她去县城高中，她还是不肯。她舍不得我，也舍不得离开老厂。这里有我们激情燃烧的青春岁月，有我们虽然稚嫩却真诚的太多的情感，有我们已经熟悉的一草一木，有我们深深的终生难忘的那份记忆。我就陪着她当后勤，每天做做饭、养养花、种种菜、植植树，老婆孩子热炕头，逍遥自在过了二十多年。

"退休后，你红姐又说想河南老家了，原本是想回洛东，那里有我的弟兄我的厂，也有你红姐的很多少小记忆。后来你红姐仔细想想，说有好处也有坏处：离开久了，面目全非，难免陌生，让人惆怅；弟兄和厂子在，人家就要关照你，一则咱已经是局外人，不能给人家添麻烦；二则难免谈起工作，你是说好还是不说好？说吧时过境迁，难免说不到点子上，人家是听好还是不听好？听吧你说得不对，不听吧又伤情感，不是让人家为难吗？觉得还是保持距离好，自己轻松，人家怀念，情分长存，终生无怨，这样对双方都好。就这样，我们放弃了回洛东县的方案。

"然后就选择了开封。开封是你红姐的姥姥家，是爸妈结缘的地方，现在爸妈和别的老人都走了，我们回来住，就是对先人的一份思念，一片孝心。再者，经过了解，开封很适合养老，是个相对悠闲的城市，就回开封买了房。

"这不，现在又陪她带着孙子跑过来，没想到就碰见你俩。冥冥之中的天意、天意呀。哈哈哈哈！”

红岩笑得很开心。笑完了，眼睛盯着国庆问：“老弟我可是彻底交代了，老姐咋弄住我哥的，也得交代交代吧？”

国庆笑着在他背上拍了一巴掌，说：“我们俩呀？那才真叫蹊跷呢——”

一

“我俩初中毕业，他去郑州上高中，我在本县，从此再没有见过面。再见到他时，他可丢了大人了！”国庆说，“七二年我在山西上大学，放暑假时报名参加社会实践活动，和二十来个同学编成一个小队，分别到学校所在地汾河县的三个工厂，边劳动边做社会调查，集体住在县招待所。

“我并不是喜欢社会实践，放假不回家，主要是受不了家里逼婚。上次寒假回家，本想和家人欢欢喜喜过个年，没想到就因这事和父母生了一场气，闹得年都没过好。

“那年我兴冲冲回到家里，放下行李，坐下来想和父母好好说说话，毕竟离开家很长时间了，怪想家的。我说着话，感觉父母并不感兴趣，而且发现爹不停地向娘使眼色，我娘就亲热地拉住我的手说：‘闺女呀，你那边的事咱回头再慢慢说，俺老俩的意思是，趁你回来赶紧把终身大事给办了，真不敢再拖了……’

“我一听这话就烦，说过多少遍了，耳朵都磨出了茧子，又不想驳老人面子，就说‘我先出去一下，咱回头再说’，起身从包里取出一盒饼干，去隔壁看望本家奶奶。

“从隔壁回来，我娘依旧格外亲热：‘看过你奶了？’

"我'嗯'了一声。

"'不管咋着你也是从外面回来的，是该去看看的，闺女。明天我和你一起去李庄看看你姑，正好李庄有庙会，可热闹哩。'

"第二天爹一大早就出去了。早饭后我问娘啥时动身去姑家，娘说不急，你爹也不知道上哪儿去了，一会儿等他回来咱再走，去你姑家也就几里路，一会儿就到了。再说村里的庙会半晌子以后才会热闹，不用急。

"我娘亲自帮我换上时兴的衣服，亲手为我编好辫子，又烧好热水让我洗脸，叮嘱用香皂多洗几遍，那气味好闻。临到出门，又用手蘸水在我头发上抿了几抿。

"进了李庄，庙会已经很热闹。奇怪的是，走到十字大街，我娘却不走了，东瞅西瞅，就瞅见一个女人，两人见面亲姊妹似的。娘给我介绍：这是你姑的本家妹子，你该叫李婶，人可厚道。你等一会儿，让俺姊妹俩说说话。

"我礼貌性说声'李婶好'，李婶超级热情：'哎呀我的老天爷，闺女咋长得恁排场！都说姐有一个天仙般的好闺女，我这一见呀，天仙也比不上咱闺女，真是的，这是咋长的呀！'

"她嘴里夸着，两只眼就盯着我上下看，那眼神尖利得能把你身子看透，让人极不舒服，我的脸腾地一下就红了。

"我娘问她：'咋一个人来了，没个人陪着？'

"李婶满脸堆笑说：'有人有人，我本家侄子大壮带我来哩，说是让我来会上转转，相中啥他给我买，这孩子可孝顺了！'转身指指几步外的一群小伙子：'前边站的穿小大衣的就是俺大壮。这小伙一把子力气，能干得很，村里人都夸他是个好孩子。'

"我扭过头，就看见了那个大壮，两只火辣辣的眼睛直勾勾盯着我；不仅如此，他身后的几个小伙子也一齐看着我；更有甚者，趁着人多故意往我身上蹭。那一刻，我突然弄懂了'芒刺在背'这个词，觉得浑身上下都不自在，像是动物园里被展览的动物，又像是摆在货摊上被人挑拣的商品，一种屈辱感在心中升腾，憋得难受！

"我不能站在这里了，对娘说'你俩说话吧，我先去姑家了'，转身离去。

"我娘从后面赶上来，小声小气地自言自语，又像是对着我说：'我看这个大壮怪好……'见我低头不语，也不再说话。我心里全明白了：父母在给我演戏，这就是农村相亲的所谓'偷相'了。心中除了愤怒，更觉得父母好可怜。

"第二天，媒人——就是李婶，带着几包糕点上了门。父母把我叫过去，听媒人介绍对方情况。我心里烦死了，为给他们留个面子，还是勉强去了。

"李婶介绍：首先一条，对方的父亲是村支书，在村里是有头有脸的人；第二条，家里院子很大，盖了新房；第三条，老两口生了一群闺女，就这一个宝贝儿子；第四条，这孩子虽说文化不高，但很能干，肯出力；当然还有最重要的一条，'门第'（狐臭）清楚，连舅家姑家都打听过了，保证'干净'——在我们这一带两家结亲，'门第'是当头炮。

"我强装笑脸听媒人讲完。父母眼巴巴瞅着我说：'咋样？人家这条件上哪儿去找！'

"媒人赶紧接话：'可不是嘛，人家就是看中咱长得好看，又有文化，要不会等着咱？人家身后的大闺女可是排着队呢！那边觉得这事十拿九稳，要不大壮会把这事告诉朋友们？在会上那一群小伙子看了咱闺女，个个都眼馋，谁让咱闺女长哩恁好看呢！咱这边快

拿个主意，我过去回话。'

"我爹瞅着我说：'是呀，咱可都二十大几了，咱这一片儿十里八村哪还有这样的老闺女？可不敢挑来挑去挑花了眼，大差不差就中了。'

"娘也附和：'好闺女，我看中！'

"媒人脸上笑开了花：'咱这边要是没意见，我就赶紧安排俩孩子当面再相相。其实那边早就见过咱闺女，满意得很，说媒的挤破门大壮就是不吐口，说非咱闺女不娶呢！不光是他家，咱这里十里八村，谁不知道咱闺女是女秀才？再让俩孩子见见，主要是咱再相相他。你放心，小伙儿长相、人品摆在那里，一准能成，咱两家结亲最合适不过！"

"爹看我不说话，以为是默认：'闺女，我看这样吧，趁你假期回来，快刀斩乱麻，把你这事办了，俺老俩就把心装肚子里了。'

"娘跟着鼓动：'办了，办了，再不用听外人说三道四了！你是不知道啊闺女，家里有个老闺女嫁不出去，俺老俩觉都睡不着。'

"我只不说话，他们才觉出不对劲，爹急了：'俺说了半天，你没听见？是长是圆，你说句话嘛！'

"我憋半天了，也没好气：'我就一句话，不在农村找！'

"爹也来了气：'不在农村找，中啊！在城里找个，在哪儿？'

"'不得慢慢遇吗？总得合适吧！'

"'合适、合适，哪有完全合适的？你也不算算，你都多大了？敢再耽误吗？不管在哪儿找，不就是过日子吗？啥合适不合适，过日子这事，过过都合适。俺老一辈儿不都是这样过来的？'

"'你们见过女的在城里工作，男的在家种地的吗？那日子还怎么过？'

"我这一句话，怼得他们无话可说。

"爹真的急了，瞪着眼说：'俺这不都是为了你，为你操心！'

"我也急了：'我的事不用你们管，瞎操心！'

"就这样，父母的一片好心变成了一场吵架，一场怄气。真是的，这个年过的呀！

"有了这次的教训，到放暑假的时候，我就报名参加了社会实践，不敢回家了。奇妙的是，正因为没有回家，就天作地合发生了一桩奇缘……"

二

国庆说："我参加暑假社会实践，住在县招待所。一天半夜，院子里突然吵闹起来，把我们都惊醒了，就穿上衣服跑出来看——哎呀，好玩极了！"说完这句话，她指着我"咯咯咯"笑个不停。

红姐两口都眼巴巴看着她，她却只笑不说。

红岩憋不住了："老姐你快说嘛，咋好玩了，只管傻笑。"

国庆停住笑，正色说："我忽然想起了一句话——明天和意外，不知道哪个先到。"

红岩有点急了："哎呀我的老姐，你就别抻了，半夜三更的看见啥好玩的了？"

国庆瞪他一眼："你别急嘛，我们被突然的吵闹声惊醒，穿上衣服出门，外面打起来了——原来是一对夫妻和一个年轻小伙儿发生了冲突。只见丈夫手挥扫帚往小伙儿身上抡，妻子大喊：'打，打死这个臭流氓！'小伙儿一边被动招架，一边大声质问：'干什么？你们干什么？'门口的门卫闻声跑来，一边拉架一边大喊：'都不要动，

都跟我到值班室说事！'

"这边正吵着，招待所的领导赶了过来，一边大声喝问'甚事、甚事！'一边把双方拉开，把闹嚷嚷的双方带到值班室。我们也一齐跟过去看热闹。

"招待所一个领导模样的人在椅子上坐下，严厉地问：'你们双方谁先说？'

"夫妻两人都说：'让他说，让这个流氓自己说！'

"领导就转向小伙子：'你说，怎的流氓了！'

"小伙子激烈反驳：'谁流氓了？谁流氓了？'

"领导不以为然：'你没流氓，人家为甚打你！怎的不打我？'

"小伙子也不示弱：'我怎么知道？我正在睡觉，就被他们打醒了，我还要问你呢！'他一边说，一边抚摸腰间的伤处。他可是只穿了个小裤头，几乎光着身子呢！"

国庆讲到这里，憋不住就"扑哧"一声笑了。弄得红姐两口莫名其妙，瞪大眼睛看着她。

他们两口越是这样看她，国庆越是笑得起劲，前仰后合，差点儿没有岔了气，指着我说："让他说，让他说吧。"

红姐两口就把眼光瞅向我。我也笑了："说起这事，确实好笑，完全是电影里的情节。"

我说："是这么回事——七一年我退役到省台，上班前先安排了一次探家，我就去确山找了干爸，结果你们都知道了。然后回单位上班，一年无话。年底本来打算回家过年——国家规定一年一次探亲假。顺便再去找找红姐——我已通过洛拖厂的朋友打听到了，那批支援三线的人去了山西，他们的军工厂在晋南的运城。正准备回家，临时又出了情况，不能回了。因为电台这个单位，过年是不能停播的，必须安排一些人值班，我们部门需要两个人。但是我看出来，谁都不是真心情愿，令部主任挺为难。于是我就想到小时候老爹的教导：别人不愿干的事，咱要高高兴兴去干；咱高高兴兴干了，别人都会高高兴兴；别人都高高兴兴了，咱的脚跟就站稳了。于是，我就自告奋勇报名春节值班，果然让大家皆大欢喜，而且值班期间我和部主任单独相处，除了工作，还会闲聊，让主任近距离了解我，增加了他对我的信任；我也跟他学到了业务技巧。不是两全其美吗？

"过了春节，本想休假，可是部里事情特别多，走不开。转眼就到了夏天，我又想探家，老天爷又没答应，要我准备考大学——那时虽然是推荐上大学，学校还是要走走笔试的形式的，直到考试结束，自觉考得很好，才赶快请假——不回就白不回了，马上大学录取通知书一发，探亲假期不就浪费了吗？我要赶在入学前把探亲假用了，还惦记着去山西找红姐呢。

"回到家里，父母自然是很高兴，但不高兴的事也跟着来了：老人开始逼婚了。老人说，我们知道你心里放不下你红姐，可是人家在哪儿？你不能总这样耗下去吧？都是命，命中没有，不能强求。你俩都是七月七夜里生的，为啥？这就是老天爷安排的，牛郎织女，有缘无分呀！你也看看，农村和你一般大的，还有哪个没有成家？我们当老人的，看见人家都抱着孙子，心里难受不难受？再说了，知道的说你是心里放不下你红姐，不知道的还认为你有啥毛病呢，让人家笑话呀！你让爹娘这张脸往哪儿搁？你这次回来，无论如何得把这事办了！咱的条件，现在抓紧找个像样的姑娘也不是难事，可要再拖下去，人家会都等着咱？过了这个年龄，可真是不好办了！你说我们老俩急不急？

"我非常理解老人的心情，在那个时候，农村孩子过了二十岁，可就是现在的剩男剩女了。我就安慰老人：我听二老的，但不管怎样，我总得给红姐一个交代吧？我知道红姐就在山西运城，我再去找她一次。要是能找到，肯定没啥问题；要是这次还找不到，回来就抓紧时间，不管孬好把这事办了，了却二老的一桩心愿。

"二老这才不再恼怒，说：'这才算句话嘛，就按你说的，你去山西，我们去亲戚朋友家转一圈，让人家帮忙抓紧物色。无论如何，这次回来也要把事办了！'

"就这样，我在家里停了两天，陪着父母说说话。第三天就出发，奔赴运城。其实我也清楚，此行并无太大把握，但就是想去。"

三

那时还未开通乡村公交，我借了一辆自行车骑到县城，把车子存放到一个单位的传达室里，然后买票坐上火车，中途又在潼关转了一次车，第二天赶到运城时，天已经快黑了。

一路上，心里一直难以平静。我已经做了最坏打算，很可能，我就要娶一个五大三粗的媳妇过一辈子了。农村的女孩，从小吃苦，干活出身，哪有几个长得好看的。至于才气，更不敢想了，女孩能读到初中的已经很少，读到初中又长得能看得过去的，更是凤毛麟角。何况才气不仅是文化程度，更包含气质风度，农村生活圈极小，环境决定见识，见识影响气质风度，无法苛求。从小就听老爹说过，娶媳妇嘛，"脚大脸丑家中宝，巧言令色惹是非"。老一辈的标准就是"三能"：能吃苦，能干活，能生孩子。

罢了，不去想了，认命吧！只要父母高兴，我啥也不说了！干爹不是说过吗？啥叫孝，就是把父母放在前面，在父母面前，子女永远都是次要的。

那时的运城还很落后，和许多中小城市一样，虽然是地区所在地，周边却与农村犬牙交错。下了火车，向人问了路，我独自朝市区走去，得找个食堂吃顿饭，再找招待所住一晚，寻人的事只能放到明天了。走着想着，想着走着，不知不觉天就黑透了。那时可不像现在，夜里到处灯火通明。天一黑，周围一片黑暗，顺着路只管走。很快到了一个路口，我就作难了，不知道该走哪一条。想找人问问，等了一阵，没有一个人；抬头看看天，想找北极星辨辨方向，偏偏又是个阴天。犹豫了半天，索性凭着感觉走吧。

越走天越黑，越觉到不对，心里就涌起一种莫名的恐怖。黑咕隆咚的夜幕紧紧包围着我，周围静得怕人，忽然感到无边的黑暗中全是恐怖。路两边抽穗的玉米地黑沉沉地压过来，一阵风刮过，如千军万马般发出沙沙的声响，心里就一阵阵发毛，感到一惊一乍。小时候听的鬼怪，还有狼的故事就在脑子里不停闪现——我是真正见过狼的。六〇年春天和我同岁的铁锤，在沟底的一棵小榆树上捋树叶，一只狼就在树下上蹿下跳。铁锤吓得大哭大叫，嗓子都哭哑了，终于惊动村民，才把他救下来。从此，在铁锤面前不能提"狼"字，听到这个字他就面色苍白，浑身颤抖。大人们说他这就是吓破胆了。

不由自主地想到这些，我就觉得旁边的庄稼地里正藏着一个个幽灵，一双双可怕的眼睛在盯着我，随时都会突然蹿出来，刹那间禁不住冷汗直流。我明显感觉到上衣已经被汗水湿透，溻在前胸后背上。由于极度害怕，明知走错了，竟没有勇气原路返回，觉得身后有个什么东西老在跟着。我就强制自己不想这些，一门心思去想红姐，设想红姐就在前面不远，我现在要赶快追上她，果然就好多了。就这样壮着胆子机械地迈着双腿继续走，也不知道走了多久。

谢天谢地，终于看到路边不远处有一丝微弱的灯光。我仿佛看到了救星，揪紧的心一下子就扑棱开了，激动不已。也就是这一刻，我懂得了"黑暗"和"光明"，对于我们人类意味着什么，特别是当你处于孤立无援独自一人的时候。

我顺着田间小道，深一脚浅一脚走过去，才知道这是生产队的饲养室。门楣上挂着一盏马灯，里外都能照明。听见脚步声，里边的人大声问："谁?"

我大声回答："我，过路的。"

借着灯光，我看见屋子里几头牲口正在安静地吃草，对面站着的是位五六十岁的老人，光着上身，胸前的肋骨清晰可见，短短的络腮胡子特别醒目。我说明来意，他笑着说："那边是南，这边是北，你弄反了，可不就迷了路，这里离市区已经十几里了。"

我说："老伯，我还没吃饭，能不能给我弄点吃的，我付钱。"

他笑着说："在农村，一个过路的，要甚钱。可我这里真的没甚吃的。"想了想又说，"我去给你挑几个玉荽吧。"说着走进玉米地，没多大会儿就拿回四个玉米棒。他把外层老皮剥去，留下内层嫩皮，又抱来一堆柴草，划根火柴点着，把玉米放进火里烧，一会儿就烧熟了。老人似乎有些歉意："黑更半夜的，实在没甚吃的，且拿这个顶顶饥吧。"

吃完玉米，老人说："喝口水吧，里面缸里有水，水上有瓢，你自己去喝。"

我就进屋舀了大半瓢冷水，咕咚咕咚喝了个饱。

吃饱喝足，该睡觉了。老人拿出一张芦席，铺在门外的空地上，说："只好将就一夜了。"

我道声谢，把汗湿的上衣挂在旁边的树枝上晾着，就和老人一起躺下。我说："老伯呀，我是来找我姐的，从小失散了。最近打听到她就在运城的军工厂，您能不能给我介绍点情况，明天好去找她。"

"军工厂？"老人想了想说，"那是保密单位，我一个老农民怎会知道。天明你到城里问问吧。"

于是一夜无话。

第二天早晨我是被叫醒的，睁眼一看，吓了一跳。老人领着几个臂戴袖章、肩背步枪的民兵把我围住，要求我跟他们走一趟。

我被带进公安局接受询问。我告诉他们我是电台记者，并拿出记者证让他们看。他们一边仔细查看记者证，一边上下打量我。这时的我，当然是风尘仆仆、灰头土脸了。

其中一个人很严肃地说："群众揭发你昨晚打听国家机密，我们不能排除对你的怀疑。记者证不能说明问题，特务伪造个记者证还不容易！我们需要打电话核实一下。如果你真是记者，我们不会为难你；如果你是敌人派来的特务，我们也不会放过你。你需要在这里等一会儿。"

他们一起走出去，门口立即就站了一个持枪的岗哨。

那时打长途电话可不是一件容易的事。我看着桌上的钟表，已经过了两个多小时。

去打电话的人终于回来了，不过态度大变："闪记者，对不起，让你久等了，请你包涵。"

可能是想弥补刚才的误会，也可能是出于对记者职业的尊重，他话中就带出帮我的意思："这里的军工厂不止一个，最近的在汾河县，往北坐四站，下火车往东走十来里，公开名字叫东方机械厂，你到门卫上问问，也许会有些线索。我就只能说这些了，希望你一路顺利。"

我向他表达谢意。他看看腕上的表说："都十一点了，你还没吃早饭呢！干脆两顿一起吃吧。"走到门口叫人去食堂打来一份饭，交代"菜要多打点"，又返回来坐下和我说话。

没过一会儿饭就送来了：两个白馒头，满满一碗大烩菜，很香！吃完饭，我按规定交四两全国粮票、两毛钱。他谦让一下就收下了，于是握手告别。

同蒲线上在县城停靠的慢车不多，中午这一趟已经误了，要等到晚上十点多才能北上汾河县。

四

我风尘仆仆赶到汾河县时，已经是夜里将近十二点了。走出火车站，又是停电，这是常态没啥奇怪，幸亏还有月亮，尚可朦胧辨路。我向一同下车的人打听了去县招待所的路，就一个人摸索着往前走。

半路上迎面遇见一个人，又向他打听一次。那人慌慌张张回头一指："顺路一直走，见口就拐，不远就到了，门口挂有马灯。"

我顺着他指的方向往前望望，回头向他道谢，发现他已经走远了。

我走进紧挨招待所大门的登记室，桌上点着一盏罩子灯，桌前坐个值班的，趴在桌上正在打盹儿。见我进来才抬起头，高举双手伸了个懒腰，接过我递过去的记者证，凑到灯前认真看："啊，记者啊。"转过脸上下打量我，态度也明显热情起来，指着旁边的椅子说："坐、坐。"

他一边帮我登记，一边给我介绍房间："出了门一直走。走到头拐弯，从前数第三排，从头数第二个房间，桌上有灯有火柴，厕所在最后一排的后面紧靠围墙，对面有水管。"说着话登记完毕，递给我一个房牌说："一共是五排客房，一模一样，天黑，别走错了。"我向他点头致谢，拿着房牌出了门。

我从第一排客房前经过，能清楚听到一个个房间里传出轻微的鼾声——那时社会治安好，人们夏天睡觉，大都是开着门窗的，在门上挂条竹帘即可。我找到自己的房间，掀开竹帘，门开着，进去点着灯，看见有两张床，都铺着凉席。冲门的床上，被子胡乱放着，显然被人用过，就把里面床上叠着的被子和枕头换过来。为啥要睡这个床？冲着门不是凉快嘛。我拿着脸盆找到水管，光着膀子好好洗漱一番，觉得身上轻松了很多。端着一盆水回来时遇到麻烦：几排房子一模一样，加上是夜里，我想了半天，一排一排地数，忽然看见屋里的灯光，进门吹灭灯，倒头便睡。

大约刚刚睡着，身上就重重挨了一棍。我翻身起床，不知道发生了什么事，就和一对夫妻纠缠到了院子里。就是国庆刚才说的情况。

招待所领导把我们冲突双方带到办公室，先问我，我啥也不知道。就问对方。等他们说完，连我都想笑了——

他们两口住在我前面一排对应的房间，女的上厕所回来走错了门，进了我住的这个房间，发现床上有个人，以为是自己男人从另一张床上过来了，就有点激动，上了床抱住男人亲热。过了一阵突然感觉不对，才知道进错了门。她自己吓坏了，慌慌张张跑回去，越想越难受，不知道该如何是好，就哭起来。开始声音小，后来越哭越痛，就把男人惊醒了。男人问她咋回事，开始她还不好意思说，后来问得急了，只好吞吞吐吐说出来。

而在这时，原来睡在我这张床上的男人自己明白闯了祸，赶紧起来办了退房手续，三十六计走为上了。

他走了，我睡在了他的床上。

那边，女人的丈夫听了情况，当然恼怒，抓起屋里的扫帚就跑过来。他哪知道要打的人早就跑了，我是刚刚住进来的。

事情弄清楚了，招待所的人说，耍流氓的人肯定在车站，夜里没车了，派人去把他抓回来。那对倒霉夫妻也向我道了歉，各自回屋睡觉。

白挨了一顿打，还在那么多人面前丢了人。第二天去食堂吃早饭时，很多人都拿眼睛盯我，议论纷纷。所长不得不为我平反："声明一下，昨晚的事，和这位同志没有关系。这位同志是事发时刚刚住下的。"

国庆说："其实在他们被带到办公室时，我就看着像他，但不敢确认。第二天早早就起床去瞄他，三说两说果然是他。

"我陪他一起去了东方机械厂，没找到红旗姐，而且人家说，这里的军工厂很多，分布在方圆几百里内，你们没有具体地址，根本没法找。

"红星很失望，差点儿哭了。呆呆地站着，不肯走。看见有人出来，就迎上去打听：请问同志，您认识曲红旗吗？是我从小失散的姐姐，眼睛很大的。人家摇摇头，奇怪地看着他走了。他仍然不甘心，等着又有人出来，再迎上去打听：请问同志，您认识曲红旗吗？是我从小失散的姐姐，眼睛很大的。

"他就这样站在厂门口等着，一遍一遍地逢人打听，又一次一次地失望。我陪在他旁边，一直没说话，看着他近乎痴呆的样子，从心底生出怜悯之情：好痴情的一个人啊！

"不知道过了多长时间，太阳已经正午，出去的人已经纷纷回来了。门卫从传达室走出来，说：'真的没有这个人，你老不走怎么行啊？'

"我看着他，用眼神问他怎么办。

"他迟疑了老半天，才叹口气说：'咱回去吧。'

"我大着胆子拉住他的一只胳膊，他转过身慢慢地随我往回走。没走多远，他就在路边的一块石头上坐下了，歉疚地对我说：'我好累，歇会儿再走吧。'

"我陪他坐下，他却痴痴地望着厂门，望着望着就哭起来，那样子极像一个受了委屈的小孩子。

"他哭了一阵，平复下来，说：'其实我这次来，并没敢抱十足的希望，只是在内心里要给红姐一个交代。不过真正看到这个结果，还是很难接受……咱走吧。'说着站起来，又深情地向厂门望了几眼。

"回招待所的路上，红星问我放假为啥不回家，我说不敢回，回家父母就逼婚，父母忙得什么似的，托媒人一个一个上门，烦死了，介绍的一个比一个不靠谱，光是在家种地这一条就不合适，反而弄得和老人关系紧张，所以干脆不回去。就这样，话就慢慢上了题，说到谈对象上来了。"

国庆继续说："长话短说。红星问我，你觉得啥样的才算合适。我鼓起勇气说：'啥样……就像你这样的。'

"我也问他：你觉得啥样的合适。他害羞地低着头、红着脸，不敢说话。

"我又鼓起勇气催他：'说呀，我又不是老虎，会吃了你！'

"他低着头，不说话，过了好一会儿，又仰头看着天，叹口气说：'想想爹娘把我们养大，真是太不容易了，这时候逼婚也有他们的道理，看着别人，他们心里能不难受吗？毕竟人都是要活个面子的呀！我不能让老人在乡亲面前难堪，也不想让老人因为我伤心、生气，已经答应过老人好歹都要做个了断……'

"我认真地听着，尽量不打断他的话，看他迟迟不开口，才补了一句：'孝道，我懂。你接着说吧。'

"我一直看着他的脸，他却始终不敢看我，红着脸说：'好奇怪，我怎么也不会想到，咱们分别这么多年了，怎么会在这千里之外，在这个时间、这个场合，以这种方式遇到。突然"天上掉下个林妹妹"，难道是天意吗？'

"我一听有门儿，就接着追问：'你还是没有回答我的问题：你觉得啥样的合适？'

"他才用很低的声音，就像蚊子哼哼：'我、我……我觉得你就合适。'说完这句话，竟然羞得转过了身。

"我正想听到这句话，可是听到他真的说出来了，竟然也不由自主地转过身，双手捂住脸偷笑。

"我突然很想去拉他的手，转过身来，却发现他一脸严肃地站着。

"'不过，'他说，'我不能对你说假话，我心里割舍不下红姐，我不知道该怎么办。'他两眼痴痴地望着我，眼神中全是求救。

"我也很严肃地站住了，痴痴地望着他，想了半天才说：'我知道，我会像你的红姐一样对你，相信你也会像对红姐一样对我。'

"我拉住他的手，他也紧紧握住我的手，终身大事就这样简单地解决了。

"一晃几十年过去了，我处处都努力学着红旗姐，不怕你们笑话，结婚第一天入了洞房，我还特意趴在他肩上悄声说：'我是你的红姐。'他也深情地说：'我是你的红星弟。'

"就这样，我向学校请了假，陪他一起回河南，直接就去了他家。接下来的事也挺好玩，让红星说吧。"

我就接着国庆的话，说："那天，父母看见我带个漂亮媳妇回来了，那才真叫喜从天降！喜欢到啥程度？我只举一个例子：爹让娘赶快夫街坊家借鸡蛋，而且专门交代夫东头老翟家。我就知道，借鸡蛋是假，出去显摆是真。果不其然，没多大会儿，就拥进来一院子大婶大嫂，嚷着'看看石蛋家媳妇'。"

"那天二老真的很兴奋，特别是老娘，简直是手足无措，一路小跑。"国庆说，"老娘来屋里叫我，你大婶大嫂都来看你了，出去让她们看看！"

"我就很大方地出来和大家见面。老娘拉着她们一一介绍：这是张大婶，这是李大嫂，我就跟着不停地点头行礼，不停地说张大婶好、李大嫂好。大家都嘻嘻哈哈的很高兴，有人就说：怪不得你婆婆夸你，咋长得天仙下凡似的。"国庆接着说，"问题是，他家这边忙得不可开交，我家那边还一无所知呢！第二天我俩就骑了一辆自行车去了我家。父母见了红星当然是满意，特别是一听他是省电台记者，更是崇拜得不行。

"我爹问：'大喇叭里天天广播的，就是你在说话？'

"红星解释说：'不是，那是播音员。'

"我爹问：'啥子员？'

"我说：'播音员。'

"我爹说：'不就是对着喇叭碗儿说话的吗？'

　　"我说'是'。

　　"我爹说：'那就是广播员嘛。'又问红星：'那你们记者干啥？'

　　"红星说：'记者只管写，写好了播音员照着念。'

　　"我爹想了想说：'噢，原来广播员说的话，都是你们写出来的呀！'就对红星又高看了一眼。

　　"我爹接着又问红星：'那广播员和记者谁的官儿大？'

　　"红星说：'记者、播音员都不是官儿，是工作，工作分工不同，不存在谁大谁小。就像咱们家里，有人下地干活，有人在家做饭一样。'

　　"我爹又问：'那记者是下地干活，还是在家做饭？'

　　"红星已经觉察这个比喻不当，也只好顺着说：'记者算是下地干活吧。'

　　"我爹想了想说：'那还是记者比广播员高嘛！'就对红星再高看一眼。

　　"我爹又问：'听俺国庆说，你俩是初中同学，那年考高中，只有你一个考上了省里的高中？'

　　"红星说：'是，郑州的高中和咱县的高中都是一样的。'

　　"我爹就连连摇头：'哎、哎，那可不一样！'就对红星更高看了一眼。

　　"闲言少叙，我俩就这样骑着一辆自行车闪电结婚了。结婚第四天，红星因假期已满，就赶回单位上班了。接下来因为我俩都在上学，不敢要孩子，老人也没啥说的。直到两年后我毕了业，红星还剩一年，才怀上儿子。这时已经计划生育，不准要二胎了。"

　　红姐问："你们就一直两地生活吗？"

我说："两地生活了十二年，她在洛阳教书，我评上讲师之后，也调回洛阳，在河洛大学教书，因为连着出了几本书，后来就破格评上了教授，直到退休。"

红岩双手拍着大腿哈哈大笑："总算把咱两家的事说清楚了，庆祝庆祝，一会儿喝酒！"说着，使劲鼓掌。我们三个也跟着使劲鼓掌。

国庆笑着说："人世间的事，要说也很简单，咱们从昨天见面到现在，也不过经历了二十多个小时，一天时间咱们聊过了六七十年的事，几乎就是人的一生了。"说着话，表情变得深沉起来。

红姐一脸严肃："可不是嘛，往前看人生漫漫百年；回头看百年仅仅一天。"说着话，扭过头偷偷抹去眼角流出的泪。

红岩哈哈一笑，似乎是安慰两位女士，或者是给红姐设台阶："可不是嘛，人这一辈子，说复杂也复杂，说简单也简单。年轻时人在事中，无穷无尽的柴米油盐、人情世故，天天忙忙碌碌，心心念念。现在老了，置身世外，功名利禄都成过眼云烟，只用一天就聊完了。"

我也呵呵一笑说："照这么说来，就可以得出一个结论了：生活很复杂，人生很简单。"

第十九章

"爷爷奶奶，我饿了，还不吃饭啊？"孙子走过来提醒。

红姐就说："看看几点了？"

国庆抬腕看看表说："可不是，都过十一点了，是该吃饭了，怪不得孙子饿了。"

红姐说："咱只顾说话了，时间就过得快。就像人这一生，总是忙忙碌碌，不知不觉就过去了。"

大家都说，话也基本说完了，留下的以后慢慢说，就一起站起来回宾馆。

中午吃饭时，又上了酒，大家都很高兴。

国庆提起来在这里租房养老的事。大家商量一阵，觉得很合算。两孔装修好的窑洞一个院子，一年租金一万五，二十年以十年为界分两次交付。若一次付清，再每年优惠两千元，二十年合计还不到三十万；把家里的房子卖掉，少说也得一两百万。到那时我们都是九十岁的人了，如果继续租，价格不变。重要的是，这里是按养老院设计配备的，一应俱全。更何况这里的风光、空气、饮食等环境，都是大城市里没有的。医疗条件也挺好，而且距离市区仅仅十公里，紧邻国道，交通方便。还有一个好处，这里住的都是离退休的健康老人，人际关系肯定融洽。

红岩说："我还看中了一条，你们猜是啥？我喜欢种花种树，开封好是好，就是不能满足我这个爱好。这里到处都是空地，不愁满足我这个爱好，我肯定还能给后人留下一个花园、一片树林。老有所为，何乐不为？"

我和国庆都说，我们也是。

红姐抿嘴笑着点点头。

红岩高兴地嚷着："倒酒，为我们的共同兴趣干杯！"

国庆抢过酒壶替他倒上，他连喝三杯，又和我们三个碰了一杯，红姐仍然是抿了一口。

吃完饭，在服务员的陪同下一起去看房，沟沟岔岔一个一个院子看，又看了几个已经住人的院子，最后挑选了视野开阔而又相邻的两个院子。到办公室办了手续，答应随后把款打来。

走出办公室，红岩说："咱两家突然在这里见面，想着意外，看着巧合，其实是老天爷专门安排给咱们的补偿，再给咱一大段时间，住在一起，高高兴兴享受晚年。命中注定，不服不行。咱听老人家的吧。"

事情办完了，红姐说："实在是家里有事，得赶回去，就暂时分手吧。"

国庆问："退休了还能有啥要紧事？"

红岩呵呵笑着说："老姐你咋就忘了，前面我不是说过嘛，我俩可是退而没休，你红姐还领着一群'孙子'呢，都是院里邻居家的小孩，一个个看着喜欢人，天天来家里跟着你红姐背古诗、读古文。我也跟着受连累，给她当助理。不过也挺快乐充实，逼着我把小时候缺的课给补上了。"

红姐说："南方有家电视台要举办少年儿童诗词背诵比赛，我的几个'孙子'选上了，后天去参加暑假培训班。我得去陪着他们，大概一个月就回来。你俩先过来，等着我们。"

国庆就夸奖："红旗姐你真的不简单！"

红姐笑笑："啥简单不简单，也算是对爸妈的一份回报、对自己内心的一份交代吧。你们俩住下后，一定要帮我办一件事。"

我和国庆都说，啥事，你说吧，我们照办就是。

红姐说："还是教孩子学古文的事。我留心看过了，坡下就是学校，小学初中紧挨着。你俩和小学联系一下，咱们还免费给孩子们办兴趣班。咱这辈子就是占了从小学古文的光，现在轮到咱帮孩子们了，也算对爸妈遗产的继承吧。"

我和国庆都说，没问题，你放心。

我们一起去办了退房手续，依依惜别，道几声再见，各回汴洛。

临行，红姐特意拉住国庆的手说："谢谢弟妹，几十年替我照顾红星。"又转身对我说："你也要谢谢红岩，几十年像你一样照顾我。"

我点点头。

红岩咧着嘴笑。

国庆一反活泼开朗的常态，眼圈红了。

尾声

我和老伴儿回到洛阳，简单收拾了一下。房子不急着卖，留着保值。只把需要的东西如一些书籍、四季衣服带上，噢，还有那一捆没舍得烧的小时候记的笔记，第三天就出发了。至于家具、被褥之类，那边的老板早有准备，价格便宜，三千来块钱就行了。

安置好之后，就去找学校的领导，说了我们打算义务办班，教孩子古文的想法。

他们一听，兴奋异常，说："我们早有这样的想法，苦于没有师资和这方面的开支。现在大教授过来了，我们真的求之不得！很可能会出现一个问题，报名的孩子会很多，不过这也不难，可以择优录取，也可以让我们的老师参与进来，到时候再商量；教学场地不是问题，咱是课余，放学后地方有的是。"

学校领导立刻就向市教育局长做了汇报，局长也很高兴，第二天就专程跑来见我们。他表示，可以把这里作为试点，希望我们不仅教出一批学生，还能带出一批老师，提高他们的业务水平，并为中小学特别是小学的文科教学改革积累经验。

局长说："暑假后开学立即实施，你们学校要全力提供支持。"坐在一旁的学校领导立即表态："局长放心，我们保证把这件事办好。"

一切搞定，我就给红姐、红岩发了信。

八天之后，回信了，是红岩写来的。他说，你红姐仍在南京，出了点小问题。走路不小心摔了一下，进了医院，但并无大碍，很快就会出来。我这就赶过去，随后会用手机和你们联系。

放下信，手机就响了，是红岩打来的。他说已经在南京，你红姐没大问题，请放心。既然来医院了，就全面检查一下，疗养几天也好。

我放下心来，和老伴儿一起走出院子，坐在山崖空地上向远处眺望。

远处的风光很迷人。夕阳映出半天晚霞，橘红色的云片组合成各种奇妙的图案，山山岭岭都抹上了一层淡淡的红色。白色的雾气正从沟底下升腾蔓延，为群山蒙上淡淡的轻纱，为山峰勾出清晰的轮廓。云雾在沟沟岔岔中快速地流淌，山峰恍如漂浮在水面上的海市蜃楼。身旁的悬崖上，几株奇形怪状的老松树，傲然地挺立着；如丝如缕、若有若无的云雾，便在苍劲的枝叶间轻柔穿过。山崖下的小溪从大山深处流出，弯弯曲曲静静地流向远方。身旁或坐或卧的是几块大大小小的石头，早被岁月风雨冲刷得光滑圆润，显现出山水画般的奇特花纹。

我和老伴儿坐在其中一块石头上，与它们默默对话。清风徐徐吹来，携带着大自然各种花草独特的味道，沁人肺腑。不远处，几只归鸦相互呼应着从我们身旁飞过，飞向云雾缥缈的山的深处。

老伴儿说："咱拍张照片吧。"打开手机，"啪啪啪"自拍了好几张。

我俩就一起欣赏照片。我说："挺好，真的挺好。"

老伴儿赞叹："这儿的风光好美啊。"

我说:"我们俩就生活在图画中,生活在童话中了。"

接下来,我们老两口就天天来这儿披着晚霞散步,坐在石头上聊天,站在松树下向远处眺望,等待红姐两口的归来。

老伴儿说:"似乎人生就是等待。"

我说:"其实等待就是人生。"

后记

在键盘上敲出最后一个字，我仰靠在椅背上，长出一口气，眼睛望着天花板，连自己都有点不敢相信：不会打字的我，居然用一个指头敲出了这么多字，一篇所谓小说的大文章。

我一生办报。办报和写小说完全是两码事，我从未想过、未敢想过要写小说。退休了，无事可干，也不会干别的事，闲得无聊，就时不时试着在电脑上写点随感之类的小文章自娱自乐，打发时间而已。有一天忽然想到一位老同事的爱情悲剧，挺凄美的，就以"我"的身份写篇散文。既然是自娱自乐，事先并没有很完整的构思，毕竟散文能写多长，走着说着吧。

没想到写着写着，竟然沉浸其中了，"我"我不分，于是就觉得有点意思了。

什么意思呢？譬如早上我送小外孙上学，他问我小时候上学坐的汽车啥样子，我说我们那时候连饭都吃不饱，哪有汽车坐。他又问为啥吃不饱，我说没有粮食，他说没有粮食可以吃肉啊。我哭笑不得。诸如此类，等等等等。

再譬如，和儿女们谈起过去，我很认真地讲，他们却并不在意，笑说你这都是哪年的陈谷子烂芝麻，现在都什么年代了还说这些？你们这些人呀，真成老古董了——不过也挺珍贵的。

还譬如，时不时去市里转转，突然就不认识这个地方了，这还是我曾经非常熟悉的吗？不久前我还来过，怎么变得这么快！日新月异，真真是日新月异了。

等等等等，我发现现在的时间真的走得太快了。我，或者我们这一代人，或许真的成为古董、成为历史了。

但是，成为历史又怎么样呢？至少我们还是活着的历史吧。历史不重要吗？人类难道不是从历史走过来的吗？大到一个国家、一个民族，小到一个家庭、一个个人，没有历史，能有现在吗？

固然，国家飞速发展是大大的好事，人民幸福安康是大大的好事，现代生活节奏加快效率提高也是大大的好事，但是当人们都在匆匆往前跑时，还是应该明白一个最基本的道理：我从哪里来，到哪里去。明白了从哪里来，才更有利于清醒地认识到哪里去；不明白从哪里来谁敢肯定你会到哪里去。不是有句话叫忘记过去就等于背叛吗？

老三届是跟随我们的共和国一道走过来的。我们从儿童、少年、青年、壮年走到如今的老年，有儿时的幼稚和快乐，也有青春期的真诚和狂躁；有成年后的反思、清醒，也有渐渐老去的成熟、平静。而我们的共和国也在经历了风雨之后，一步步走上了如今的康庄大道。这就是我们这一代人的人生经历，同样也是共和国的发展经历。我们为拥有这些复杂的经历而深感满足，共和国也因了曾经的风雨而更加成熟和冷静。

这本书能够最终写完，我要特别感谢几位朋友。前面已经说过，我原本并没有要写本书的想法，只是随意写着逗自己玩。断断续续地写着，发给朋友们一笑而已。没想到他们纷纷打来电话，给予热情鼓励。著名作家张宇先生、侯钰鑫先生、《莽原》主编王安琪先生，在真诚鼓励、肯定的同时，更是给予了很多指点，"要求"我一定要把它完成，这才让我有了继续写下去的勇气和兴趣。可以说，如果没有这些朋友的肯定、鼓励、指点和鞭策，压根儿就没有这本书的问世。同时，我还要特别感谢这本书的编辑，我是干报纸编辑的，我知道，要编辑我这样从未写过小说的人的小说，所付出的辛劳注定很多。在此，我向诸位深深鞠躬致谢。

我知道，作为一本小说，我写得不好。倘若有幸被一些年轻人读到，希望能够帮助他们增加对正在老去的、以老三届为代表的这一代人的理解，进而对很多现象进行一些冷静的思考，将这一代人身上的历史印记化作人生的养分。诚若是，幸甚至哉。

衷心祝愿并相信我们的共和国会有更加美好的未来，我们的年轻一代会有更加美好的未来。

2021 年 5 月

图书在版编目（CIP）数据

情为何物/庞新智著. --郑州:河南文艺出版社,
2021.12

ISBN 978-7-5559-1186-9

Ⅰ.①情 … Ⅱ.①庞 … Ⅲ.①长篇小说-中国-
当代 Ⅳ.①I247.5

中国版本图书馆 CIP 数据核字（2021）第 198918 号

选题策划	陈 静 俞 芸
责任编辑	俞 芸
责任校对	丁 香
书籍设计	吴 月

出版发行	河南文艺出版社
本社地址	郑州市郑东新区祥盛街 27 号 C 座 5 楼
承印单位	洛阳和众印刷有限公司
经销单位	新华书店
纸张规格	700 毫米×1000 毫米 1/16
印　　张	19
字　　数	218 000
版　　次	2021 年 12 月第 1 版
印　　次	2021 年 12 月第 1 次印刷
定　　价	48.00 元

版权所有 盗版必究
图书如有印装错误,请寄回印厂调换。
印厂地址 洛阳高新区丰华路 3 号
邮政编码 471000 电话 0379-64606268